YAMAO SANSEI LIBRARY

ここで暮らす楽しみ

山尾三省

野草社

ここで暮らす楽しみ　目次

一日暮らし

海に行って
海の久遠を眺め
お弁当を　食べる

少しの貝と　少しのノリを採り
薪《まき》にする流木を拾い集めて　一日を暮らす

山に行って

山の静かさにひたり
お弁当を　食べる

ツワブキの新芽と　少しのヨモギ
薪にする枯木を拾い集めて　一日を暮らす

一生を暮らす　のではない
ただ一日一日
一日一日と　暮らしてゆくのだ

はじめに

一

場所《ここ》で暮らす、という時、その場所《ここ》は地球上のどこであってもよいのだが、ぼくの場合はたまたまそれが鹿児島県の屋久島という土地であり、ここに住みついてもう二十年という時間があっというまに過ぎてしまった。

二十年というのは、ぼくという個体にとっては短い時間ではない。だからこれから書こうと思っていることは、ちょっと旅に出るとか、遊びに出かけて味わう楽しみや喜びとはおのずから一味ちがうものになるはずなので、これは仕方のないこととして勘弁していただくほかはない。

旅や遊びには、むろんそれに特有の楽しみ、喜びがあるが、場所《ここ》に暮らすことにもやはり特有の、暮らすことを通してしか味わえない楽しみ、喜びというものがある。

たとえば、家つづきの庭畑の一角に、ぼくは五つほどの木の切株を置いている。一番大きいのは杉を輪切りにしたもので、直径五十センチくらい、小さいのはイスノキを輪切りにした直径二十センチほどのものである。

杉の大きな輪切りを真ん中に置き、あとの四つを周囲に置いて、来客のあった時などにはそこで応対することもある。そういう時には真ん中の杉がテーブル代わりになるが、普段はそれも気ままに腰をおろす場所として使う。

大小五つの不揃いの切株であるが、杉の切株に腰をおろせば杉の座り心地があり、イスノキに腰をおろせばイスノキの座り心地があって、なかなかに具合のよいものである。市販の野外テーブルセットのような見ばえのよさはない代わりに、森で切株を拾ってくる楽しみがあり、自然のままの素朴さがそこには深くそなわりついている。

イスノキというのはあまり知られた木ではなく、うそみたいな名前だが、植物図鑑にもその名が出ているれっきとした木の和名である。学名は、Distylium racemosum。亜熱帯から暖温帯に自生する非常に堅い木で、屋久島ではユスと呼んでいる。大木になればなるほど堅く、密度も高くなるので、輪切りにしたものは水に浮かずに沈んでしまう。東南アジアの方には鉄木《テツボク》という木があり、文字どおり鉄のように堅くて重くて水に沈むそうだが、ユスもまたそういう木の系列に入る。

この木は屋久島の森では比較的に多く見られ、大人の腕でふたかかえほどの大木になっているものも少なくない。常緑の照葉樹林を形成する代表的な樹木のひとつでもある。

二、三年前に、森でその輪切りにされた切株をふたつ見つけた時には、それこそ宝物を見つけたようにうれしく、早速にわが物にして庭畑の一角に据えつけた。

都市生活者であれば、野外のテーブルセットに腰をおろしてビールを飲むことは、人生の大いなる楽しみのひとつではあろうが、ぼくの場合なら森で見つけたその切株に腰をおろして、一服したり、お茶を飲みながらあたりの見慣れた風景を眺めることが、最も深い楽しみのひとつである。

季節に応じて展開してやまない、あたりの風景の内には、ぼく達が神と呼んできたものの原景がひそんでいる。神の原景を、これからはカミと片仮名で表記してゆくことになるのだが、古人の伝えるように、カミは草葉の陰にひそんでいる。ひそんでいるのではなく、じつは草葉そのものがカミなのだとも言える。

この島で暮らしはじめてまもない頃、知りあった島人と森を歩いていると、地面に落ちていたレモンくらいの大きさの固い褐色の実を拾い上げて、

「子供の頃はこれを笛にして遊んだものだ」

と教えてくれた。

見せてもらうと、中は空洞で軽く、はしの方に小指の先ほどの丸い穴があいている。早速そこに口を当てて吹いてみたが、音にはならなかった。彼に返すと、造作なくヒョウヒョウと吹いて、

「ただこれだけの音だが」

と言いながら、惜しげもなくそこらに投げ棄《す》ててしまった。ぼくはあわててまたそれを拾い上げ、ポケットにしまいながらそれが何の実なのか彼に尋ねた。すると彼は、一本の木の梢を指して、それはユスと呼ぶその木の梢でできるものだが、実ではないことを強調した。

実ではないと言われても、その時ぼくが初めて手にしたそれは実以外のなにものでもなかったから、島では食べられるものを実と呼び、食べられないものは実とは呼ばないのではないかなどと、勝手に解釈してそのままほぼ二十年が過ぎた。その間、何度かあるいは何十度かユスの実について人と語ることもあり、手にする機会もあったが、それが実ではないという謎は解けないまま、実であるとも確信できないで過ごしてきた。

二

つい先日、たまたま『牧野植物大図鑑』を眺めていると、イスノキの葉に大豆ほどの大きさ

のコブが描かれていて、「虫《ちゅう》えい」という言葉が記してあった。おやと思って説明書きを見ると、「この植物はときに大きな虫えいを作る、成虫が飛び出した後に穴があき、吹くとヒョウヒョウと鳴る音に基づき、一名ヒョンノキという」、と出ていた。

それだけでは「虫えい」が何であるのか分からないので、次に『広辞苑』でそれを調べてみると、「虫癭」と出ており、「植物体に昆虫が産卵・寄生したため異常発育した部分。……虫こぶ」、と記されてあった。ユスの実と、ぼくが漠然と見なしていたものは、虫とイスノキの共同製作になる世にも不思議な笛だったのだ。

二十年来の疑問がいっきょに解けて、ぼくはすっかり清々したが、それと同時にそれまでのユスの実にまつわる様々な記憶が浮上してきて、映画の回想シーンのように思い起こされ、やがて最初にそれを教えてくれた島人の身振り手振りまでたどりついて、そこで止まった。

彼が

「ただこれだけの音だが」

と言って、ぽいとそれを投げ棄てた時に、彼は眼には見えない大切なものをその実の内に封じ込めて、それを森に還《かえ》したのではあるまいか。

だからぼくは、あわててそれを拾い戻したのだ。

その、眼には見えない大切なものを、神と記したのでは少し誇張になるだろう。それをカミと記せばずいぶん近く、正確になる。カミは、まだ明確には神の形に到っていない原初の神であるから、事を改めて祀《まつ》ったり礼拝したりする必要がない。

宮沢賢治は、「産業組合青年会」というおよそ詩とはかけはなれたタイトルの詩の中で、〈祀られざるも神には神の身土がある〉、という大切な一行を残しているが、二十年の時間の底から浮上してきたユスの笛は、そのようなものとしてぼくの中で確かめられた。

森には、そんななんでもない宝物が無尽に秘められている、とぼくは感じている。自分の生涯の一度や二度を費やしても決して味わい尽くせないほどの宝が（つまりカミが）、森には秘められている。森だけではない。眼を静めさえすれば海にも山にも川にも、野にもそれは秘められている。ぼくたちは、ただ自分の好みに従って、それを一生をかけて探し求めてゆくだけのことである。

ユスの笛などとはちがって、もっと分かりやすい例をあげれば縄文杉がある。この杉は近頃ずいぶん知られてきたので、ああまたあの杉のことかと思われるかもしれないが、ぼくにとってのそれは、今のように世に知られてはいなかった頃も、知られてしまった今も変わりないひとつの宝である。

縄文杉は、車で入れるだけ入った所から歩き出して、往復九時間ばかりの登下山を必要とする山中にあるから、島に住む者にとっても日常的に会えるものではない。けれども思い立って会いに行けば、そのつどそれなりの喜びやメッセージを与えてくれ、縄文杉の時、と呼んでいいそれ特有の時間を与えてくれる。

この二十年間にぼくは十数回その杉に会いに行ったが、行って無駄なことをしたと感じたことはない。むろん、よかった登山があるとともにさんざんだった登山があり、その時その時で異なるが、最悪と感じた四、五年前の出会いの時にも、縄文杉は一株の小さな白スミレの花にぼくを引き合わせてくれた。

その時ぼくは、こちらから縄文杉に語ることは何もないし、縄文杉から受けるものも何もない気持ちになっていて、巨大な根の周囲をうろうろしていたのだが、その地面に背丈が二、三センチほどしかない小さな白スミレが咲いているのに気づき、その時の登山がそのヤクシマミヤマスミレにこそ出会う旅だったことを知って、深く慰められた。

ご存知のように縄文杉の樹齢は七千二百年と言われ（胴廻りの太さからの推定）、その後の放射性炭素法などの調査によって三千年とも五千年とも言われているのだが、ひとつの個体の生存において、それが古代エジプトやメソポタミア文明以来の人類の全文明史に匹敵するほどの時間を生きつづけてきた生物であることは間違いがない。その杉の根方に、多年草とはいえ背丈二、三センチほどのヤクシマミヤマスミレが咲いているのに出会って、ぼくが感じたのは、このスミレも生命、縄文杉もひとつの生命、生命というこの地上の神秘において両者はまったく対等なのだ、という平明な事実であった。

縄文杉は、そのすさまじい樹齢や生命力においてむろんひとつのカミであるが、その根方で、その杉を見に来る人たちに、踏まれても踏まれても咲きつづけているスミレを、縄文杉以上に愛しいカミであるとその時のぼくは如実に感じた。

三

今年の四月、その時から四、五年ぶりにまた縄文杉に会いに行った。

この間、屋久島はユネスコによる世界自然遺産というものに登録され、観光客がずいぶん増えた。縄文杉はかなりの傾斜地に自生しており、それを見に行く人が増えたので、根廻りの土が流失して杉自体が枯死する心配が出てきた。そこで急遽浮上してきたのがステージ観賞法というもので、山の斜面に木製の階段を作り、階段つづきにやはり木製の、人の二、三十人は楽に立てるほどのステージをこしらえて、そこから縄文杉を見てもらう、というものである。

木製とはいえ、森の中に突如として現われる人工物のステージから、その杉自体には触れることもできずに帰らされるこの観賞法は、自然保護の名目のもとの大愚策だとは思うが、出来上がってしまったものはもう取り返しがつかない。

悲しい気持ちでステージの木柵に背をもたせて座り込み、杉を眺めていると、やがてそこからメッセージが訪れてきた。メッセージとはいっても、ぼくはシャーマンではないから、その樹皮のごつごつとした紋様が示す図形を通して、いわばこちらの身勝手にその杉の気持ちを読むのだ。

その日の縄文杉にぼくが見たものは、片方の角が折れて涙を流しているバッファローの頭部であった。こちらがじっとそのバッファローを見つめると、向こうでもじっとこちらを見つめ、何かを訴えている気配であった。

ぼくの胸の内には、北アメリカ大陸で絶滅してしまったか、絶滅にひんしているという野生のバッファロー達のことが思い浮かんできた。アメリカインディアンにとって、バッファローは大精霊《グレートスピリット》と呼ばれるカミの恵みであり、バッファロー自体がその大精霊の一部でもあるらしいのだが、草原から野生のバッファローが消えたのとあいまって、彼ら独自のバッファローを祀る祭りができなくなったと聞いている。祀るカミが現実にいなくなってしまったのでは、祭式が成立せず、行なったとしてもそれが空虚なものと化すのは、カミを失って久しいぼくたちの社会においては、よく理解のできることがらである。

人工物のステージから眺めたせいで、失われ絶滅してゆく野生というメッセージを受けたと考えるのでは、あまりに素朴すぎるだろう。古代エジプト、メソポタミア、インダス、黄河と、人類の四大文明の発祥以来の全歴史時間をその杉が共有してきたのであるからには、目前のささやかな木製ステージの建造くらいは、もとより悪意があってのことではないのだから、ちょっとしたすり傷程度のことにすぎまい。

片方の角が折れたバッファローの頭部という図形によって、縄文杉が伝えようとしたものは、自然に対する全体としてのぼく達の、尊ぶ心の欠如、であったとぼくは考えたい。ぼく達はこの百年間、あるいは二百年間、ぼく達ひとりひとりとして、従って全体として、自然を尊ぶという社会的風潮を失い、自然の片角を折ることを、仕方ないこととして自他ともに容認してきた。

これからはその態度を変えてゆくのでなくてはなるまい。太陽系のこれまでの年齢が四十六億年、これから先の寿命は五十億年と算出されているようだが、それが事実だとすればこの地球上で生物が楽しく生存をくり返し得る時間は、まだまだ永い。

そんなことを考えながら、やはりステージに腰をおろしたままなおも杉を見ていると、もうひとつの図形が現われてきた。それは、生まれたばかりの小鳥のヒナの上半身だった。何の小鳥かは分からないが、口ばしを心もち上に向けて、何かを求め、何かを歌っているように感じられた。

その図形が伝えようとしている意味を、ぼくはしばらく探ってみたが、これというはっきりしたものが出てこない。無理にこじつけることではないので、今回の縄文杉には生まれたばかりの小鳥のヒナがいた、という事実を受け取るだけで解釈を止《や》めた。

往復九時間もゆっくりと森を歩けば、縄文杉の時間のほかにもいくつもの宝の時間、カミの時間と呼び得るものに遭遇する。里ではとうに散っていた山桜の大群落に出会ったことなどもそのひとつである。

場所《ここ》で暮らす、ことにおいては、眼を見張るような華々しい楽しみを求めるのではない。そういう楽しみがあってむろん悪くはないが、ぼくにとっては日常に持続する楽しみこそが大切であり、縄文杉もさることながら、庭畑の一角にしつらえた切株に腰をおろして、あたりの風景が一期一会に与えてくれるものを眺めながら一服する時こそが、全《まった》き時なのだと言える。

縄文衝動

一

五月末の朝、四キロほど離れた町場《まちば》の幼稚園に行く娘と妻を見送り、ひとりでお茶を飲んでいると、入口の戸があいて野太い声が飛び込んできた。

「お早う。おるか」

久しぶりに山に上がってきた、Sさんだった。Sさんは、普段は町場で仕事をしているが、ここに杉山と梅林を持っているので、時々やってきてその手入れをする。梅林はぼくの家の地つづきで、そこには出小屋もこしらえてあるから、住んでいるわけではないが親しい隣人としてつき合っている人である。

「タバコの火を貸してくれ。ライターを忘れてしもた」

いつもならさっさと上がりこんでくるのだが（それが島での親しみの表現である）、そうしないで入口に立ったままなのは、火をもらったらすぐ仕事に戻るという意思表示である。

立って行ってライターを渡すと、Sさんはポケットからキャスターの箱を取り出して、タバコを抜こうとしたが、そこにはちゃんとライターが差し込まれていた。

ふたりで大笑いしてから、それぞれ自分のライターでタバコに火をつけて一服話をした。一服話というのは、お互いそれぞれすることがあるが、タバコ一本を吸う間だけ交わすちょっとした立ち話のことである。

道ばたや畑の畦《あぜ》でのその短い時間の内に、親しみとあれこれの情報が交わされて、島社会のような共同体の色合いの濃い場所にあっては、トータルするとこの一服話がなかなかに大切な意味を持つ。

Sさんは梅林の中に二本ほど枇杷《びわ》の木を植えていて、今年はよく実がなっている。そろそろ色づいてきたはずなので様子を見に来たのだが、来たらちょうど猿も来ていて、枝という枝に群がっているところだった。石を投げて川の方へ追い払い、さらに川向こうまで追ってから戻ってくると、二手に分かれていた残りの猿がもうまた枝に群がっていて、熟れた実はひとつも残ってはいなかったと、われわれの間ではこれまでに百度もくり返された同じような話を、Sさんはした。その挙句、

「どもこもならん、大将には勝てん」

と、これもまた百度もくり返してきた結論を吐いた。普段ならそこで話が終わるのだが、Sさんはタバコの火をもみ消してからちょっと考え、

「そっちでなんぼ喰《く》うてもよかろ」

とつけ加えた。

むろんそれは、小さな子供がいるわが家への好意だったが、より深くはそれはSさんが枇杷を完全に投げ出したことの宣言である。ありがとうとも言えず、

「しょうがなかなあ」

と答えるほかはなかった。

ぼくの家はSさんの梅林に隣接しているが、自分の家の庭に植えてあるポンカンやスモモや栗でさえも猿にやられて、ほとんど食べることはないのだから、Sさんの枇杷を守って食べることなどは言うに及ばない。食べていいと言われても、猿に勝つ手立てなどはとうにないのである。

手立てはないが、Sさんからそう言われてしまったせいで、その日は一日猿の来襲が気になって仕方がなかった。梅林の方で何か物音がすれば猿かと見に行ったりしたが、結局その日はもう彼らは現われなかった。熟れた実はもはやひとつもないことを、彼らこそはよく知っていたのである。

翌朝になって、ぼくはもう枇杷のことはすっかり忘れていたが、梅林の方で騒ぎ声がするので飛び出してみると、二、三十匹ほどが文字どおり枇杷の木の枝という枝に群がって、猿のすずなりになっていた。

季節の果実は一日一日と熟してゆく。きのう酸っぱくて食べられなかった枇杷も、一夜明ければ食べられることを彼らはよく知っていて、そこに枇杷がある間は何日でも廻ってくる。森のあちこちにそういう彼らの餌場があって、一年中それらを廻って彼らは暮らしているわけである。わが家の果樹類や畑の作物もSさんの枇杷も、彼らの頭脳にインプットされた無数の餌場のひとつにすぎない。

手近の棒を握って、枇杷の木から猿共を追い払いながら、ぼくはその時ひとつのことを思いついた。それは、まだ青いバナナやトマトを収穫して室《むろ》で熟させるように、色づきかかった枇杷をそのままもぎ取って置いておけば、やがて甘くなるのではないか、というたあいないといえばたあいもない思いつきである。

ぼくはだが早速にそれを実行することにし、妻に手伝ってもらって枇杷もぎにかかった。枇杷の木に登って、少しでも色づいている房《ふさ》は片はしから折り取って、下で待っている妻の手に落とす。

枇杷の枝はかなり強靱だから、かなりの高さまで登れる。手で折り取れる範囲はすべて折り取り、届かない所は鎌でひっかけて引き寄せて取る。小一時間の内に、まったく青い房を除いてほぼ全部を取り尽くすことができた。大ザルに山盛り二つ分ほどの葉つきの枇杷が、妻の足元に〈収穫〉として集められてあった。ふたりして試みに、その内の最もよく色づいているものを味わってみたが、甘さはほとんどなく予想どおりただ酸っぱいばかりの代物だった。猿も喰えない酸っぱさである。

けれども、枇杷の木に登って片はしから房を折り取っていた小一時間、ぼくはそれだけで充分に幸福で、楽しかった。訊《き》いてみたわけではないが、妻も楽しそうにしていたのは気配で分かる。Sさんと枇杷の木のおかげで、さらには猿のおかげで、ぼく達は思いがけず〈木に登って枇杷をもぐ〉という飛び入りの楽しい時を持つことができた。

二

枇杷の木に登って枇杷をもぐことは、その木が栽培されたものであることを別にすれば、縄文文化に連なる行為のひとつである。

縄文文化、あるいは縄文時代などと言えば、一般的には二度と帰ることはできないし、帰りたくもない過去のものとされているが、ぼくのこの二十年来の島での暮らしから考えてみると、

それは現代にあっても充分に価値のある文化であるし、それを生活の中に取り入れることによって、ぼく達はこの文明社会では味わうことのできない新たな豊かさと喜びを手に入れることができる。

縄文文化というのは、狩猟採集ということを基礎に置いているがゆえに、濃密に自然とかかわり学ばざるを得ない文化の形であるが、それはむしろ現在にあってこそ大切にされねばならず、取り返されなくてはならない文化だとぼくは考えている。

現代のアウトドアシーンを見れば、登山であろうと沢登りであろうと、川下りであろうとダイビングであろうと、オートキャンプであろうと釣りであろうと、自転車旅行であろうとバックパッキングであろうと、元をたどればその底には、自然との濃密な関係を取り戻したいという、強い人間衝動がひそんでいることは自明である。その衝動をぼくは縄文衝動とも生命の直接衝動とも呼ぶのだが、そのような形において現代もなお縄文文化は生きていると同時に、現代であるからこそいっそう縄文文化は大切なのだと考えている。ぼく達は、管理されシステム化された社会のみでは息をすることができず、アウトドアという時代の衣装をまとって、じつは縄文的な直接生命の世界へと出かけてゆくのである。

木に登って木の実を採ることは、ぼく達が昔は猿だったせいかもしれないが、本能的に楽しい。実を採らなくても木に登るだけでも楽しいのは、ここらの子供達の遊びに木登りが欠かせないことからも分かるが、大人が木に登ってただ遊ぶわけにもいかない。

Sさんの枇杷の木のほかに、少し前にはぼくは梅の木にも登った。むろん青梅をもぐためである。一本は小指の先ほどの小さな実がなっているコウメの木で、もう一本は普通の梅である。いずれも四、五メートルほどの木でたいした高さではないから、最初は一年生と幼稚園の子供たちを登らせて採らせた。

ただ木に登るだけでも楽しいのに、実をもぐのだからふたりとも大喜びで、それぞれに身につけた木登り術の範囲内で手の届く実はことごとく採り集める。むろんぼくは木の下に待機していて、ふたりが採って落とす梅を両手で受けてはザルに集める。

縄文衝動などと呼べばたいそうなことに思われるかもしれないが、自然との濃密な関係が成立していれば、おのずからそこにその衝動も成就しているわけで、チョモランマに登頂することも子供が梅の実をもぐことも、衝動が成就して楽しいという核心においては同一の行為であろう。

子供達で採れる範囲を採り尽くすと、今度はぼくの番である。梅の木には棘《とげ》はないが、棘に似た小枝が幹や枝のあちこちに突き出していて、木の種類としては登りやすい木ではない。子供達と同じく、棘のような小枝にシャツや皮膚を破られないよう注意して登って行くと、それが地上からわずか三メートルほどの高さであっても、そこはもう明らかに地上ではない、樹上の世界である。

細胞なのか遺伝子なのかは分からないが、いずれそのレベルに記憶されている、〈樹上〉という心地よい緊張が身心を巡り、子供達と同じくただそこにそうしているだけでうれしい。その上、実も採れる。

自分が乗っている枝が、充分に体重を支えきれるかどうかを確かめ、左手で上方の枝につかまり、半ばその枝にぶらさがる感じで、右手を思い切り伸ばして高い梢になっている実をもぎ取る。

もちろんロッククライミングのような命がけのことをしているわけではないが、その瞬間にぼくは、人間ではなくむしろ猿の喜びを味わう。人間ではなく一匹の猿に帰る、といった方が正確かもしれない。

カール・マルクスという経済学者は、労働とはオレンジの木からオレンジの実をもぐような行為である、と言っているが、ぼくの感じからすれば、それは労働というよりは遊びであり、遊びというよりは暮らすことそのものである。しかもそこでは、人と猿は喜びを共有することができ、猿が先生で人はそれに学ぶ。

その遊び、あるいは暮らし方は、じつは縄文衝動をも突き抜けたさらに遥かなる古代から持続している、アウトドアライフである。日本の縄文時代というスパンが、諸説はあるものの、

B.C.一万年からB.C.三百年頃までの約一万年間であるのに対して、ヒト科がサル属から分岐してヒトとなってくるのは、これもまた諸説はあるものの、今からおよそ四百四十万年前のラミドゥス猿人と呼ばれる者達からのことである。

猿とも人とも分かち難いから猿人と呼ぶのだろうが、左手で枝にさがり、右手を思い切り伸ばして青梅をもぐ瞬間に、ぼくの全細胞や遺伝子を貫いてその四百四十万年の記憶というものがおのずから甦ってくる。人類とチンパンジーの遺伝子は九九パーセントが共通であるというが、共通するその喜びが体を通しておのずから湧き上がってくるのである。

そんなことは理屈だと言われるかもしれないが、子供であれ大人であれ、木に登るだけで楽しく、ましてそこで実をもいだりすれば、言い知れぬ充足がわけもなく湧き起こってくるのだから、そんな理屈のひとつもつけてみたくなるというものである。

三

この季節の自然の恵みには、そのほかにグミと木いちごがある。野生のグミは春グミと秋グミの二種があって、春の初めに熟れるものと晩秋に熟れるものに分かれるが、五月下旬の今頃採れるのは品種改良された栽培種のビックリグミと呼ばれる大粒のものである。

家《うち》では、五、六年前に植えておいたものが昨年からやっと実をつけはじめた。今年は木が大きくなった分だけ昨年よりたくさん実をつけ、たわわというほどではないが、子供達がちぎっては食べ、大人もひょいと足を向けて気が向くと食べるくらいには実った。

ビックリグミの実は、小指の先ほどの楕円形で、完熟すると半透明のルビーのような真紅色になる。ただ赤くなっただけでは酸っぱくて渋くてあまり食指が動かないが、少し透きとおった真紅に熟れきると、甘味と酸味が調和してなかなかの野の小果実になる。

今のところは、そこにそういう果実があることに猿共は気づいていないようで、猿と争うこともなく十日間ほどは毎日グミを食べて過ごした。特に熱心だったのが五歳の娘と二歳の末の子で、三番目がぼくである。グミは、枇杷よりもっと熟れる度合が早くて、一夜明けるごとに新しくどんどん完熟してくる。

午後の二時過ぎに、幼稚園から戻ってくる娘の最初の遊びはグミ採りで、下の二歳の子を連れて小さなザルを持ってふたりで庭の草ヤブをかき分けていく。グミの木は、もう二・五メートルほどに伸びているから、高い枝のは採れないが、手が届く所のは二歳の子でも採れる。ふたりで真紅に熟れたものだけを採り集め、集めながらもちろん食べたいだけは自分達でも食べる。

娘は去年もグミ採りをしているから初めてではないが、末の子にとってはそれこそ生まれて初めて自分の手で採る木の実だから、どんなにか楽しいことだろうと思う。事実夕方、昼寝から起きてぐずっている時などに、グミ採りに行こうかとさしむけると、すぐに機嫌を直して一緒についてくる。夕方に残っているのは高い枝の実だけだから、抱き上げてそれを採らせると、じつにうれしそうにひとつひとつもぎ、ひとつは自分の口に入れひとつはぼくに渡してくれる。

ほぼ十日間でグミの季節は終わったが、それと併行していてまだ終わらないのは木いちごである。木いちごや草いちごでこの島に自生しているのは、ぼくが知っているだけでも五種類はあるが、この時期に熟れてしかも甘くておいしいのはリュウキュウイチゴとバライチゴの二種類である。

リュウキュウイチゴの木には棘がなく、実は透きとおった黄色だが、バライチゴの木は棘だらけで、実はくすんだ赤色である。赤イチゴは甘くて酸味が全然ない。黄イチゴは少し酸味があってしかも大変甘い。

二種類の木いちごは、家の周囲の草ヤブをはじめどこにでも自生しているから、子供達にとっても大人にとっても、この時期はいちごの季節となる。アフリカの部族の人たちやネイティヴアメリカンにならって、五月という月を独自に呼び替えるなら、さしずめこの月は〈黄イチゴと赤イチゴの熟れる月〉ということになるだろう。ちなみに、ネイティヴアメリカンのイロコイ族による一年の五番目の月は、〈果実が実り始める月〉と呼ばれている。

グミは酸味が強いので、一度に五、六粒も食べればそれで充分という気持ちになるが、木いちごなら二十でも三十でもそこにあるだけは食べて、別の場所で新しい木を見つければまたそこで食べたくなる。今年小学一年になった上の子は、市販のイチゴは嫌いでケーキに載っているのさえ食べないのだが、木いちごならいくらでも食べる。ぼくにしても、市販のイチゴなら三個も食べればそれで充分だが、木いちごならやはりあるだけは食べてしまう。

Sさんの枇杷、家の梅の木、ビックリグミ、そして野生の木いちごと見てくると、純粋に縄文文化と呼べるのは木いちごだけであることが分かる。縄文人が食べていた木の実類としては、栗やクルミや栃の実、どんぐりやカシの実など無数の堅果類が確認されており、柔らかな果実でも野ぶどうやヤマモモやマタタビなどが確認されているが、現在のところは木いちごを食べていたという証拠は出ていないようだ。それは、野ぶどうにしろヤマモモにしろ種子が堅いから炭化して遺されて確認できただけのことで、野ぶどうを食べていた彼ら彼女らが木いちごを食べなかったなどということは、万が一にも有り得ない。もしかしたら縄文人も、木いちごがたわわに実るこの季節を、〈黄イチゴと赤イチゴの熟れる月〉と呼び慣わしていたかもしれないとさえ思う。

縄文人たち自身にとって、その時代が豊かな時代であったかは大いに疑問であるが、ぼく達の今の時代にあって、その文化が大いなる豊かさと喜びをもたらすのは事実であるし、それ以上に、ここで「縄文衝動」という言葉で呼んでおいた自然回帰の願望が、これからのぼく達の文明を新しくバランスがとれた形に創り直して行く上での、不可欠の要素であることは確かなことだ。

森にアブラギリの白い花が咲き、屋久島はすでに梅雨に入った。これからしばらくは雨がつづくが、野生の実の連続からすれば、この雨期の森で黒く熟してくるのは、とびきりおいしいヤマモモの実である。ヤマモモは、自生している地域がかなり集中しているので、さすがの猿も食べ尽くせず、人間にも充分に廻ってくるから安心して楽しみにしている。

鹿を捕る

一

梅雨が明けそうなのは、空の青の色合いで分かる。雲が湧き流れて、ざんざん雨が降っていても、その空の一角に澄んだ青色が少しでも見られるようになると、それは太平洋高気圧が本物になってきた証拠で、梅雨明けは近い。雨の季節を決して嫌いではないが、空の一角に太平洋高気圧の青を見れば、さあ今年もいのちの季節がやってくると、単純に体の底からひびき出してくるものがある。

もう一ヶ月ほど前のことになるが、めったにしない夜の外出をして、十一時頃家に戻ってきたことがあった。真っ暗闇の森の中の道を、車を走らせて家のすぐ近くまで来ると、ライトの光の中に鹿が一頭立っていた。

鹿は好奇心が強い動物で、車のライトを恐れないばかりでなく、車そのものも恐れず、すぐそばに近づくまでは道路に立ったまままきれいな瞳でじっとこちらを見つめている。車が、二メートルかひどい時には一メートルにまで近づくと、やっと素早くヤブの中に逃げ込むのである。

人間は性善なのか性悪なのか、今でもぼくにはよく分からないのだが、時々そんな具合にして鹿に出会うと、そのまま車で轢《ひ》いてしまおうかという気持ちと、本能的にブレーキを踏む行為のふたつが同時に起きて、ぼくとしてはこれまでに車で鹿を捕ったことは一度もない。

けれども噂によると、西部林道と呼ばれている島一周道路の内の二十キロほどの部分は、人家がないので鹿がたくさん出没するらしい。そのため西部林道では、ぼろトラックを使って体当りで鹿捕りをする人がいるという。

その夜、ぼくがブレーキではなく危なくアクセルを踏みそうになったのは、けれども鹿肉を食べたいからではなく、その鹿が家の横の畑の真ん前に立っており、そいつが畑の野菜をこれから食べに行くところか、すでに食べ終わって森に帰るところかであることが、あまりにも歴然としていたからであった。

十分の一秒か百分の一秒の判断において、ぼくはやはり鹿に体当たりすることはできなかったが、そこに立っている奴を自分の眼で実際に見てしまったからには、なんらかの鹿対策をしないかぎり畑は全滅してしまうことをはっきりと思い知らされた。

二

家つづきに、ぼくは一反ばかりの細長い野菜畑を作っている。一枚の畑ではなく、四枚に分かたれた、ゆるやかな段々畑である。

去年から、どうもその畑の様子がおかしくなってきた。特に春から夏にかけて、次々に芽を出してきたり植え付けたりする夏野菜の苗が、片っ端から何者かに食われてしまうのである。鹿が来るようになったのかと疑ってみるが、これまで二十年近くも家の畑に鹿が来ることはなかったので、にわかには鹿のせいだとは断定できなかった。

猿が野菜の新芽まで食べるようになったかと疑ったり、また新手の害虫が現われたのかとも考えたが、どうもそうではないらしい。一夜の内に、ナスだのキュウリだのトマトだのスイカだのの苗が、茎だけを残して食べ尽くされてしまうのは、鹿以外にはできそうもないことだった。けれども、これまでの経験則からすれば、家つづきの畑に鹿が来るとは信じられない。いくら鹿が好奇心が強いといっても、やはり人間は恐いはずだし、眠っているとはいえ人間の気配のある家つづきの畑までは入って来ないはずだと、ぼくとしては信じつづけていたいのだった。

けれども、その夜現実に畑の横に立っている鹿を見てしまったことで、そんな甘い期待は完全に崩された。野菜畑を放棄するか、鹿対策をしっかり立てるか、ふたつにひとつしかない。むろんぼくは後者を選んだ。

鹿だけでなく猿にも有効な方法に、最近は電気牧柵というものがある。畑や果樹園を裸電線で取り囲み、そこに電気を流すのである。これだと、電気を流しているかぎりは、鹿も猿も絶対に園内に入れない。入れるのは、カラスやキジ、ヒヨドリなどの鳥だけである。それで、島内でも純農家の人達は、費用はかかるし電気を流すのは気分は悪いけれども、仕方なしに最近はこの方法を取り入れる人が増えてきている。

ぼくにしても、それを採用してすっかり安心して畑を楽しみたいのは山々だが、電気に囲まれた畑の中で作業をしている自分を考えたり、子供達に電線に触るなと忠告している自分を想ったりすると、そんなことをするくらいなら畑はもう放棄した方がましだとさえ思ってしまう。

猿対策としては、猿の食べない作物を作ること。鹿対策は、畑を不用になった魚網で囲んで侵入を防ぐことくらいが、ぼくの取り得る最良の方策なのであった。

古い魚網は、以前に漁師からもらってストックしてある。それを張り巡らす杭《くい》さえ打ち込めば、四、五日もかければ作業は終わるだろうと踏んだ。

三

次の日は幸い晴れたので、妻と学校に行っていないチビちゃんふたりを連れて、杉が伐《き》り出してある所に行った。むろん車でである。そこは、最近町が杉山を買い取って、土石流の恐れのあるこの地域の住民のために避難施設を作ってくれた所で、伐り出した杉は住民が自由に使っていいことになっていた。

二年前までは杉山だった所が、現在は整地されて立派な避難所の建物ができ、広場までできて、車で入れる。杭にする細目の杉丸太を手に入れるには、願ってもない場所である。

魚網を張り巡らす範囲は全長で約百メートルだから、杭は二十本もあれば足りる。長さ二メートルほどの杉丸太の杭を、それだけの本数作ることをその日の午後の仕事と決めて、ぼく達は早速に杉丸太の集積してある一角で作業を始めた。

作業といっても、積んである杉の中から杭に使えそうな細目のものを選び出し、それを二メートルほどに鋸《のこ》で引くだけのことだから、半ばは遊びのようなものである。本格的な山仕事であれば、チビちゃん達は初めから連れては行かない。

杉丸太を鋸で引く時、ひとりなら左足をそこにかけて、動かないよう固定しながら引くが、妻がいるから丸太を押さえてもらい、その分だけぼくは楽をして、鋸を引くこと自体を楽しむことができる。チビちゃん達も妻の真似をして、杉丸太に取りついて小さな手でそれを押さえる。

山で、山の静かさと神秘さを味わいつつ、ひとりで黙々と作業をすることがぼくはとても好きだが、そうして家族でわいわい言いながら作業をすることも、この世に二度とはない喜びとして、大切なものだ。

まだ半分は生《なま》の杉丸太からは、鋸を引くにつれて杉のよい香りが広がり、その香りにつられて鋸の刃応えも、シャッシャッとリズムが出てくる。鋸引きでもなんでもそうだが、ぼくがこれまでに身につけてきた野の作業、山の作業法の究極は、決して急がないことと、集中することと、のふたつだ。両者のバランスが崩れないかぎり、どんな作業に取り組んでも、その作業はかぎりなく楽しい。

その作業を通して、自分の中で常に発現することを願っている生の根源的衝動（縄文衝動）、つまりいのちの充足と静謐《せいひつ》のふたつながらを手にすることができるのである。

三本か四本の杭を引くと、次の一本は妻にまかせる。彼女だって当然そんな楽しい作業はやってみたいだろうし、ぼくにしても三、四本も引けば一息入れて、杉を片足で押さえる方になり、あたりの山の風景を眺めるのが好きだからだ。

チビちゃん達は、もうとっくに丸太押さえにはあきて、ふたりで木切れを拾ったり草花を引き抜いたりして遊んでいる。

山ではアブラギリの花が満開だった。アブラギリの真っ白な花が、濃緑の山のあちこちに点々と見られるようになると、この島は梅雨に入る。

やがて妻が一本を引き終え、鋸をこちらに返す。以前は教師だった妻もこの島に住んでもう七年になるから、今では鎌も使えば鋸も使う。訊《き》きただしてみたわけではないが、そういう道具を使いこなす芯からの楽しみを、徐々に体感しはじめているのではないかと思う。

約二時間の作業で二十本の杭を引き終わり、車に積み込んで家に持ち帰った。午後の残りの時間は、鉈《なた》でその杭の先を一本一本尖らせる作業をした。それはなかなかに力の要る仕事で、十八本削り上げた時点で手の皮がべろりと三ヶ所ほど剝《む》けてしまい、もうそれ以上は削る気がしなくなった。夕方にもなったのでその日の作業はそれで終わりとし、仕事を風呂焚きへと切り替えた。

四

それから四、五日は雨が続いて、杭を打ち込み、網を張り巡らせる作業がひととおり終わったのはもう六月に入ってからだった。

道路沿いに百メートルにもわたって赤褐色のナイロン網を張り巡らせてしまうと（反対側は小さな川で、ブロック積みの崖になっているので、鹿は登って来れない）、見馴れた畑の風景は一変してしまい、これが長年自然農法を実践してき、推《お》しすすめてもきた者の畑かと情けない気持ちにもなったが、新芽の内にすべて食べられてしまうようでは、そもそも農法も何もあったものではない。鹿が来るなら鹿に敗《ま》けて、それに対応するのも自然農法の方策のひとつだと自らを慰めた。

屋久島の夏は長いから、これから種をまき直しても、キュウリくらいなら食べられるかもしれない。

雨の合間に、残っていたスイカの苗を移し植えたり、鹿が食べ残した分のナスやピーマンやシシトウ畑の草を刈ったりして、ようやく畑は本来の畑らしい姿に戻りつつあった。

今年の梅雨はどちらかというと陽性で、降る時は三、四日しっかり降るが、長つづきはせず、

三、四日は晴れる。畑の野菜達にはまったく都合のいい降り具合で、ひとたびは鹿に茎だけにされた苗からも新しい芽が吹き出しはじめていた。

妻はなぜかオクラの苗を特別に大切にしていて、オクラが一日一日と成長してくるのをとても楽しみにしている。この分で行けば、今年はなにがしかの自家野菜を口にすることができるかもしれない。

楽しみが期待に変わりはじめようとしていたある夜、眠っている枕元のガラス戸一枚距《へだ》てた庭先のヤブを、明らかに大型動物が歩行する足音がして、ぼくははっと眼を覚ました。懐中電燈を持って畑に行き、照らしてみると、青白い眼が四つぴかっと光り、妻が大事にしているオクラ畑の中に二頭の鹿が立っていた。

車のライトにさえ驚かない鹿だから、懐中電燈の光くらいは気にもならない様子で、二頭は青白い眼をぴかぴか光らせたままじっとこちらを見ている。ぼくはすぐに家に引き返して、かねてから猿用に用意してあるファルコンⅡというアメリカ製の強力なパチンコを持ってきた。それは、野兎《のうさぎ》くらいなら撃ち殺せる代物で、鹿や猿は無理としても、命中すればそれなりの打撃と、何よりも恐怖心だけは植え付けることができるはずである。こちらとしては、猿にせよ鹿にせよ殺すつもりは初めからなくて、ここは危険な場所だと思い知って彼らが来なくなればそれでよいのだ。

懐中電燈をつけたまま、その光の角度が十メートルほど先の鹿に当たるように地面に置いて、ぼくは力いっぱいファルコンⅡのゴムを引き、青白く光る眼そのものをねらって鉄玉を放った。一発目は外れたが、鹿達は動かないのでもう一発放つと、今度は確かな手応えがあり、ドッと二頭は川上の方向へ走り出した。

そっちへ行けば逃げ場はないから、しめたものだ。懐中電燈を取り直し、そこらの棒で草を叩きながら、ぼくは畑のはしの網へと鹿共を追いつめて行った。奴らがあわてて網に突進すれば、がんじがらめに手足を網に取られるのは眼に見えている。

それ行け！

と、初めて体験する狩猟に大いに興奮しながら、懐中電燈のおぼつかない光を頼りに畑のはしまで追いつめた。

けれども、鹿達は期待したように網には突進せず、その手前で立ち止まって、青白い眼でこちらを見ている。仕方がないから、家の方へは逃がさぬよう遠巻きに角度を取りながらじわじわと近寄って行くと、二頭はダッとぼくの前を横切り、左手の網へと突進して行った。しめたと思ったが、懐中電燈を向けてみると、網が揺れているばかりで鹿の姿は消えていた。

自分で網を張ったのだからよく分かっているが、その部分は網の丈が少々短くて、補強しなければと思っていた個所なのだった。

五

次の日は雨だったが、上下の雨合羽をつけてぼくは網の補強にかかった。まず、庭先からの侵入ができぬよう新たに網を張り巡らし、前の晩の場所をはじめ何カ所かあった気にかかる所に、二重に網を張り巡らせた。

その次の日からは四、五日東京に行かねばならぬ用があったので、その前にできるだけのことはしておく必要があった。

前夜、一瞬の内に網の弱点を見極めて、そこから逃げ去った野生動物の鋭敏な感覚を思うと、網はいくら厳重に張り巡らしても足りない気がしたが、こちらとしてもできることには限りがある。まずまずのところで作業を切り上げて、次の日は東京へ発った。

戻ってきたのは六月十八日だったが、早速に妻から聞かされたのは、留守にしたその五日間に二頭の鹿が網にかかったという、信じられないような出来事だった。

信じられないのは二点ある。ひとつはあれだけ厳重に網を張ったのに、また鹿が入ってきたということ。もうひとつは、追われたわけでもないのにその鹿が網にかかってしまったということ。

妻の話では、二頭の内一頭は仔鹿で、見つけた時にはすでに腐りはじめていたので、そのまま穴を掘って埋めたそうだ。もう一頭は大鹿で、見つけた時はまだ生きており、彼女の手には負えないので、近所の若い人ふたりに頼んで網からはずしてもらい、さばいてもらって、肉は三等分としたのだそうである。

「それでも冷蔵庫がいっぱいで、どうしようもないの」

妻はまだ興奮がさめないようで、四、五日とはいえ東京というもうひとつの現実に浸ってきてぼうとしているぼくを、いきなり屋久島の白川山《しらこやま》という現実へと引き戻した。

十八日の夜は町の食堂で外食し、十九日の夜はヴェジタリアンの来客があったので肉食にはならず、ぼく達が存分に鹿肉を食べたのは二十日の夜になった。

鹿肉は脂《あぶら》っ気がなく淡泊で、臭みもまったくないので、ぼくは好きな方ではある。けれども最近のぼくは、全体として肉食自体にあまりそそられなくなっているので、子供達、特に高一になった息子が大喜びで焼肉をほおばるのを眺めている方がむしろ楽しかった。

妻の話では、鹿は網にかかる前にちゃんとナスの苗を全部食べて行ったそうで、これで今年の夏は自前のナスを食べることはできなくなった。それにしても、どこからか鹿が入った以上は、網はまた総点検しなくてはならない。鹿対策はこれからもつづく。

空の一角に見え隠れしていた、澄んだきれいな青空が次第に広がり、梅雨前線は北九州にまで北上して行った。

梅雨前線は、北上したり南下したりをくり返すのが特徴だから、また戻ってくるかもしれないが、青空の澄み具合から見るかぎり、もう本物の夏である。太平洋高気圧の夏である。

六月二十六日の午後、ぼくは左右にチビちゃんふたりの手をつないで、森の中の手造りの家で楽器作りをしている友達の所へ散歩に行った。冷《ひ》んやりとした森の風を楽しみながらその家に着くと、Kは開け放った板の間で尺八のような竹笛をこしらえていた。アフリカのカリンバとか木琴とか、アボリジニの大竹笛を彼は作るが、ふと庭を見ると、張ったロープに鹿皮とおぼしき毛をそぎ落とした生皮が陰干ししてあった。

「この間の鹿だね」

と確かめるとやはりそうで、肉は三軒で分けたが、皮はKの所に廻ってきたのだという。Kとしては太鼓に使うつもりだという。

思いがけない所で皮に出会って、ぼくはなんだかすっかりうれしく、わけもなくこれでもう本当に梅雨は明けたと、確信ができた。

セーノコという新しい神話

一

七月十八日に、台風六号が文字どおり屋久島を直撃した。

台風の通り道の島だから、来るのは例年のことだが、七月も二十日前に来たのは初めてのことだし、なおかつ島の真ん中を正確に割るように直撃して行った台風も、初めてのような気がする。

瞬間最大風速は五十メートルを超したそうで、山に囲まれているゆえに風には比較的強い谷合いのわが家でも、庭の十五年生のスモモの樹が横倒しにされた。

十八日の午前十時半頃に、テレビのニュースを見た東京の友達が心配して電話をくれた。その時には夜来の暴風雨はすっかり止《や》んでいて、空も明るくなってきていたので、強いけど小さい台風だから、もう大丈夫、夕方までには晴れるかもしれないと伝え、話を彼女が最近に送ってくれた楊興新《ヤンシンシン》という人の胡弓《こきゅう》のＣＤに移した。胡弓の音色は、アタワルパ・ユパンキのギターの音やインドのシタールやサロッドの音とともに、ぼくの魂を奪ってくれる数少ない楽器のひとつであることを伝え、彼女の方は、この夏は岩手で催される「賢治の学校」のキャンプに参加する予定であることなどを伝えてきて、電話は思わず長電話になった。

まだ話をつづけている最中に、突然、ごおっと風が襲ってきて、いきなり玄関の板戸が吹き倒された。妻が悲鳴をあげ、ぼくも即座に電話を切って倒された板戸に飛びついたのだが、それがなんと、台風の吹き返しの第一風だったのである。

小型と聞き、もう過ぎたと判断したのが大間違いで、その一時《いっとき》じつはぼく達の谷間はまさしく台風の目の中にあったのだった。

それから四時間ほど、猛烈な風雨がつづいた。入口の板戸には内側から突っかえ棒をしたが、裏の物干し場でどしんと音がしたので行ってみると、スモモの樹が物干し場の屋根へ倒れ込んできていた。十五年かけて成木にしたスモモだが、今はそれどころではない。突っかえ棒ごと再び入口の戸が吹き飛ばされないか、そしてその勢いで内側から屋根を持って行かれないか、そんなことはあるまいと思いつつも、全身の感覚を叩きつける風の強度に集中しているほかはなかった。

これまでに何十度も台風とは直面してきたが、そのつど思い知らされるのは、台風は人の死と同じで、来る時にはどうもがいても来る、という単純な事実である。来ないでほしいと願い、それでも少しずつ近づいてくれば、十キロでも二十キロでも脇にそれてくれと願うのが台風の通り道に住むぼく達の気持ちだが、来る時にはそれは、まるであらかじめ予定されているもののように必ずやってくる。

死もまったく同じようにやってくるはずだから、台風のさなかにあってはぼくは二重の意味で死の練習をする。今回の六号台風の猛烈な吹き返しの午後、ではどういう練習をしたかというと、小学一年生の息子と本将棋を三回戦し、五歳の娘とハサミ将棋を三回戦して過ごした。

二

中一日あけて、七月二十日は今年から「海の日」とて、子供達は夏休みに入った。

その日から再び太平洋高気圧が張り出し、家の裏山の上には朝からしんとした青空が見られた。ぼくにとっての真夏は、その裏山の上にひろがる、冷たいほどにしんと澄んだ青空から訪れてくる。朝の緑茶を飲みながら、青空と呼ぶより虚空と呼んだ方が正確なような、その空を浴びて、ようこそ真夏と、少年のようにひとりでわくわくするのである。

午前中は、横倒しされたスモモの樹のさばき方と、壊された物干し場の修理に過ごした。ここらでは、樹を伐《き》り倒してその大枝や小枝を切り落として整理することを、樹をさばくと言う。

また、「……し方」というのは、これもここらに特有の言い廻しで、

「何処《どけえ》行き方な？」

「山ン行き方よ」

とか、

「昨晩《ゆんべ》は如何《いけん》やったと？」

「よか飲ん方（焼酎宴）やったろ」

というように使う。

ひとたび台風が来れば、島のどの家も大なり小なりなんらかの被害はまぬがれないので、ぼく達は皆、台風が去ればその後始末に追われる。

スモモの樹のさばきは一時間余りで済み、十五年かけて育ててきた樹は三、四回分の風呂のたき木に整理されて積まれた。物干し場の修理も同じほどの時間で済んだので、午後からは家族で海へ行くことになった。

一湊《いっそう》の村はずれには小さいけれどきれいな白砂の海岸があって、町指定の海水浴場になっているが、ぼく達はそこへ泳ぎに行くことはない。車で十分ほどで行ける一湊近在に、ぼくは五ヶ所ほど自分達の泳ぎ場所を持っていて、そこへ行けば夏場でもたいていの場合は人影がなく、

自分達で海をひとり占めにすることができる。子供達は、たくさん人がいてシャワーもあり売店も出ている海水浴場へ行きたがるが、これはかりはぼくとしては子供達にゆずることができず、断乎として、人影がなく砂浜も猫のひたいほどしかない、自分の海へ子供達を連れて行く。

その午後行ったのは、毎年そこへ行く頻度が一番高いので、〈いつもの浜〉と呼んでいる、ごく小さな砂浜とかなり遠浅の岩海がある磯であった。

その浜がよいのは、車を道脇に停めてそのまま海岸に直接降りて行けるので、なんの苦労もいらない点にある。そこの海には貝もいないし、海水浴場と同じでただ泳ぐだけでつまらないのだが、台風の直撃で身心にまだ疲れが残っているぼくとしては手軽なので、この夏の初日はとりあえずその浜に行くことにしたのである。

海中に貝はいないが、海水浴場と違うのはそこの海岸のごつごつとした巨岩の割れ目には、ここらでセーノコと呼ばれているフジツボ目《もく》のカメノテという甲殻類がびっしりと付着していることである。ひとつひとつのセーノコの肉は大きいものでもシジミの肉の半分ほどしかないが、味はなかなかのものなので、わが家では大人も子供も大好物のひとつである。セーノコは獲り放題と言ってよいほどいくらでもいるが、当然のことながら節度（生態系）ということがあるし、食べる時に殻から中身を引き出すのが面倒でもあるので、ぼくらが獲るのはいつでもその日の夜の汁の実にする分だけである。

島ではクーシと呼んでいる、片方の先を鉤《かぎ》に曲げ、片方の先は平べったくつぶしてある鉄の棒を使って、ある時は岩の割れ目からそぎ落とし、ある時はそこからかき起こして、セーノコを獲り集める。

セーノコとはよく名づけたもので、漢字にすればそれは、瀬の子。海から頭を出しているだけの瀬や、干潮になれば出てくる海岸の瀬岩の割れ目に、色合いもそっくりその瀬に似てびっしりと繁殖している姿は、まことに瀬の子の呼び名にふさわしい。

一湊の縄文遺跡からは約六千年前（縄文前期）の土器が出ているから、少なくともその頃からこの島の海岸地帯には人が住み、生活をしていたことになる。セーノコをセーノコと呼ぶようになったのはいつ頃からのことか皆目分からないが、瀬岩を親に見立て、セーノコを子と見立ててそう呼び習わしてきた島人の感性の内には、現代の地球をガイア（地母神）と見立て、そこに発生するすべての生物をその子と見立てる思想に相通じるものがある。事実としてセーノコもぼく達も、この惑星から生まれてきた子供であるにすぎない。

妻が子供達を泳がせている間にぼくはセーノコを獲るのだが、その和名のカメノテというのもなかなか面白い。漢字にすればむろんそれは亀の手。ぼくは亀の手というものをつくづく見たことはないけど、岩からかき獲ったカメノテを見れば、なるほど亀の手というものはそういう形をしているだろうと思うほどに、すっかり納得させられてしまう。モノの呼び名というものは、それ自体が深い文化（喜び）だとぼくは常々思っているが、セーノコもカメノテもその呼び名がゆかしくて、肉のおいしさとともに、ぼく達の日常生活にその呼び名だけでも確かな豊かさをもたらしてくれる。

三

七月二十二日に、東京から娘が帰省してきた。そうした場合に出番が廻ってくるのは、今年高一になった息子である。

敢えて頼まなくても、彼は自分でウナギの仕掛けをこしらえて、ウナギ獲りにかかる。仕掛けといっても簡単なもので、そこらの木の枝を切り、それに太目のすじ糸と太目の針を結びつけるだけのことである。

白川《しらこ》と呼ばれているぼく達の谷川には、魚類は鰍《かじか》と川エビとオオウナギしか生息していないが、その内の鰍を網ですくい獲ってエサとし、それでオオウナギを釣る。

釣るといっても、木の枝を手に持ってかかってくるのを待っているのではなくて、夕方その仕掛けを谷川の淀みに仕掛けておき、深夜に見まわりに行ってもしかかっていれば、そのまま引き上げてくるのである。

オオウナギは、ここらではゴマウナギと呼んでいるように、体にたくさんの黄褐色の班点があって、大きいやつなら胴廻りで二十センチ、長さは一メートルにもなる。普通のウナギに比べて味は淡泊だが、焼けばまさしくウナギの匂いがし、淡泊なりにおいしいので、夏場にお客があればそれを獲ってきて御馳走とする。

どうしても御馳走したいお客ならぼくも立って仕掛けにかかるのだが、今回は娘なので息子にまかせておくと、その日の夜、彼は一匹だけ四十センチばかりの小ぶりのやつを引き上げてきた。一匹では家族全員のおかずにはならないが、その内また獲れるだろうからと、さばいて冷蔵庫に保存しておく。獲れない場合は、娘にだけ思い出の味を食べてもらえばいい。

ウナギのさばき方には、コツが要る。ウナギ屋がどうさばいているのかは知らないが、ぼくが習ったのは、まな板の上に腹這いにそれを伸ばし、その頭部に三寸釘《くぎ》（十センチほど）を打ち込んで固定するやり方である。そうしなければ、生きているウナギに包丁を入れることなどとてもできない。

釘を頭に打ち込んでまな板に固定し、カボチャかキュウリのざらざらした葉を取ってきて、それでウナギの体全体をぎゅうぎゅうしごき、ぬめりを取り去る。

頭を釘で打ち抜かれていても、ウナギはまだ充分生きていて体をくねらせるが、キュウリの葉で体全体を五、六回もしごくと、なぜかいつでも急に勢いがなくなり、ぐたっと文字どおり伸びてしまう。家のまな板は、こういう時や大きな魚をさばく時のために、長さ六十センチほどの部厚い杉板を使っている。

肌のぬめりを取り去ると、ウナギの場合は背開きといって、背中から縦に包丁を入れる。まだ生きているから少々は暴れるが、こちらの左手の握力の方がもう強くなっているから、ウナギとしてはいかんともし難い。

背開きにして骨を取り去ると、さっきまでは生きたウナギであったものが、たちまちに食べ物としてのそれに変わり、ぼくは内臓の中からまだ生きてぴくぴく動いている肝を切り取って、生のまま食べる。少々渋い味がするが、生肝《いきぎも》を食べるのはウナギをさばく者のひそやかな特権でもある。

四

二十四日と二十五日は、帰省した娘が海へ行きたいというので、午後から二日つづけて海へ行った。

一日目は、〈いつもの浜〉から岬沿いに四百メートルほど沖に突き出した位置にある、〈お客と行く浜〉へ。二日目は、一湊近辺ではなくて隣の隣の大字《おおあざ》になる永田の四ツ瀬の浜まで出かけた。

その二日間は、セーノコはもう食べたばかりなので、娘に食べさせる分だけ少し獲って、あとはもっぱら海中のイソモンと呼ばれている貝を探しながら泳いだ。

イソモンというのは、アワビを小さくした型の三、四センチほどの貝で、和名をイボアナゴまたはヒラアナゴと呼ぶ、ミミガイ科に属する貝である。学問的にはそうなのだが、人に説明する時は、面倒なので、小型のアワビでトコブシの仲間だと言っておくが、正確にはその隣人のイボアナゴの仲間なのだそうである。

学問的にはともかく、イソモンは小型のアワビに違いはなく、小さいけれども肉は大変においしい。干潮になれば干瀬の潮だまりでも獲れるが、潮が満ちている時は泳ぎながら、海中の岩のウニ穴などに付着しているのを潜って獲る。アワビと同じく、肉面で岩にぴたりと吸いついているから、手で獲るのは無理で、やはりクーシを使う。クーシの平たい方の先を貝肉と岩の間にさっとすべり込ませると、イソモンは簡単にはがれる。

しかしながらこちらは、セーノコとはちがって見つけるまでが難しい。浜によって、また同じ浜でも場所によって生息の多少があり、ごく限られた数しか見つけ出すことができない。最近は、酸素ボンベをつけた連中が職業的に獲ったりもするので、ぼくのようなシュノーケル人にはイソモンはますます見つけにくくなってきている。

けれども、そのシュノーケルも島の婆ちゃん達から言わせれば邪道で（イソモン獲りは主として女の人達の磯遊びであり、磯仕事でもある）、イソモンは干潮の干瀬を歩きながら見つけるのが本筋で、シュノーケルをつけて潜って獲られたのではたまったものではない、と感じているふしがある。

いずれにせよ、数が限定されているだけに、見つければうれしい。探しながら、暖かい海水の表面をゆっくり泳いでいれば、三十分や一時間はあっというまに過ぎてしまう。

正確にかぞえたわけではないが、一日目に獲ったイソモンは七個か八個。二日目に永田の四ツ瀬浜で獲れたのは、イソモンが二十個くらいと小さなシャコ貝が三個、それに名前を知らない三角錐《すい》の巻き貝が十個ばかりであった。二日目は高校生の息子も一緒に行ったので、その分だけ収穫が増えた。

二十五日の夜は、次の日は娘はもう東京へ戻るというので、ささやかな夜食の宴となった。二十三歳にもなったのだからビールもちょっと飲みたいというので（ぼく達夫婦は飲まない）、小さな缶ビールを三本買ってきて、その日獲り集めた貝類を網で焼き、冷蔵庫にとっておいたウナギ一匹を焼いてタレで煮込み、その上夕方、車エビの養殖場に勤めている友達から生きている車エビが二十匹ばかり来たので、それはそのまま全部刺身になった。さらにまた、トビ魚漁に出ている友達から廻ってきたトビ魚でこしらえたツケ揚げ（サツマ揚げを島ではそう呼ぶ）があり、ささやかな宴のつもりが豪華すぎるほどの御馳走になってしまった。

いつでもそうというわけではないが、その日の夜食で見るかぎりは、買ってきたものはビールの小缶三つだけで、あとはすべて自分達で獲ってきたものや廻してもらったものばかりであった。

ぼくとしてはそのような夜食を、明らかに豊かな、豪華な夜食として喜ぶ。車エビの刺身が来たのでいっそう豪華になったが、それがなくてもその夜の夜食は充分に豪華であったと思う。そしてその豪華さの依っているところは、基本的には縄文文化と呼ばれている狩猟採集の文化そのものである。

核エネルギーと石油エネルギーに依拠するぼく達の文明は、それが排出する有毒物質や大気汚染を含めて、ぼく達に絶望的な未来しか見させてはくれないが、太陽エネルギーを含む再生可能のエネルギーや資源に依拠する縄文文明は、ぼく達に、太陽系が存在するかぎりは永続する文明が可能なことを、少なくとも一万年というスパンにおいてすでに証明してくれている。

産業革命以来のわずか二百年で、ここまで地球環境が悪化したことを思えば、一万年というタイムスパンは準永遠とさえ言える。

バブル時代のアウトドアならいざ知らず、これからの本物のアウトドアは、海岸の瀬岩を親として生育するセーノコのように、地球を地母神《ガイア》として暮らす人類の古くて新しい神話へと移ってゆかねばならないし、移ってゆくだろうとぼくは考えている。

モーニンググローリィ

一

アウトドアライフは足元にもあると、ぼくは思っている。

海や山や、時には外国にも遠出して楽しむアウトドアは、むろんその時々の大いなる楽しみであろうが、日常生活の足元には、遠出においては必ずしも味わうことのできない深い楽しみがある。

非日常だからこそアウトドアなのだという意見はもっともだが、加えて日常生活にもそれがあることになれば、ぼく達の短い人生はそれだけ豊かな、楽しいものになるはずである。

ぼくのこの夏の楽しみのひとつは、朝起きてすぐに玄関の横のガラス戸のカーテンを引き、戸を開けて、軒下に置いてある鉢植えの朝顔の花を見ることだった。

それは、濃い青色に白いすじの入った典型的な色もようの朝顔で、今年から小学校に上がった子供が学校で育て、夏休みとともに家に持ち帰ってきたものである。鉢植えだからたくさんは咲かず、毎朝五つ六つ、多くても七つか八つしか咲かないのだが、陽が斜めに差す朝の冷気の中に凛《りん》と開いているその花を見ると、自分が待っていた今年の夏は、山にあるのでも海にあるのでもなく、じつはここにあったと感じるほどにすがすがしい晴れやかな気持ちになった。

毎朝、いくつ咲いたか自分で確かめておいて、あとから起きてくる子供達にいくつ咲いているかをかぞえさせる。

「今日は五個」

「今日は八個」

毎日の朝が、朝顔の花の数をかぞえることから始まるなんて、ぼくにはとても贅沢《ぜいたく》なことのように思われ、〈富についての中庸は贅沢、あるいは豪華〉という難しい言い廻しをした、アリストテレスであったかの気持ちが分かるような気さえしたものである。

アリストテレスはギリシャ時代の哲学者だが、哲学はアリストテレスやギリシャ時代にのみあるのではなくて、夏の朝の日本の朝顔の花の内にも凛と咲いている。

ぼくは東京の神田で生まれ、昭和二十年の敗戦の年から二十六年の三月までが小学生で、文字どおり戦後の荒廃しきった焼跡の街で育った。サツマイモやスイトンや、大根を刻みこんだ御飯が主食で、物質的には極度に貧しい時代だったが、それでもいくつかは忘れ難く楽しかった、というより今となっては聖なるものと呼んだ方が適切なほどの夏の思い出というものがある。

その内のひとつが、家の前のそれこそ猫のひたいほどの土に、朝顔の種を十粒ばかりまいたことである。父に、家の壁の二階の位置に釘《くぎ》を打ってもらい、そこからひもをたらして土に固定しておいただけで、朝顔はぐんぐん伸びて、夏休みに入ると毎朝たくさんの花を咲かせてくれた。今年の夏と同じく、ぼくは誰よりも早く起き出して家の外に出、その花の数をかぞえるのが楽しみだった。

猫のひたいほどの土とはいえ鉢植えではないから、朝顔達は二階の窓よりも高く伸びて、毎朝五十以上もの数の花を咲かせてくれた。朝顔に熱中した夏が二、三年は続いたと思うのだが、その中で今も鮮やかに記憶されているのは百七個というある夏の新記録である。

七つや八つならともかく、五十以上もの花になると、同じ花を二度かぞえたり、かぞえ落とすものが必ず出てくる。それで小学生のぼくは、毎朝三度はかぞえ直して、その内二度以上重なった数をその日の花数とすることに決めていた。三度かぞえても一度も合わない時は、四度五度とかぞえ直した。

夏休みが深まるにつれて次第に花数が増し、百に近づくとそれだけ熱中して早起きとなり、まだうす明るい内から眼が覚めてしまうことさえあった。ある朝、とうとう百を超え、やがて

百七を記録した時のその数字は、それからほぼ五十年を経た今も大いなる喜びの数としてぼくの胸に刻みこまれている。朝顔の花はそれほどの感銘をもって、少年のぼくをふるい立たせてくれたのである。

自分が咲くわけではなく、ただ朝顔が咲くだけなのに、ぼくはまるで次々と自分が咲き増して行くようにふるい立った。けれども百七個がピークで、それ以上はどんなにかぞえ直してみても花数は減るばかり、やがて青い実ができ、その実が少しずつ熟れて、中から黒くて堅い種子がのぞくようになると、もう夏休みは終わりだった。

二

屋久島に移り住み、自分達の庭や畑に加えて山まで持つようになってから、時々は朝顔を育ててみようかという気持ちになったこともあった。

けれどもそのたびに、敢えてそんな園芸種の花を咲かせなくても、ここらには自生の野の花がいくらでもあるじゃないか、という気持ちが起きて種をまいたことはなかった。それが今年はどういう風の吹きまわしか、子供の学校栽培の朝顔に加えて、鹿の防禦用に張った網の一部の根元に、自分でもその種を別にまいていたのである。

その種は、昨年の十二月に、神奈川県の秦野市に住む尺八奏者の森丹山さんという人からもらったものである。

昨年の十二月に、ぼくは同じ神奈川県の南足柄市にある在野の人生教育団体「くだかけ会」の事務所で、小さな詩の朗読会を持っていただいた。ぼくの詩の朗読会は、詩を朗読するのは当然だがそれに加えていささかの感興《かんきょう》の話もするのが常で、その時には、感興の話としてジュズダマという植物のことを伝えた。

ジュズダマは、ご存知の人も多いと思うがイネ科の野生植物で、今年も八月末のちょうど今頃目立たない小さな黄色の花を咲かせはじめているが、やがて大豆をひと廻り小さくしたほどの緑色の実ができ、秋になると灰色か黒の朝顔の種をいっそう堅くしたような実に熟する。その実のひとつひとつに針で穴をあけ、ひもを通せば首飾りにもなり数珠《じゅず》にもなるのでジュズダマと呼ぶのだが、ぼくはその植物が好きで、栽培こそしないがそこらに自生してきたものは刈らないようにして育て、秋になって特別役に立つわけでもないその実を採り集めるのを楽しみにしている。

昨年植物図鑑で調べていて、その学名（ラテン名）がlacryma-jobi《ラクリマヨビ》というものであることを知りラクリマ・ヨビとはヨブの涙という意味であることを知った。話が長くなるので途中は省略するが、ヨブの涙というのは、旧約聖書のヨブ記に出てくる〈正しく完全な人・ヨブ〉が神の激烈な試みに遇い、そのあまりの苦悩のゆえに落とした大粒の涙であることも、知った。そのラテン名は英語にも引き継がれ、英語ではジュズダマをJob's《ジョブズ》 tear《ティアー》と呼んでいるそうである。

ひとつの植物の名を、古代ローマにあっても現代の英語圏にあっても、ヨブの涙と呼び、日本にあっては数珠玉と呼ぶことの内には、人類に共通する祈りの心情とも呼ぶべきものがあって、大変に興味深い。野にある無数の植物達は、出遇ってみればそのひとつひとつが、このジュズダマのようにそれに特有の物語を持っているはずであり、そのことだけを取りあげてみてもぼく達を取りまく自然の内には、ぼく達の一生や二生をかけても探り尽くすことのできない宝（カミあるいは意味）が秘められていることが分かっていただけるだろう。

かいつまんでそんな話を、びんに詰めて持参したジュズダマの実を会場の人達に廻し見してもらいながら語ったのだが、会が終わったあとで森丹山さんが、是非その実を植えたいのでゆずってほしいと言ってこられた。むろんそうしたが、それをきっかけに庭植えの植物のことが話題になり、その年丹山さんの所では初めて朝顔をまいてみて、夏中とても慰められたことを聞かされた。

丹山さんは、ぼくよりひと廻りは若い新しい時代の尺八奏者だが、彼が〈朝顔の慰め〉について語るのを聞いていたら、突然ぼくもそれを咲かせたくなり、あとから種を送ってくれるようお願いしてしまった。

約束どおり種は送られてきて、ぼくはそれを鹿の防禦用ネットの根元にまいた。

三

お盆（島のお盆は八月十五日）を過ぎて、息子の鉢植えの方はもう花を咲かせなくなったが、少し遅れてまいたぼくの方は、逆に少しずつ花数を増やしはじめていた。

花色は白のものとピンク色の二種類で、少し物足りない。白はよいとしてもピンク色の花は、ヒルガオとして海岸附近の一帯に自生していて、目新しくないだけでなくヒルガオの印象をもたらすので、朝の凛とした気配をあいまいにしてしまう。

残念だなと思いつつ、それでも毎朝、家の外の谷水を引いた水道で顔を洗うついでに、その花達を見まわりに行った。ある朝やはり見まわりに行くと、十本ばかり植えたその一番端の方に、純粋に濃紺の花がふたつ咲いているのを見つけた。その花色はぞくっとするほど美しいもので、ぼくの内にあるなぜかこれこそ朝顔、という色合いそのものであった。

苗の時分に鹿にでも踏まれたか、それとも猿か犬にでも踏まれたのか、何かの原因で成育が遅れてやっと花にまでこぎつけたのだろう。

その朝から、ぼくの花かぞえの日々が少年時代のようにまた始まった。その日の花数は三十五個であったが、かぞえ終わった時に最初に記した百七という数字が突然甦り、それとともに今は亡い父母に護《まも》られてあった貧しくともかけがえのない日々が、夢のように思い起こされてきた。

ぼく達のこの時代は、祖先はもとより父母さえも真には大切でなく、夫婦や子供からなる家族すらも二次的価値しかないような、個人の時代へと突入している感じであるが、すでに失ってみて如実に分かることは、もとより個人は何よりも大切であるが、それと同じく、というよりそれゆえに父母は何よりも大切なものであり、家族こそは何よりも大切なものであるという単純な事実である。

植物図鑑で調べてみると、アサガオというのはヒルガオ科の植物で、熱帯アジアが原産地であり、日本には中国を経て渡来し、江戸時代の後期に園芸植物として大いに改良普及されたものだという。

朝顔と言えば、なにがなし入谷《いりや》鬼子母神の朝顔市が思い起こされ、ほのかに江戸時代の匂いがするのは、そういう歴史をその花が持っているためだったかと、あらためて納得する。ちなみに、源氏物語に「朝顔」の巻があるが、その朝顔は槿《むくげ》のことで今の朝顔ではないという。

それはともあれ、毎朝谷水の水道で顔を洗い、それから今日はいくつ咲いたかと、花数をかぞえながらひとつひとつの花を眺めてゆくことが、この夏のささやかではあるが心からの楽しみになった。

「今日は三十七個」

「今日は四十五個」

とかぞえてゆく。

子供の頃のぼくと異なるのは、もう数にはこだわらなくなっていて、二度三度とはかぞえない。終わりの方の、ぼくを最初にぞくっとさせた濃紺の花は、ひとつしか咲かない日がありひとつも咲かない日もあったが、三つ以上咲くことはなかった。少し淋しいが、ひとつでもふたつでもその花色が現われたせいで、今度は白色の花がいっそう引き立つようになった。白花が引き立つと、つられてピンク花も本来の色合いになり、全体として夏の朝のこの上なくすがすがしい冷気となって、ぼくに少年のような元気と、精気を与えてくれた。

四

十代の後半から、誰でもそうとは限らないかとは思うが、ぼくはずっと自分とは何か、従って、神とは何かということを考えてきた。その延長で哲学を専攻し、六〇年代から七〇年代にかけてのカウンターカルチャー（対抗文化）の活動に深くかかわり、一年間インドとネパールの聖地の巡礼をし、それを終えてからこの屋久島の地に移り住んだ。

自分とは何か、神とは何かという問いに明確な解答を得たわけではないが、少なくともひとつの答えは与えられている。

それは、神（自分の最も深い関心）というのは、自分の外部と同様に内部にも存在する究極のもので、その本質は、自分及びすべての自分達に、善いもの、美しいもの、愛しいもの、幸せなもの、静かなもの、永遠なもの、真実なもの、等々として現われてくる。

逆に言えば、自分の内外を問わず、自分にとって善いものとして現われ、美しいものとして現われ、愛しいもの、幸せなもの、静かなもの、永遠なもの、真実なものとして現われるものは、すべて神であり、神の息吹きと言えるのである。

神を天国にのみ押し込める必要はない。神は森羅万象として、天奥《てんおう》にもあるがこの地上にも満ち満ちていて、ぼく達がそれを求めさえすればやがて与えられるものである。

ぼく達は、まだ教会や寺院の内にある神の観念から抜けきれていないから（そこにあるのも神ではあるが）、そういう神とは区別するために、森羅万象として現われる古くて新しい神を、片仮名でカミと表記する。

このカミは支配せず、強制せず、組織しない点で従来の神とは異なるが、大切にされ、尊ばれないと現われないという点では、従来の神と同様である。

簡単に言えば、ぼく達をここに生み出してくれた地球、地球を生み出した太陽系、太陽系を生み出した銀河系、銀河系を生み出した宇宙は、ぼく達にとっての森羅万象であり大自然であるが、それがカミとして現われてくるのは、ぼく達の胸にそれらに対する尊敬の気持ちや感謝の気持ち、不思議の気持ちが宿ってくる時においてだけである。

ここでもまた逆さまに言えば、こちらが不思議の気持ちを持ち、感謝の気持ちを持ち尊敬の気持ちを持って自然に接するならば、自然界の森羅万象はすべてカミとして立ち現われてくる可能性を持っている。

ぼくがアウトドア、あるいはアウトドアライフというこの時代の潮流を深く肯定するのは、この個人、あるいは孤人にさえ閉じこめられている生命が、自然という無限のカミの只中にさらされることによって、自分の生命もまたひとつのカミであり、カミが与えてくれたものであることに気づいて、その生命力がより充実し深まる可能性にさらされると考えるからである。

自分とは何か、を尋ねて行けば、それはきっと神ないしカミに到る。神あるいはカミとは何か、を尋ねて行けば、それは必ず自分に到る。

五

朝顔のことを英語でmorning《モーニング》 glory《グローリィ》と呼ぶことは、多くの人が知っていると思う。朝の栄光、という意味だが、初めてその呼び名を知った時、英語圏の古人は、なんと適切な呼び名で朝顔を呼んだことか、と感心した覚えがある。植物の英語名などはなかなか覚えないのが普通だが、モーニンググローリィばかりは一回で胸の中に刻みこまれてしまった。

gloryという英語は、それ自体のうちに天上の栄光とか後光とかの意味を含んでいる宗教的な言葉だが、それが朝顔につけられてみると、朝顔という日本語よりもっと深く適切に、朝顔の本質を呼び表わしているようにさえ感じられる。

谷水を直接引いた水道で顔を洗って（ぼくのカミ感覚からすればその水もまたカミである）、毎朝その朝顔を見に行くのだが、それと同時にそれは、朝の栄光、を見に行くことでもあった。

朝顔の内に、まぎれもなく朝の栄光がしんと静まってあり、それは同時に朝顔というカミの栄光にほかならないのだった。

この島でも朝夕はめっきり涼しくなり、もう確実に盛夏は去ったが、ぼくにとってはこの夏は、思いもかけず朝顔の夏だったと思う。まだ盛んに咲きつづけている朝顔に感謝しつつ、あたりの草むらを見廻すと、ツユクサの青紫の花が、朝顔とは比較にならぬほどの小ささにおいて、びっしょり朝露に濡れて咲いている。

この夏は朝顔に気を取られて、あまりツユクサを見ることもなかったが、それとてもむろん小さなひとつのカミである。江戸の花という伝統を持つ朝顔は、どちらかといえば都会の花であり、〈富についての中庸は贅沢、あるいは豪華〉というアリストテレスの言葉を思い起こさせるものだが、ツユクサの方は、〈小《く》さ愛《かな》さ〉、小さいものは愛《かな》しい、という沖縄の俚言《ことわざ》を思い起こさせてくれるものである。

ここらではツユクサは最も繁殖力の強い雑草のひとつで、放っておけばひと夏の内に畑全体をおおいかねない。そこで適当に刈り取って、そのまま畑に伏せて肥料になってもらうのだが、それでもあとからあとから伸び出してきて、畑をツユクサ畑にしてしまおうとする。

野菜にとっては困った草だが、夏の朝、文字どおりびっしょり露のおりた葉の間から青紫の花を咲かせているのを見ると、これこそ夏の花であり、この花に遇うために自分は夏を待っていたのだ、としばしば感じたものだ。

青色系統の花は、春でも夏でもぼくの一番好きな色合いだが、春なら矢車草、夏ならこのツユクサの青花が、ぼくの気持ちを最も浄めてくれる。

ツユクサに眼が行くと、つづいてもうイヌタデ（アカノマンマ）の赤花が咲き出しているのに気づく。イヌタデに気づくと、やはり赤花のゲンノショーコも咲き出しているのに気づく。〈小《く》さ愛《かな》さ〉の花達が、小さく愛《かな》しいことにおいて、すでにカミとして秋を示している。

棉《わた》の実

一

三ヶ月か四ヶ月に一度、島を出て、詩の朗読のための小さな旅をすることも、島で暮らす楽しみのひとつである。

今回は九月の十一日から二十日にかけて、大阪の吹田市、静岡県の森町と浜松市、愛知県の豊川市と碧南《へきなん》市方面へ、少し忙しい旅をしてきた。

吹田市のメイシアターホールでは、李政美《いじょんみ》さんとふたりで〈祈り〉とタイトルしたコンサートを持ち、森町の遠州一宮《いちのみや》である小国《おぐに》神社大宝殿では、三泊四日の〈野草塾〉という合宿セミナーの講師を楽しんだ。浜松市と豊川市では、内田ボブとの〈川〉をテーマにしたコンサートを持ち、最後に碧南市の西方寺というお寺を訪ねて、明治時代の大宗教者・清沢満之《まんし》の墓前にお参りをした。

ぼくの旅は、飛行機を使うことはまずない。鹿児島まで四時間かけて船で行き、西鹿児島駅十九時一分発の新大阪行寝台特急「那覇号」という列車を使うのが常で、何年も使っている内に「那覇号」はいつしか自分の列車のような気持ちになってきている。

新大阪に着くのは翌朝の九時二十九分なので、今回の場合は、吹田市のメイシアターに入るまで半日ほど時間の余裕があった。その半日をどこで過ごすか、新大阪駅構内の喫茶店でモーニングサービスのパンとコーヒーを摂《と》りながら（島暮らしをしていると、そんなたあいもないことがとても珍しく、楽しいのである）考えて、結局万博公園の中にある国立民族学博物館に行くことにした。そこには以前にも行ったことがあるが、一度や二度の入館では尽くすことのできない世界中の豊富な民族学資料に満ちていて、今回も少しばかりそれを味わってこようと思ったわけだ。

万博公園は、公園とはいえ一日かけても歩きまわれぬほど広大な緑地で、その中には民族学博物館をはじめ、日本民芸館、日本庭園などの大きな施設が並んでいる。球技場も、小湖と呼べるほど大きな池もある。

ウィークデイのせいか、その広大な、森や林や並木のある緑地に人影はまばらで、それが大阪府の中心近くに位置している施設とはとても考えられないほどだった。

東京の中心附近には広大な皇居があるが、そこに人は入れない。大阪は万博公園を持っていて、誰でもがそこで憩うことができる。ぼくは島に住んではいるが、この頃は都市デザインにもかなり興味があるので、そんなふうに東京と大阪の緑地性というか、都市性を比較しながら歩いて行くと、目の前に「日本庭園」の入口があった。

天気が好いせいもあったのか、ぼくは急に民族学博物館よりはアウトドアの日本庭園がどうデザインされているか見たくなり、入場料を払ってそこへ入った。

入場料を取るだけのことはあって、これがまた一時間や二時間では歩ききれないほどに広い、静かな庭園で、森もあれば林もあり、多分人工物ながら幅三、四メートルのきれいなせせらぎが流れ、小さな滝もあって、たくさんのシオカラトンボが飛び、セキレイが水をつついているのには驚いた。

遠くでひとり、中年の男の人が咲きはじめた萩の花の写真を撮っている以外には、人影もまったくなく、シオカラトンボが二匹に連なったり、水辺にちょんちょんと卵を産みつけたりしている。それは、疑う余地もなく、大阪という大都市域において再生されつつある自然の、ひとつの小さいけれども確かなモデルデザインであった。

昨年の阪神淡路大震災を契機にして、ぼくはひとつの願いを持った。それは、日本中の都市という都市、地方という地方のすべての河川の水を、もう一度人間の飲める水に再生したい、という願いである。日本の近現代の百年をかけて汚染してきた河川の水だから、十年や二十年でそれが飲める水に再生できるとは思わないが、ぼく達の大多数がそういう方向を願うならば、

文明はきっとそういう方向へ進み、百年をかけずしてもすべての河川は、再び江戸時代のように飲める川水に再生されるだろう。

万博公園の中の日本庭園の、シオカラトンボとセキレイの遊ぶせせらぎを前にしたベンチに腰をおろして、ぼくはそこに、再生されつつあるひとつの小さなモデルデザインとしての水を見る思いがしたのだった。

二

豊川市は豊川稲荷で知られている街である。豊川稲荷は、毎年のお正月の初詣客数で全国ベストテンに入る大寺だから、名前だけはぼくもよく知っていた。だが、豊川市も豊川稲荷も、豊川という大河のほとりにあり、その豊かな川から呼び名をもらってきていたことはこれまで知らなかった。

内田ボブとの二ヶ所のコンサート（ぼくの方は詩の朗読）は、その豊川流域と浜松の天竜川流域の自然と共棲することがテーマで、三日間を古くからの友達である彼と一緒に過ごした。その内の一晩は、豊川の上流にある鳳来《ほうらい》湖というダムのほとりにある共通の友人の家に泊めてもらった。その友人はKさんといい、コンサートを企画した人なのだが、半径七、八キロの周囲には人家が一軒もないというダムのほとりで、山の水を引き、水道から水を出しっ放しにして、ソーラー発電とランプの併用で夜の明かりをこしらえて、ひとりで生活している。

夜、眠る前にいっときソーラーの電燈をつけてもらったが、同じ電気エネルギーでありながらその電燈は、ぼおっと特別にやさしい光を放っているように感じられた。

Kさんはそこで、小さなキャンプ場を経営しながら、田んぼや畑を作ったり蜜蜂を飼ったり冬は木工をしたりして暮らしているのだが、豊川源流域の管理人という気持ちを明確に持っていて、山水を引いたキャンプ場の水場には、〈合成洗剤は使わないでください〉、と張り紙がしてあった。

九月の半ばで、もう陽射しはあまり強くなく、山の中ゆえに冷房などは必要ないのだが、今年の夏、Kさんが考案した冷房装置というのが面白かった。それは、家の屋根にたくさん穴をあけたビニールパイプを載せて、そこに山からの水を通すだけの簡単な装置である。

夏の日中の暑い盛りにコックを開けば、屋根の上はたちまち噴水になり、見た目も涼しいが実際に家の中の温度も下がるのだそうである。

そのくらいの装置ならぼくでもできそうなので、来年の夏はわが家でもやってみようかと思ったが、ただでさえ雨の多い屋久島で、夏のせっかくの晴天に屋根から水をかぶるのはちょっとうっとうしいような気もする。

それはともかくとして、今時の日本で、半径七、八キロ以内には隣家がないという想像を絶した環境に住むKさんの住み方の特徴は、山から引いた水道の水を四六時中出しっ放しにしていることにあるように思われた。同じ条件でわが家でも生の山水を引いているが、わが家の場合には使わない時は水道の栓をしめる。Kさんの場合は、水道の栓をしめたりあけたりするのが面倒だから流しっ放しにしているわけではなくて、どうやら水道という人為そのものをも自然のシステムのひとつと位置づけ、谷水がとじたりあいたりしないのと同じように、水道の水も自然の流れの一支流としてとらえ、使う時には使うが、使わない時にはそのまま自然に流れてもらうという、水道に関するひとつの大いなる自然思想を実践しているもののように感じられた。

先に記したように、鳳来湖は豊川の上流に作られたダム湖で、Kさんは日常的にその風景の中で生活しているうちに、人為的に堰《せ》き止められた水というものに体の奥深いところで違和感を持ちはじめたのではないだろうか。

ぼく達の普通のモラルからすれば、水道を出しっ放しにすることは水の無駄遣いであるが、流れくだる川の水を汲んで飲んだあとで、川がそのまま流れくだるにまかせることは、水の無駄遣いではなくて水の自然である。

これはむろん、半径七、八キロの円内に隣家がないような山中だからこそ楽しめる特殊なケースであるが、Kさんが孤絶しながらも敢えて提示しているその方法には、水をカミとして大切にしてゆくこれからの文明にとって、欠かすことのできないひとつの原点があることをぼくは感じた。

三

もう一晩は、コンサートのもうひとりの企画者であるやはりKさんの家に泊めてもらった。こちらのKさんは人口五十万人を超す浜松市の郊外に住んでいて、陶器工房を営みながらやはり田んぼや畑を作っている。

浜松市は天竜川河口の街であり、Kさんの田んぼの水もむろん天竜川から引かれた水である。今回のコンサートの相手である内田ボブは、長野県の大鹿村という所に住んでいるがそこは天竜川の上流域であり、長野県と静岡県にまたがる天竜川系生態文化圏という構想が、すでにふたりの間には浮上してきているようだ。

豊川には豊川系生態文化圏があり、日本中のすべての河川にはその河川系に特有の生態文化圏が本来備わっている。それを新しく深く見直して、河川系の文化を行政も企業も市民も手をたずさえてこれから創り出して行こうというのが、今回のコンサートの主旨でありささやかな実践なのであった。
浜松市で出されている『気もちのいい暮らし通信』というミニコミ誌の三号に、〈おお、アウトドアライフ〉というタイトルで、Kさんは次のように書いている。

田に苗が植えられて二週間ほどして根が落ち着いたころ、昨年のあまりの雑草の多さに今年は少しだけ除草剤を入れようと田に入る。田の水が少しばかり不足しており、水路から水を入れる。小さな水路ではあるが、毎年夏の夜には光り舞うホタルが出る数少い場所のすぐ近くでもある。田に水が張られるのを待つ間に、せっかくだからと手で田の草取りを始める。憎き雑草たちが苗の株元といわず、一面に発芽し始めている。畦道《あぜみち》から眺めている時には決して見えなかった小さなオタマジャクシ、ホウネンエビ、タニシ、ドジョウ、トンボのヤゴ、ヒル。いるわいるわ、実に様々な生きものたちが。そんな田に除草剤が入れられず、腰を伸ばし伸ばしの三日間。一反の田の草を取り終える。来月、再び入らねば——。

インドアが私自身の、わが家の城であるのなら、アウトドアは他人の、そしてすべての生きものたちの城であるのかもしれない。他人の家に伺う時にそれなりのマナーがある様に、アウトドアに出る時にもマナーがあるのかな。

田んぼの草取りは、田仕事の中でも一番きつい仕事であるが、Kさんはそれを敢えて〈おお、アウトドア〉という腰においてとらえた。ぼくはその姿勢に強く共感する。ぼくは田んぼを作っていないので大きなことは言えないが、東京の五日市の谷間の里で畑作りをしていたころからかぞえれば、もう二十五年以上も畑作りをつづけている。畑作りや田んぼ作りの小さな農業は、むろんそれなりにきつい時もあるけれど、大いなる楽しみの確かなアウトドアライフでもあるのだ。ぼく達のアウトドアライフは、太陽系が安定しているかぎり、この水惑星系が汚染されずにあるかぎり、無限に希望に満ちたものなのである。

四

小国神社の〈野草塾〉では、以前から親しくしていただいている寺田徳五郎老人に再会した。この人は近在の福田町という所で、棉《わた》の栽培と、木綿生地の織りと、その生地の藍染めとをひとりですべてやっていらっしゃる。

徳五郎老人の夢は、日本の棉を再生して国産の木綿生地を流通させることにあり、これまでに一億円以上にもなる田畑の財産を、そのことのために注ぎ込んできたそうである。世の中には不思議な人がおり、はた目からすればどうしてそういうことに生涯を費やせるのか理解の届かないほどの人がいるが、徳五郎老人もそういう人で、ぼくはお会いするたびに、棉に取り憑《つ》かれたかのようなその若々しい熱情に圧倒されてしまう。

今回老人は、実のついた十本ばかりの棉の木をセミナーの会場に持ってきており、興味のある人にはプレゼントしていた。運よくぼくも一本いただけることになり、見事に六個の花のような実がついたその木を紙袋に差し込んで持ち歩いた。

〈野草塾〉が終わり、豊川と浜松でのコンサートも終わって、旅の最後の目的地である碧南市の西方寺への参詣も終えて、名鉄の乗換駅の階段を登っていた時に、不意にひとりのおばさんから声をかけられた。

「棉だーね」

三河弁まる出しのアクセントで、何か特別に懐かしくうれしいものに出遇ったかのように、親しく声をかけられたのである。

棉の実というものが、まだそれほど年寄りではないおばさんの胸に、今もしっかり善いものとして宿されていることを、その時にぼくは初めて知った。それだけではない。その日の夜新大阪から寝台特急「那覇号」に乗り、翌朝西鹿児島駅に着いて、鹿児島の場合は今も走っている市街電車に乗ろうと停車場で待っていると、やはり中年を過ぎた見ず知らずのおばさんから、同じように声をかけられた。

「棉でなかねー」

市電が来るまでの数分間、ぼく達は旧知の間柄のようにその実を中にして語り合った。鹿児島でもついこの間まで、盛んに棉は栽培されていたというのである。

さらにもうひとりの人に声をかけられた。鹿児島市で最大のデパートである山形屋の地下に行って、子供達へのみやげのチョコレートを買った時、その売場にいたおばさんが目敏《めざと》く棉を見つけて、

「珍しかねー」

と言って、わざわざ売場のカウンターから出て見に来たのである。

見知らぬ人から、三度にわたって親しく声をかけられたことは、棉の実というものが、どれほど深くかつての日本人の生活の中にかかわっていたかを、如実にぼくに教えてくれた。

それを栽培し、紡ぎ、染めることには、田んぼ作りやカイコ飼いと同様に苦労も多いはずだが、三人のおばさん達が三人三様に、懐かしげにうれしそうに声をかけてきた胸の内には、棉という植物がもたらした疑う余地のない確かな喜びが、記憶されてあることをぼくは知った。

大地主であった寺田徳五郎老人が、財産のすべてをそこに注ぎ込んでも復興しようとしている日本の棉とは、そういう喜びの棉であり、カミの棉だったのだと、ようやく今になって少し

は老人の気持ちが分かるような気がする。

家に戻って文献を調べてみると、日本に初めて棉が入ってきたのは延暦十八年（七九九年）のことで、小舟で漂着したひとりのインド人が、棉の種の入っている小壺をたずさえていた、と記録されているそうである。

そのインド人が漂着した場所は、なんと三河の国の幡豆《はず》郡で、そこはやがて天竺《てんじく》村と呼ばれるようになり、後に天竹《てんじく》村と変わり、現在は愛知県西尾市天竹町になっている、という。天竹町にはその天竺人（インド人）を祀《まつ》った天竹神社があって、そこには棉の種が入っていた小さな壺が、今も社宝として伝わっているのだという。

西尾市といえば、ぼくが訪ねた西方寺のある碧南市の隣り町である。因縁めいた話ではあるが、ぼくは、これから日本の棉を復興しようとしている徳五郎老人の夢をたずさえて、日本に最初に棉をもたらした三河湾沿いの海辺を歩きまわっていたことになる。

今や日本は世界最大の綿輸入国だそうで、そういう経済システムが確立されてしまっている以上、地場の棉を復活することに産業的メリットは少ないかもしれないが、ぼく達のひとりひとりが趣味や喜びとして小さな畑や庭で棉を栽培してみることはできる。畑や庭がなくても、植木鉢ひとつあれば一本の棉を育てることができる。

徳五郎老人からいただいてきた棉の木を、ぼくは今、友人が焼いてくれたレプリカの縄文土器に差して、小さなカミとして飾っているが、白い花のように美しいひとつひとつの棉の中には、それぞれ二十粒くらいの種が入っているようである。つまり今、ぼくは少なくとも百粒以上の棉の種を持っていることになる。

　来年の春になったら、徳五郎老人の夢に沿って、ぼくも棉の種をまいてみよう。

　河川ごとの生態系文化の再生と創造といい、日本の棉の復活といい、それが少々オーバーな物言いであることは百も承知であるが、いつしかそういうことが自分の願いとなり、喜びの種子となってしまったからには、ここにおいてごくささやかにそれを実践していくことが、自分の生き方にほかならない。

山ん川《こ》の湧水

一

十月二十五日の今日現在、台風二十六号が小笠原諸島の南にあって北北西の方角に進んでいる。新聞の天気図には九六五ヘクトパスカルと記されており、かなり強い台風だが、その位置でその向きであれば、もうぼくらの島にも日本列島そのものにも直接の影響はないだろう。

もしかするともうひとつやふたつは新しい台風が発生するかもしれないが、やがて十一月の声を聞くのだから、この台風がおそらくは今年の最後のもので、五月以来約半年間つづいていた台風関心もこれで終わりになりそうだ。

ほっとすると同時に、これで今年の夏も完《まった》く終わるのだと、いちまつの淋しさも覚える。

今年も、いくつかの台風の暴風雨圏に巻き込まれて、そのたびにぼく達島民は大いに緊張したが、その中でも最大のものは七月の二十日前に文字どおりこの島を直撃した六号であった。

その台風で、通称を西部林道と呼んでいる島一周道路の一部が崩壊し、通行できなくなった。

島の西部と南部に、永田という集落と栗生《くりお》という集落があって、その間の約二十五キロは地形が急峻で、山がそのまま海へ落ち込んでいる状態なので人が住めない。それでその無人地帯の道路を島一周の幹線道路であるにもかかわらず西部林道と呼んでいるのだが、その一部が、高さ五、六百メートルの地点から海まで、幅四、五十メートルの規模でごっそり崩れ落ちてしまったのである。

少々の崩壊なら、台風には馴れている島の機動力は、二、三日もすれば仮修復を終え、車の通行ができるようになるのだが、西部林道の崩壊はあまりにも大規模で、一ヶ月経《た》っても二ヶ月経っても、仮修復さえできないでいた。

永田と栗生に住む人達は、お互いの集落への行き来に反対廻りで百キロ近くも走らなくてはならなくなったし、ぼく達その他の集落に住む者にとっても、一周道路が切断されたのは自分の体の血管が故障したのと同じで、居心地がなんとも定まらない気持ちだった。

その西部林道がようやく開通したのは十月二十三日で、じつに三ヶ月ぶりのことだった。

「きのうから通れるようになった」

と、駐在の知人でもある警察官（島では誰もがお互いに知人である）に聞いて、ぼくは久しぶりに島を一周してみようと思い立った。

これまで噂にばかり聞いていた西部林道の崩壊現場を見ておきたいのと、ぼく達の集落からすれば島のほぼ真反対に位置している原《はろう》という集落にある、〈山ん川《こ》の湧水〉の水を飲んでおきたいと思ったからである。

二

ぼくにはアメリカ人の友人は多くはないが、その内のひとりにゲーリー・スナイダーという少し年長の詩人がいる。

ゲーリーは、一九六〇年代のビートジェネレイションをアレン・ギンズバーグなどと共に牽《けん》引《いん》した人で、六〇年代から七〇年代にかけては京都に住み、大徳寺の僧堂に参禅した。近頃は、アメリカ人やヨーロッパ人で禅や仏教に興味を持つ人が少なくないが、ゲーリーはそうした人達のお手本となった、西洋からの初期の本格的参禅者のひとりであった。当時の大徳寺老師が息を引き取られた際には、近しくその枕元で看取《みと》ったと聞いているから、老師の最愛の弟子のひとりにまで彼はかぞえられていたことになる。

そのゲーリー・スナイダーが、読売新聞社主催の環境問題に関するシンポジウムに呼ばれて来日し、基調講演をしたのが八月のことである。近頃はシンポジウムばやりで、いささかアレルギー感がないではないが、古い友人であり先輩でもある人の発言なので、この頃はどういうことを考えているのかと、新聞に載った講演の要旨に目を通してみると、バイオリージョナリズム（bioregionalism）・生命地域主義、というあまり耳馴れない言葉をテーマにして、話を進めていた。

ゲーリーによれば、バイオリージョナリズムとは、ぼく達がこれまでのように自然をモノと見なして搾取することを止《や》め、ぼく達人間が自然の一部であることを認識してその場所（地域）に住み直すこと、を意味してるようで、特に、その場所（地域）に新しい意識を持って住み直すことに重点を置いて話を進めていた。

具体的に言えば、アメリカ大陸をコロンブスの「発見」以来の白人の天地とするのではなくて、その遙か以前からの先住民が呼んだ〈亀の島〉という呼び名で呼び直し、〈亀の島〉の数千数万の山々や河川からなる地域ごとの伝統的な文化を尊重しつつ、洗練された新たなる文明をつくり出して行きたい、というのが主旨であった。

この考え方は、前章の旅先の文章で少しだけ触れた、天竜川系生態文化という発想や豊川系生態文化という発想とまったく同じであり、ぼくとしては、七〇年代以来会うこともなかったゲーリーとぼく達とが、離れて住んではいても、まったく同じ方向性において、この地球、つまりこの地域の喜びについての思考を深めていたのだと知って、大変うれしかった。

ぼく達の時代がすでに〈地球時代〉であることは、ぼく達の時代が〈貨幣の時代〉であることと同様にもはや疑う人もいないと思うが、それはひとつの仮の神話にすぎないのであって、ぼく達の内の誰ひとりとして、地球を丸ごと実感してその無限に多様の問題を解決できる人間などいない。

地球ということに関心が深まれば深まるほど、ぼく達は逆にこの地域において、場所《ここ》において深く楽しく暮らすことを大切にしないわけにはいかない。そこでぼくは、地球即地域、地域即地球という問題の立て方をずっとしてきたのだが、ゲーリーのバイオリージョナリズムという考え方には、当然そうしたことも組みこまれていることを感じる。

地球を股にかけて命がけで学び歩くようなのも生き方のひとつではあろうが、そういう生き方を大多数のぼく達が、しかも一生つづけて生きられるわけではない。人生のある時期に、学びと憧憬としての旅は終わり、場所《ここ》に暮らすことが始まる。場所《ここ》に暮らすということが、時々の旅行なども含めて、大多数のぼく達の二度とはない人生の旅の真の始まりなのである。

三

妻とふたりのちびちゃんを乗せて、弁当も持って、ぼく達の〈地域〉そのものである西部林道へ車を進めて行くと、そこは同じ島内ながら人間の集落の匂いがまったくしない、照葉樹林の別天地である。

眼に見えるかぎりのほぼ千メートル級の山頂から（その奥にさらに千メートル近い奥岳が隠れている）、海岸までみっしりと自生している照葉樹におおわれているのがその地域の特徴である。そしてそれゆえにその地域は世界自然遺産としても登録されたのであるが、いつ行ってみても、また久しぶりに行けば行くほど、ぎっしりと樹木が密生したその山の姿は、本来の山が持っている底知れぬ豊かさの、気が遠くなるような感覚をもたらしてくれる。

屋久島といえども、他の日本の各地の山林と同じで、里山はあらかた杉の造林で埋め尽くされているのだが、その一帯ばかりは島民の猛烈な反対運動もあって、県道が一本走っているのを除いては、山頂から海まで途切れることなく、常緑の照葉樹を主体とした原生林がつづいている。先にも記したように、地形があまりにも急峻で、人の集落が形成できなかったことが、結果的にその地域をほぼ原生のままの見事さに保つ原因になった。

京都大学の霊長類研究所関係の学生や教師達が、長年この一帯をフィールドにして野生猿の観察などをつづけているが、アフリカのザイールの森にも分室を設けて同様の観察をしているその人達の話によると、西部林道の森はザイールの森にとてもよく似ていて、ザイールに行けば西部林道の森を思い起こすし、西部林道に帰ってくれば逆にそこでザイールの森を思い起こすほどだという。

それはむろん少しお世辞で、ゴリラもチンパンジーも象もいない屋久島の森とザイールの森のスケールの大きさでは比べものになるはずもないが、苔類やシダ類などを含めた植物相の豊かさにおいては、いくぶんかはザイールの森に比べられるものもあるのかもしれない。

ぼくと同じ白川山《しらこやま》の里に住んでいる手塚賢至という画家の友人は、その地域一帯をフィールドとした〈足で歩く博物館〉構想というのを主催しており、月に一回様々な講師を呼んで、二、三十人でその森を歩きながら、森の博物誌を学ぶことをつづけている。ぼくも妻も、子供連れで時々はその通称〈足博《あしはく》〉に参加するが、その時には、車で通過するのではとても味わえない森の豊かさを、身体と知性で直接に感じることができる。

噂に聞いていた大崩壊地点は、西部林道の真ん中地点より少し手前であった。舗装された道路に赤土が見られるようになったので、近づいたなと思いつつスピードを落として行くと、向こうから大型ダンプが来たので、バックして道幅のある所で入れ違った。すると続いて大型のキャタピラ車がゴンゴンとやってきて、見ると運転をしているのはN建設の顔見知りの人であった。仮の工事をひとまず終えて、これから引き上げるところなのであろう。

眼で彼と挨拶《あいさつ》を交わし、いよいよ崩壊地点に入って行くと、まだ数人の作業員が残っていて、何をしに来たか、見物に来たか、という冷たい視線で、ぼく達の軽乗用車をにらみつけた。人がいなければ、ぼくはそこに車を停めてじっくりと崩壊の事実を検証したかったのだが、まだ作業がつづいているのではそんなことをするのは不謹慎である。

そのままそこを通過して、少し離れた所まで行ってからスピードを落とし、そこからほんの一分間くらい、山の中腹から海まで五、六百メートルも一直線に崩れ落ちている、生々しく荒々しい地肌を眼に入れた。

「こわい！」

と、妻が叫んだのを契機に、ぼくは再びアクセルを踏んで、そのままその場所を後にした。一瞬のことだったが、その時ぼくが思ったのは、土木業者でも設計者でもないぼくがそこをよく見たところで、どう対処できるわけではないし、今は工事の邪魔にならぬようそこを立ち去るのが最善だということだった。

四

生命地域主義《バイオリージョナリズム》という観点、つまり自分の住む地域の生態をもう一度よく見直してみるという観点から屋久島を見てみると、この島が海底から隆起し始めたのは六千五百万年くらい前、中生代の末期の頃からで、ほぼ現形になったのが千四百万年前の頃であるという。

現在でもこの島は少しずつ隆起しつづけていて、その割合は千年で一メートルくらいだという。その一方で、隆起した部分が崩壊して海に還《かえ》る分があり、それは千年で八十三センチくらいなのだという。差し引き十七センチ分だけ千年で隆起しているらしいのだが、今回の西部林道の崩壊は、そういう長期間での自然形態の変遷の、眼で見ることのできる一形態であったのかもしれない。

その規模の崩壊がもしぼく達の住む白川山の流域で起これば、ぼく達の集落は壊滅状態になり、屍体も土砂深く埋まって見出されなくなるわけだから、自然というものは、よく言われているように、ぼく達にとって善いことばかりではないことは、当然考えておかなくてはならない。自然の半面は、まさしく正当に闇なのだ。自然は喜びや癒《いや》しをもたらしてくれるが、同時に死ももたらす。このことを避けて通るわけにはいかない。

西部林道の道幅が広くなり、見通しのよい日ならトカラ列島の島影が海上に見えるようになると、もう栗生の集落が近い。栗生の海岸にはわずかながらマングローブが自生しており、少し沖にはこれもわずかながら珊瑚礁《リーフ》が発達している。屋久島の中では最も明るい南島の雰囲気のある集落で、ぼく達がそこを通過した際も、十月末なのにまだ夏の余熱のようなものが、集落全体をもやもやとおおっていた。

「栗生は、まだ夏だね」

隣席の妻にそう語りかけながら、また、たちまち喉《のど》がかわいたお腹が空いたと騒ぎ立てるちびちゃん達を、

「山ん川の湧水までがまんしなさい」

と抑えつけながら、ぼく達はその日の楽しみ目当ての原《はろう》集落へ向けて車を走らせた。

屋久島にはふたつの町があって、ひとつはぼく達の住む北半分の上屋久町、ひとつは南半分の屋久町であるが（二〇〇七年に合併し屋久島町となる）、じつはその屋久町の方で、十月の半ばに日本の百名水をかかえる自治体が集まってのシンポジウムが持たれた。全国の百の自治体から人が集まって開かれるシンポジウムだから、島で開かれるイベントとしては最大級のものであり、ぼくも水がテーマであるだけに興味を持って、終日そこに参加したのだった。

午後から行なわれたパネルディスカッションに、パネラーとして登場した原集落の永田和子さんという人が、その集落の〈山ん川の湧水〉と呼ばれている水を中心とした話をされた。

それによると、環境庁が来年度から〈山ん川の湧水〉を中心とした一帯を、ウォーターゾーンとして整備することになったのに呼応して、集落をあげての生活改善に取り組み、廃油石けんの作り方の普及をはじめとして、家庭排水を一滴も海へ流さないという劇的な方向で話し合いを進めている、とのことだった。

それをどのように実現してゆくかは、むろんこれからの問題であるが、ぼくとしては、ひと

つの集落の意向が少なくともそういう方向へ合意されて、現実に動きはじめていることに感銘を受けた。

ぼくの生まれ故郷の川である、東京の神田川の水をはじめとして、日本中のすべての河川の水を基本的に飲める水に再生したいという大願を持っているぼくとしては、隣り町とはいえ同じ地域である島内において、家庭排水を一滴も海に落とさないという方向性が確認されたことは、本当にうれしいことだった。

「是非その、〈山ん川の湧水〉を飲んでみたい」と、永田さんの報告を聞きながら思ったのが、その日に島一周を思い立ったきっかけだったのである。

五

原集落に着いて、店の人に湧水の場所を聞くとすぐに教えてくれた。〈山ん川の湧水〉というからには、集落からかなり山手に入った場所にあるのだろうと思っていたが、それは、県道から歩いて五分もかからない場所、車なら一分の集落内と言ってよい場所にあった。

集落内ながらそこは小高い森になっており、その付け根の部分から二本の竹の樋《とい》に導かれて、豊かなおいしそうな水がごんごんとほとばしり流れていた。

ちびちゃんを含めたぼく達四人は、早速に車を降りて、竹樋から流れ落ちる水を両手で受けて飲んだ。二歳半の子までが両手で受けて飲み、

「おいしい」

と、言った。

〈山ん川の湧水〉はむろん日本百名水のひとつであるが、屋久島の場合は名水の指定は広大で、正式には〈宮之浦岳流水〉と呼ばれている。島の最高峰である宮之浦岳（一九三六メートル）から四方八方に流れくだる川水がすべて名水なのであり、その意味ではぼく達が住む白川山の川の水もむろん名水である。ぼく達はその水を引いて日常的にその恩恵に浴している。

だから、〈山ん川の湧水〉が特別においしいわけでもないと思うのだが、飲んでみるとやはりおいしい。

水の味わいがやわらかくて、わざわざ島を半周して飲みに来ただけのことはあると感じさせられた。

原集落では、まだ水道設備がない頃には、その湧水を女の人達が汲みに来て、天びん棒で前後に二つの水桶をかついで家まで持ち帰るのが仕事だったという。その頃を懐かしんで、この季節に行なわれる集落をあげての運動会では、今でも水桶かつぎリレーという種目があり、それは女性の出番と決められているそうである。

水桶に実際に水を入れて走るのかどうかは聞きそびれたが、人気の高い種目で、毎年そのリレーになると集落の人達は、大声をあげて笑いこけるそうである。

水道というものに象徴される文明の進歩は、むろん悪いものではない。ぼく達のような特殊に水に恵まれた島に住む者であっても、もはや水道を抜きにした生活というものは考えられない。

けれども、もっと豊かなものは、水道もあるが湧水（井戸）もある、都市を含む日本の全土の風景だろう。日本の百名水をひとつの基盤として、昔は東京の神田・お茶の水にも湧いていたはずの湧水を、取り戻してゆきたいというのが、ぼくの大願なのである。

薪《まき》採り

一

森の中の、谷間の地で畑などを作りながら暮らす楽しみのひとつは、仕事というものに定められたスケジュールがないことである。

むろん朝起きた時に、今日はあれをしなくてはならない、これをしよう、というおおまかな予定のようなものはできるが、なにがなんでもその日にそれをしなくてはならないわけではなく、偶然の出来事がその一日を決めてしまうこともままある。

その日、眼が覚めたのはちょうど八時で、すでにカーテンのすき間から朝日が差し込んでいた。その朝日の明るさの度合い、カーテン全体の明るさの度合いから、その日が久しぶりに上天気であることが察せられ、今日は少し畑の世話をしようと思いながら起き出した。

晩秋のこういう上天気の日を、日本では小春日和と呼び、アメリカではインディアンサマーと呼ぶらしいのだが、黄金《こがね》色の陽が惜しげもなく降りそそぐ、少し暑いほどの畑の中で、気の向くままに雑草を刈り取ったり、密生してきた菜っ葉の間引きをしたりするのは、ぼくにとっては至福と言ってさえよい楽しみなのである。

起き出して、そこで、いつものように家の外に引いてある水道で顔を洗おうと蛇口をひねると、水が出ない。

そのことが、その一日の予定を変える、そもそもの原因になった。

またか、と一瞬は面倒に思いながら、歩いて四、五分離れた沢にある水源へ行ってみると、夜中にうろつきまわった鹿が蹴飛ばしたのだろうか、直径十センチほどある太いパイプのジョイント部分がはずれていて、水は下手《しもて》に据えつけたタンクに届く前に全部谷川に戻されていたのだった。

パイプをつなぎ、せっかく谷へ行ったのだから、そのまま谷水でざぶざぶと顔を洗い、いい気持ちで家に戻ろうとしていた時に、道ばたに転がっている一本の枯れ丸太が目に止まった。手ごろの太さで、手ごろの長さだったので、ぼくはそれを肩に乗せて、まだ朝の新鮮さがきらきらしている道を戻ってきた。

それを風呂の焚きもの置き場へ放り投げながら、目のはしで見ると、もうそこの薪がすっかり少なくなってきていた。二度や三度焚く分は充分あるが、日常の感覚からすれば、それくらいではもうないのも同じことである。

多分それは、月半ばになってもう二、三日分しか小遣いがなくなった薄給のサラリーマンの気持ちのようなもので、小遣いに縁のないぼくのようなものにとっては、風呂の薪がしっかりあるかないかは、生活が充実しているかいないかに関する大いなる基準のひとつになる。

午前中はいずれにせよ机の仕事をしなくてはならないから、その日の午後の仕事は薪採りと、少なくなった薪が目に止まった瞬間にぼくは決めた。

二

朝起きた時に直感したとおり、その日は午後になっても天気は少しも崩れず、今のぼくが一番好きな黄金色の陽射しが、透明な青空から惜しげもなく降りそそぎつづけていた。

どこへ薪採りに行こうか。

山へ行こうか、それとも海へ行こうか。山へ行くとしたらどこの山へ行くか。海へ行くとしたらどこの海へ行くか。

いずれにしても車で行くのだが、昼食をとりながら、ぼくは恋人に遇いにでも行くように、考えを巡らせた。その時にはもう、朝起きた時には畑をやろうと考えたことなどとうに消え失せていて、薪採りの楽しみばかりがこの世の楽しみになってしまっていたのである。

考えを巡らせている内に、こんな上天気の日はめったにないのだから、いっそのこと山と海の両方に行こうと思い立った。薪は、いくらたくさんあっても、多すぎるということはない。ぼくらのような暮らしをしている者にとっては、薪は一種の財産のごときものだから、多くあればあるほど満ち足りた気持ちになるものである。

もう十二、三年は前のことになるが、ということはこの島に住みはじめて七、八年は経ち、ここでの暮らしに少しは自信のようなものが生まれてきた時分に、ぼくは人間が暮らしてゆく上で是非とも必要なものを、五つの根として考えたことがあった。

そのひとつは、むろん空気である。安心して呼吸ができるきれいな空気。ひろびろと呼吸ができる、青い空気。

そのひとつはまた、むろん水である。一年中涸《か》れることなく、いつでも安心して飲むことができる、きれいな水。

そのひとつはまた、土である。しっかりと土があれば、人はそこで植物を育てることができ、棉《わた》や麻のような衣服の原料を育てることもできる。

そのひとつは火である。火によって人は暖まることができるし、食物を煮たり焼いたりすることができる。

そして最後のひとつに木をあげたのは、木によって人は火を作ることができるし、家を作ることもできるからだ。

古代中国の陰陽《いんよう》五行説《ごぎょう》の五行によれば、世界の五つの要素は木火土金水《もっかどこんすい》に分かたれ、空気の代わりに金属が入っているわけだが、その時のぼくの必要不可欠感からすれば、金属ももちろん大切であるが（鎌や鋸《のこ》や鉈《なた》など）、空気の大切さに比べれば是非ともなくてはならないものではなかった。

根のことをギリシャ語でリゾーマタというようで、当時、ソクラテス以前のギリシャの自然哲学者達の文献を勉強していたせいもあって、それら五要素をまとめて、〈五つの根《リゾーマタ》について〉と題した短い詩を作った。その詩は、現在でも自分で好きなもののひとつである。

つまり木は、その当時からぼくにとっては生きてゆく上で必要不可欠な豊かさのひとつであり、逆に言えば、それさえあれば生きてゆける基本的な五要素のひとつなのであった。

三

谷合いの山は陽が落ちるのが早いから、ぼくはまず山に行くことにした。

森の実際を知らない人は、森に行けばそこではいくらでも薪が拾えるだろうと想像するが、生きている森ではそうやたらに薪として使える枯木があるものではない。むろん指先くらいの太さの小枝ならいくらでもあるが、それでは薪としては不充分である。

薪というからには、せめて手首の太さ以上のもの、理想的には直径十センチくらいの堅い木がいい。もちろんよく枯れあがっていなくてはだめで、生枯れの木を燃やすことほど面倒な、気分の悪いことはない。

そこでぼく達森の者は、街の住人が気持ちのよさそうな喫茶店や各種のイベント等に普段から目を配っているように、普段から薪のある場所にはほとんど本能的に目を配っている。時間がたっぷりあって、いい薪を採ろうとする時には、森の奥へ行けば行くほどそれが手に入る。短時間でなるべく大量の薪が欲しい時のためには、そういう場所も確保してある。

その日ぼくが選んだのは後者で、林道を車で十分ほど登って行った、杉の伐採地跡だった。終戦後の比較的早い時期に植林されたそこの杉林は、樹齢が四十年近くなっていて、一昨年に一山全部が伐《き》り出された。

それまでは、うっそうとした暗い杉林であった所が、あっというまに樹木一本ない、がらんとした大空間に変わり、山というものは樹があるとないとでは天国と地獄の違いがあることを、如実に示してくれた。

そこへ行けば、森の楽しさは何もない代わりに、無尽蔵と言っていいほどに薪は採れる。

その上、そこなら上天気の陽射しを存分に浴びることもできる。さらに、一ヶ月ほど前に二日間で六百ミリという大雨が降ったあとなので、立派な切株のひとつやふたつは流されてきているかもしれない。

この本の初めに書いたように、立派な切株を手に入れるのは、森の住人にとってはちょっとした財産を手にすることなので、薪と同じく山に行く時には、いつでもそういう切株に出会うことを期待しているわけである。

現場に着くと、軽乗用車の後ろのトランクのドアをはね上げ、後部座席のシートを倒してそこを荷台とし、ぼくは手当り次第（とはいえ、自然に良否の選択はしている）の薪をそこに積んでいった。

伐採の跡地で、しかも大雨で小土石流が起きた場所だから、薪の大半は、薪というより土石流で粉砕された木片と呼ぶべきもので、土砂まみれになってそこに堆積している。それを一本ずつ引き抜き、地面で土砂を叩き落としてから車に積み込む。

木片はほとんどが杉である。

山から杉を伐り出す際には、杉の幹の本体以外のすべての枝はその場で切り落とされる。四十年生の杉ともなれば、切り落とされたその枝でも直径が十センチや十五センチにはなっており、薪として充分に使いものになる。

薪として充分に使えるけども、本当は杉というのは最上の薪ではない。薪にもおのずからい薪とどうしようもないものとがあって、杉は薪としてはその中間くらいの位置をしめている。堅くて火力の強いイスノキやカシの種類が最上の薪で、ここらでゴメジョと呼ぶハドノキやガジュマルやアコウの木などは、いつまでも木質に水分を含んでいて薪としては完《まった》く役に立たない。杉は、燃やす時ぱちぱちはぜるし、火力もそう強くはないので最良ではないが、燃えやすい点では上の部に入るし、なんといっても一番手軽に入手できるものだから、杉の薪ならまずまずと満足しておかなくてはならない。

日常生活というのは、多分いつでもどこでもそういうものだ。

思う存分に秋の陽射しを浴びて、車の後部いっぱいに薪を積み込み終えた時、目のはしに、長さが一メートルくらい、直径四十～五十センチくらいの立派な杉株が飛び込んできた。それだけの長さになるともはや切株とは言えず、腰をおろすには輪切りにでもしないかぎり使えないが、オブジェとして家の中に置き、その上に花びんでも載せれば、ずいぶん気持ちがいいものになるだろうと思われた。

地面に腰をおろして、一服しながらその杉株をあらためて見直してみたが、見直せば見直すほど立派で、どーんと家の中に置いてみたい気持ちが強くなってきた。

けれども、それだけの大物になるとむろんぼくひとりでは動かせない。ふたりか三人、人を

頼んで、日を改めて取りに来るほかはない。今日のところはただ見ておいて、そこにそういうものがあることをチェックしておくだけでよしとしなくてはならない。

山にひとつ財産が増えたこと、秋の陽射しを充分に浴びられたことだけでよしとし、次は海だ。

四

風呂場の前の焚きもの置き場に、山から積んできた薪を全部おろし終わると、きらきらしていた陽は西山に沈んで、それとともに谷間の集落は一挙に蒼ざめてくる。

谷間はそうであっても、海へ行けばまだ陽は高いはずだ。そう分かってはいても、なんとはなし気がせき立てられて、ぼくはお茶も飲まずにその足で真っ直ぐ永田の浜に向かった。

永田の浜は、屋久島で最大の、えんえんとつづく砂浜である。そこからお隣りの口永良部《くちのえらぶ》島が見えるが、この季節には太陽は、その口永良部島の左手に沈む。夏場には島を通り越して右手に沈んでいたのだから、太陽の沈む位置からしてもう秋も深い。

思っていたとおり陽はまだ高く、蒼黒い夕方になってしまった谷間の家からすれば、別天地のように明るい砂丘の上に立って、ぼくはざっと砂浜一帯を見渡した。

広い砂浜のあちこちに、大小の流木が点々と打ち寄せられて散らばっている。ざっと見渡したところでは、その量はあまり多いとは言えず、誰かほかの人が最近採って行った後のようでもあったが、その日の場合は、ぼくはもう山で必要分だけは集めた後なので、少なければ少なくてもかまわない。

仕事にかかる前に砂丘に腰をおろして、まずは誰に遠慮することもないタバコ一服を、海を眺めながらゆっくりと吸った。

海で薪を集めるというのは、あるいは奇妙だと思う人がいるかもしれないが、一日二十四時間、昼も夜もなく打ち寄せられてくる木片の量というものは相当なもので、島人にとって昔から浜は、山と同じかそれ以上に都合のよい薪拾いの場だった。

今では、島でもいろりを焚く家はほとんどなくなり、薪で風呂を焚く家も少なくなったが、それでも薪で風呂を焚くことに固執する年寄りはやはり何人もいて、薪採りを自分の楽しみ仕事にしている。

そういう人達は、歩くか自転車に乗るかして浜にやってきて、打ち寄せられた大小の木片を集める。集めた木片を、そのまま背に荷《にな》ったり、自転車に積んで持ち帰る人もたまには見かけるが、多くの年寄り達は、集めた木片を一ヶ所にまとめておき、その上にしっかりした大きさの石をひとつかふたつ載せておく。その置き石は、集められた木片には所有者があることを知らせるもので、島では、置き石のしてある木片にはあとから来た者が手をつけてはいけないことになっている。

これは屋久島だけの習慣ではなく、奄美諸島でもそういう置き石を見たことがあるから、沖縄を含む南西諸島全般の風習かもしれず、九州本土でもそういうことが行なわれているかもしれない。

少々の風なら吹き落とされることのない大きさの石を置いておいて、あとから自分の子供なり親戚の人なりに頼んで、車で運んでもらう。風習というものは確かなもので、ただ一個か二個の石が置いてあるだけで、その所有権は法律以上に厳然としたものになる。

浜でごくたまにだがそういう置き石に出会うと、先を越された残念より、そういう風習がまだ生き残っていることがうれしくて、ぼくなどは胸の内で思わずにっこりしてしまう。

ゆっくりタバコを吸い終えてから、手頃そうな流木へ向けて砂丘をくだって行くと、もしかしたらと予想したとおりに、砂丘の上からは見えなかった砂浜のつけ根の部分に、かなりの量の木片が集められており、その上にはちゃんと石がひとつ置かれてあった。その中には、建材としても使える柱ほどの角材があり、こちらとしてはウームとうなってしまったが、むろん今からどうできるものではない。

角材を探しに来たのではなく、上天気なので海を見がてらに薪を拾いに来たのだと思い直して、ぼくは目当ての流木へと歩いて行った。

砂丘の上から遠目で見た時には、手頃な大きさと感じられた木片でも、そばまで行くと大きすぎてかつぎ上げるのに難儀することがよくある。たとえかつぎ上げても、砂浜を歩いて運び登るのはそれだけで大変だから、快適な仕事を旨とするぼくなどは、海では決して重い木はかつがない。

片方の肩に楽々と乗せられるか、両脇にかかえ込める程度の木片を、時間を気にせずにゆっくりと車まで運ぶ。海の流木集めが楽しいのは、木片を車に運び込んで、から身になってまた海へとくだって行く時の眺めである。

それは、ただ遊びに来て海を眺める時とは異なって、流木という確固とした実用に支えられていながら、存分に海を眺めることもできる楽しさであり、その意味では、暮らすことにおいてしか味わうことのできない、楽しみであると言えよう。

先客が採り集めたあととはいえ、広い砂浜のことだから、足を延ばしさえすれば流木はいくらでもあった。でもその日は、五、六度車との間を往復しただけで、敢えてそれ以上は薪を集める気持ちにならなかった。

そろそろ家に戻って、風呂を焚かねばならない時間だった。

風呂焚きは、息子が中学生の内はすっかり息子にまかせていたが、彼が高校に上がってサッカー部に入ってからは、またぼくの仕事に戻ってきた。その下はまだ小学一年生で、その子に風呂を焚かせるまでには、もう二、三年はかかる。

その間は、風呂焚きはいわばぼくの天下である。夕方のうす闇を背にしながら、思うとおりに風呂釜の底に木を組み立て、それが燃え立つのを味わうことほど楽しいことは、なかなかこの世にあることではない。

家に戻ってみると、五右衛門風呂の釜はすでに妻が洗って水を張っておいてくれたので、早速に火を焚きはじめた。薪のほかに、家で出る燃えるゴミはすべて風呂で燃やす。

いい薪を燃やせば、自然に火はいい火が燃える。また、不思議なもので、いい気持ちで火を焚けば、それだけでも自然にいい火が燃える。その日は、杉とはいえ自分で選んできたいい薪で、いい気持ちで火を焚いたので、稀にみるほどに静かないい火が燃え立ってくれた。たかが風呂焚きではあるが、そんな火を眺めていると、人生は完璧なもので、なにひとつ欠けたものはないようにさえ感じられてくるのだった。

冬至の日の畑から

一

十二月二十一日は冬至で、空の一角に青空がのぞいてはいるが、全体としては灰色雲におおわれた典型的な冬型気圧配置の日だった。

冬型気圧配置になると、中央に高い山脈がそびえる屋久島では、島の北部と南部ですっかり天気が異なってくる。つまり島の北部は日本海型気候になって、どんよりと曇る日が続き、南部は太平洋型気候になって晴れの日が多くなる。

ぼく達が住んでいる白川山《しらこやま》と呼ばれる里は、島の最北部の森の中だから、冬型気圧配置が定まってくれば、もうめったに太陽の顔は見られないものとあきらめる。

冬至の日を迎えたということは、これからそういう灰色雲の日常に入ってゆくことを意味しており、灰色雲の下で自分達なりの楽しみを心して探し出してゆかねばならぬことを意味して

いる。

その日の午後、ぼくはスコップをかついで里イモ畑に行った。

里イモ畑といっても、そこは本当の里イモ畑ではなく、去年掘り残した子イモが自然に成長して、十五〜二十株くらい葉を広げていた処で、今はその葉もほとんど姿を消し、かろうじて残っている茎が、繁ってきたシダの間に見分けられるほどの雑草畑である。知らない人が見れば、そこは放置された雑草地にしか見えないだろうが、夏の間里イモ特有のあの大きな堂々とした葉が繁っているのを見てきたぼくとしては、そのシダやカヤの下に少々の里イモができているだろうことが分かっている。

ぼくの畑とのつき合いは、よく言えば自然農法で、悪く言えば放ったらかしのようなもので、時々作物の周囲の草を刈って、その草を作物の周辺に伏せておくほどのことしかしない。風呂の焚き口でできた灰をまくほかは肥料なども特別にはほどこさない。日々に台所から出る生ゴミを、順繰りに畑に埋めてゆく程度のことしかしない。

畑の雑草は、刈っても刈ってもすぐに再生してくるものだから、はた目からすればぼくらの畑は畑というより雑草地に見える。そんなことは自慢にはならないが、ぼくの理屈からすれば、刈った雑草を作物の根方に伏せ、それが自然に腐って（発酵して）肥料になることを期待しているわけで、これを自分なりに草生栽培と呼んでいる。つまり雑草は、刈っても刈ってもかぎりなく再生してくれる天然の肥料なのである。

その日の午後行った畑は、東南の隈に大きな杉が三本繁っているので、日当たりがよくない畑である。日当たりがよくない土地の草は、この島ではシダが王様である。シダは、お正月のシメ飾りに使われるのを見ても分かるように、冬になっても少しも勢いを失わない植物で、畑じゅうに青々と繁っている。

里イモを掘る前に、まずそのシダを主とした雑草を刈り取ることから始めなくてはならない。ぼくの植物興味はまだシダ類まで届いていなくて、自分が刈っているのが何というシダなのかも分からないのだが、茎が柔らかくてすぱすぱと気持ちよく切れるシダを切り払って、里イモの株を露《あらわ》にする。

一株分が露になったら草刈りは止《や》めて、スコップをその脇からぐいと足で踏み入れ、土ごとごっそり掘り起こす。その時の手応えで、その株にどのくらい里イモがついているかが大体分かる。手応えを楽しみながら（里イモ掘りの最大の楽しみはその一瞬にある）掘り起こした土ごとの塊を、次には手でほぐして、その中から里イモを採り出す。

里イモのことをここらではチョンボと呼ぶが、戦争中ぼくが疎開していた山口県の田舎では子イモと呼んでいた。子イモという呼び名がよく示しているように、普通は春に植え込まれる種イモは、夏と秋を経て親イモに成長し、その周囲にたくさんの子イモをつける。親イモ自体は拳《こぶし》よりも大きくなるが、えぐいし固くて食べられないので、それは棄《す》てる。ぼく達が里イモと呼んでいるのは、正確に言えばその子イモのことで、近ごろの人間の社会と同じように子イモが一人前になれば、親イモはなんの役にも立たないものとして、遠慮容赦なく畑の隅に投げ棄てられる。

子イモを食べるのだが、その一部は次の年の種イモとして残しておくし、その日の午後の畑のように、前の年に掘り残された子イモからも自然に芽が出て、それはそれでまた一人前の親イモになってゆく。

少し脇道にそれるが、棄てられた親イモはどうなるかというと、そのまま腐ってしまうものもあるが、半分以上は土もかぶせてもらえないのに畑の隅で根を張り、次の年には前の年にも増して大きな堂々とした葉を繁らせ、見た目には畑の中のそれより立派な姿になる。けれども残念なことにもう子イモを作る力はなくて、掘り起こしてみても自分がさらに太っているだけで、子イモはひとつかふたつしかついていない。

二

これまでの経験からすると、この島の森で安心して栽培できる唯一の作物は里イモである。

たいていの野菜は、新芽が成長してくる段階で鹿に喰《く》われてしまうが、なぜか里イモの芽には鹿はかからない。晩秋に土の中でイモができてくると、唐《から》イモ（サツマイモ）であれば今度は猿がことごとく掘ってしまうが、猿も里イモには手を出さない。ナマの里イモはえぐいし、ぴりぴりと口を刺すので、さすがの猿共も敬遠するらしい。

里イモは高いものは一メートルも茎を伸ばし、さらにそこに大きなハート形の葉を広げるので、台風には弱いように見えるが、葉を吹き飛ばされても茎を折られてもただちに新しい茎芽を伸ばしてきて、枯れてしまうようなことはまずない。

年々に鹿と猿の荒し方がひどくなる畑にあっては、こちらとしては年々に里イモだけが頼りになる作物となってくる。

ご存知の人も多いと思うが、里イモというのは東南アジアが原産で、東南アジアの文化人類学調査などにしばしば出てくるタロイモというのは、この里イモの一種である。タロイモと並んでヤムイモというのもしばしば出てくるが、それはこちらでいうヤマイモのことで、タロイモ、ヤムイモ、稲の三種は東南アジアを象徴する食物であり、特にタロイモとヤムイモは山岳部族にとっては欠かすことのできない食物になっている。

畑の隈に投げ棄てられた親イモが、土もかけてもらえないのに自力で根を伸ばし、次の年には畑の中の子イモ以上に立派な茎と葉を広げることで分かるように、里イモというのは繁殖力の極めて強い多年生植物であり、東南アジア的豊穣という言葉があるとすれば、マンゴー、ドリアン、バナナなどの果実とともにその豊穣をかもし出している根本の植物のひとつである。

里イモ以外の作物はもうほとんど期待ができなくなってしまった畑で、里イモを掘り起こしながら思うことは、敗《ま》け惜しみと言えなくはないけれども、その東南アジア的豊穣に屋久島もまたかすかにではあるが、連なっているということである。

中南米が原産のサツマイモが、江戸時代に中国・琉球を経て日本に入り、薩摩国から全国的に広がって行ったとされているのに対して、東南アジアが原産の里イモは、平安時代初期にはすでに渡来して栽培されていたそうだから、年代的に見れば里イモは、サツマイモより少なくとも八百年近く古い歴史を持っている。日本人にとってはそれだけ親しみの深い食物であった。

日本の各地でイモ名月という民俗行事があり、旧暦八月十五夜の月に里イモを供えてきたのは、それだけ里イモが大切な食物であったことを意味している。最近供えるのはおだんごになってきたが、それは里イモの円《まる》さをだんごに代えてのことだと思う。

さらにさかのぼってぼくの直感からすると、縄文時代の日本人はすでに里イモを食べていたと思う。里イモのような柔らかな地下茎や根茎類は、腐りやすいから縄文遺跡からその残存物が発掘されることはないが、当時使用されていた石器類の用途を見ると、クズ、ワラビ、テンナンショウ、ユリなどの地下茎や根茎が、石器によって粉砕され、アク抜き水さらしされて食べられていたことが、考古学で推測されている。そうであるからには、そのままただ煮るか焼くかだけでおいしく食べることが出来る里イモを、縄文人が食べなかったとはむしろ考えることができない。

問題は、東南アジア原産とされる里イモがすでに南部日本に自生していたかどうかだが、先に記したような里イモの旺盛な繁殖力に日常的に触れていると、本州はともかくとして九州の南部から南西諸島の島々にあっては、それは必ずや自生していただろうと思わずにいられない。

そのことは証明できないにしても、里イモがタロイモと同じ食物と知ってそれを食べるだけでも、東南アジア的豊穣とぼくが呼ぶその豊かさが、明らかに里イモの内には含まれているのである。

三

冬至の頃にぼくが毎年里イモを掘るのは、その頃には葉茎が枯れ果てて、それ以上畑に残しておいてももうイモが太らないからであるが、同時に正月のオセチ料理にそれが欠かせないからである。オセチは御節であり、それ自体ひとつの民俗学的意味を持つ大切な言葉だが、その煮しめとお雑煮に里イモは是非とも必要である。

シダを主体とした雑草を切り払って里イモの株を露にし、それをスコップで掘り起こしてイモを採り集めることをくり返している内に、午後の時間はどんどん過ぎて、夕方にはいつしか大ザルにいっぱいの十キロほどの里イモが収穫できた。

掘り起こした穴はむろん埋め、その上に刈り取った雑草も伏せておくので、収穫と次のための畑作りとは同時に進行することになる。

最初に記したように、その畑は前年に掘り落とした子イモが自然に成長したいわば自生の里イモ畑であり、自分たちが種イモを植え込んで作った本当の畑は別にある。たまたまの畑で十キロも穫れたのだから、これから掘る本当の畑の分と合わせれば、里イモは今年はまちがいなく大豊作である。正月用にと保存しておかなくても、これからは毎日おいしい里イモの味噌汁を充分に食べることができる。

大ザルをかかえ、満足して家に戻る途中で、シシトウが真っ赤になっているのが目に入ってきてアッと驚いた。行く時は別の道を行ったので分からなかったのだが、成長の段階で何度も鹿に喰われ、ひん死状態になりながら何度も持ち返し、夏にはトウガラシのように辛い実をつけてくれていたシシトウである。

辛味には比較的強いぼくも、口が腫《は》れるほどのその辛さにはお手上げで、妻も子供達も恐がるばかりで見向きもしないので、そのまま畑に残されていたシシトウが四株、見事に真っ赤に熟れて、見ればそれはシシトウではなくまぎれもないトウガラシそのものであった。シシトウと聞いて苗を買い、そのつもりで育てもし食べてもきたのだが、その日真っ赤っかに熟れたのを見れば、それはまぎれなくトウガラシである。

小さな、けれども確かな喜びが、ぼくの内を疾《はし》った。

これまでぼくは、何度もトウガラシを育ててみたいと思い、種子屋や苗屋でそれを探したことがあったが見つからなかった。トウガラシを育てたいと思ったのは、香辛料としてそれが欲しかったというより、以前から真っ赤に熟れた束が家の軒下などにずらりと干してあるのを見て、そこに常々東北アジア的な豊穣さ、キムチという大文化を生み出した朝鮮半島や、東北部中国の食習慣の豊かさを感じ、自分でも一度そういうことをしてみたいと思っていたからである。

むろん日本にもトウガラシの文化はある。中国にも朝鮮にも行ったことのないぼくが、軒下に吊されたトウガラシの風光を見るのは日本でのことであり、その風光は、東北アジアに根を持ちつつまさしく日本の冬至という節気と強く結びついているものである。

最近は一部ではずいぶん知られるようになってきたが、クリスマスという北欧起源の行事は、必ずしもイエスの生誕にのみかかわるものではなく、それ以前の古代北欧民族の冬至の祭祀に、より深い起源があるという。緯度が高いだけに陽が乏しい北欧においては、一年のどんづまりの冬至の日は一陽来復を願う大切な祭りの日であり、常緑のモミなどの若木の枝を切り取ってきて、その枝で親しい者同士を叩き合い、夜には御馳走を食べて、太陽の復活と一族の健康を願ってきたという。

その習慣がキリスト教文化と混じり合って、クリスマスツリーとなりイヴの宴会になったというのだが、それはまったくそのとおりだろうとぼくは思う。

日本の農家の軒下に吊されているトウガラシの風光や、稲穂とトウガラシを組み合わせた神社系の祭祀物を見る時にぼくが感じるものは、真っ赤なトウガラシから容易に連想される太陽のエネルギーそのものである。

日本の風土といえども、この季節になれば日は短く太陽力は乏しく、人間が生物であるかぎりは細胞レベルにおいて、その欠乏感は強く喚起せざるを得ない。トウガラシの赤が本当に美しく感じられるのは、そのような細胞レベルからの欠乏のゆえではないかと、常々ぼくは思っていた。

それがこともあろうに、冬至のその日に自分たちの畑にそれを見出したのだから、小さいけれども確かな、神聖と呼んでよいほどの喜びがぼくの内を疾ったのは、当然のことであった。

早速ぼくはその四株を鎌で刈り取り、里イモのザルの上に載せて意気揚々と家に持ち帰った。

四

里イモの方は次の日から食べはじめたが、トウガラシはどこに干そうか、ぼくは少々迷った。農家のように軒下に吊そうかとも思ったが、十束ばかりもずらりと吊せば見事だが、たった四本一束ではかえって冬の曇天に敗けてみすぼらしい。

妻に相談すると、台所の入口に吊り下げてくれたが、どうもそこもあまりしっくりこない。しっくりこないまま三日ほど過ぎて、クリスマスイヴが明けた二十五日に、ふと思いついてそれを、居間に飾ってある中国の文珠山から来た観音様の絵像の上に吊してみた。

居間のその壁面には飾りとしてすだれが掛けてあり、そこには友達からもらった三、四の祭祀物が吊り下げてある。そのひとつは本物の稲穂に布製の赤いトウガラシを三本ほどあしらったものであり、もうひとつは京都の葵《あおい》祭りだったかで出まわるワラの細工物、もうひとつはアフリカのバオバブの木の実を赤いヒモでくくって吊したものである。

つまりその場所は居間の中の神仏コーナーであり、ささやかな私的祭壇なのだが、その中心である文珠山の観音絵図の真上の位置にトウガラシを吊してみると、そうなることをまるで待っていたかのようにぴたっと決まった。

台所の入口に吊られていた時とは異なって、まだ青い葉も残っているトウガラシがあらためて真紅に神々しく輝き、そのコーナー全体に神威とも呼ぶべき力をかもし出した。

そのあまりの効力に驚いて、妻を呼んで見てもらったが、神仏に特別の興味を抱いているわけではない彼女が見ても、やはりぴたり決まったと感じられたようで、

「そこがいい」

と、請け合ってくれた。

ぼくたちの時代は、神仏の影はますますうすくなり、特にオウム教事件以来はそれはいかがわしいものの代名詞のようにさえ見られがちだが、神仏の起源は、ぼく達の細胞レベルにまでさかのぼった喜びの希求という事実にこそあり、深く、まぎれなく、確実に、普遍的に喜びをもたらすそのものこそが、神あるいは仏の始まりなのである。

ではそのようなものが現代においてどこにあるか。

この地球こそは、ぼく達の細胞レベルから、また原初の意識レベルからぼく達に、深く、まぎれなく、確実に、そして普遍的に喜びをもたらしてくれる神であり、仏であるにほかならない。

地球がそうであれば、それを包む太陽系はさらに深い神仏であり、一陽来復を祝う冬至という節気祭は、古来からのしきたりではあるが、太陽系というものが現実に意識に入ってきた現

代にあってこそ、より積極的に祝い得る節気祭なのだと思う。

雑草だらけの小さな畑から来た里イモとトウガラシは、その祝祭を荷《にな》う小さな祭祀物であると同時に、それら自身が確実な喜びをもたらす小さなカミでもあるのだ。

里イモというカミ

一

今回も里イモの話である。

一月十五日の成人の日は、屋久島は北東の風がおだやかに吹く、暖かな上天気の一日であった。その日の午後を海辺で過ごしたいと思い、ぼくは妻にお弁当を持って永田の浜に遊びに行かないかと提案した。

暮らし方としてぼく達は、めったにはない冬の上天気の日には、弁当を持って車で海に行き、その深い青さに、目もくらみそうなほどの海を眺めながら、弁当を食べ、それから浜辺に打ち寄せられたたき木を拾い集めて帰ってくる、ということをしてきた。

暮らすこととアウトドアという文化を別の次元のものとしたくないぼくとしては、冬場に上天気の日に恵まれると、必ず海に行きたくなる。それも岩場の海ではなく、広々とした砂浜がつづく永田浜がいい。

永田浜はいくぶん黄ばんだ白砂が二、三キロつづく浜で、上天気の日にはその分だけ光を反射して白く輝き、浜が白く輝くほどに海の青さがいっそう深まって、その青さを眺めるだけで魂《たましい》が溶かされる。海が、海という名の如来であること、言い替えれば、海が海という名のカミであることを最初に教えてくれたのも、冬のその永田浜であった。

二十代の後半に、ぼくはラーマクリシュナ（一八三六〜一八八六年）という近代インドを代表する神人についての著作に出遇った。その本の中で、弟子のヴィヴェーカーナンダという人が、「あなたは神を見たと言われるが、本当に神を御覧になったのですか？」と問い詰めるのだが、それに対してラーマクリシュナは、「そう、今あなたを見ている以上に明らかに、わたしは神を見ているのだよ」と答える。

学生時代に西洋哲学と詩と小説を専攻し、当時最隆盛だった実存主義の無神論の風潮に染まっていたぼくは、ラーマクリシュナのその一言によって、人間は実際に神を見ることができる生物であることを知り、できることなら自分も神を見たいと願いはじめ、そこから本格的に自分の人生を歩きはじめることになった。

その後三十年、これまでにはむろん色々なことがあったが、六、七年前の冬の上天気の日に、永田浜の小砂丘から真っ青な海を見ていた時に、突然、その海がまごうかたない神であり、仏

教で言えば如来であることに気づかされた。一度深く気づかされると、そのことは二度と消えることはない。冬の上天気の日に永田浜に行きさえすれば、そこには魂を底から慰め深めてくれる、永遠に真っ青な海というカミが在る。

近所の小さい子供ふたりも一緒に、家《うち》の子供達と合わせて七人で永田浜に着くと、ぼくは早速に打ち寄せられたたき木を集め、浜で火を焚きはじめた。その日はお弁当のほかに、あらかじめサツマイモと里イモを持参していて、そこで焼イモをするつもりだったからである。

浜で焼イモをするのは初めてのことだし、里イモの焼イモというのも初めてのことだが、火を焚いて砂を熱くし、その中にイモを埋めこめばなんとかなるだろうと、とりあえずは乾いた砂浜の上部でがんがんと火を燃やした。

以前にも書いたが、浜には打ち寄せられたまま乾燥している大小のたき木がいくらでもあり、火はいとも簡単に燃え立つ。火が安定してきたら燃えるにまかせて、こちらは波打ち際にくだって持参したイモを海水で洗う。

畑から掘り起こしたままの土まみれの里イモを海水で洗うと、意外に海水は暖かい。なまぬるいと言ってよいほどだった。そのなまぬるい海水の四十億年の昔に生命が発生し、それが里イモとなりサツマイモとなりぼく達ともなって、この現代につづいているのだ。

洗い終えたサツマイモを一本ずつアルミホイルで包み、里イモは六、七個ずつまとめて包んで焚き火の下の砂の中に伏せ込むと、あとはもう時々火の具合を見るだけだから、ぼくは砂浜に腰をおろして、一服しながらタコあげに興じている妻と子供達の姿を眺めた。

小学二年生から、下はもうすぐ三歳になるちびちゃんまで五人の子供達が、それぞれに五つのビニールダコをあげている。五つのタコはいずれもゆるやかな風に乗って、うまい具合に空中で安定している。

そのタコは、結婚する前に神奈川県で教師をしていた妻が、以前の同僚に頼んで型紙を送ってもらって作った簡単なタコで、どういうわけか風さえあれば確実にあがるすごいタコである。子供の頃からタコあげが苦手だったぼくには信じられないことだが、見ていると、もうすぐ三歳になる末の子はあげているタコ糸を手には持たず、足で踏んづけておいて、あいている両手で砂の山をこしらえて遊んでさえいる。多分、タコがあんまり安定してあがるので、かえって退屈になってのことなのだろうが、それほどにそのビニールダコはよくあがるタコなのだった。

むろん風もよかった。春を思わせるやわらかな北東の風が、たえず海から山側へ吹きつづけ、山の上の空は生まれたばかりのように青く、海の色はさらに濃い、気が遠くなるような青だった。

二

初めて食べる里イモの砂焼きは、なかなかのものだった。サツマイモとちがってこちらは皮は食べられないから、荒皮をむいてちょっと塩をつけて食べるのだが、それだけで充分においしく、完璧な食べ物と呼びたいほどであった。

海や山で食べる海苔《のり》のおにぎりを、ぼくは常々完璧な食べ物の象徴のように感じているが、熱々《あつあつ》の砂焼きの里イモは、自分達でそれを収穫したものだけに、それ以上にも意にかなう、素朴で完全な食べ物であった。

一月十五日はもう正月ではないが、昔はその日を小正月と呼んで、正月のはれやかさと厳粛が解かれてゆく節目のひとつとしてきた。

熱々の里イモをほおばりながら、その時ぼくがアッと思い出したのは、坪井洋文さんという人が書いた、『イモと日本人』（未來社刊）という民俗学の名著についてである。

前章でぼくは、直観として里イモは縄文時代から食べられていた食物にちがいないと思う旨を記したが、そのことを証明したわけではないにしても、ほぼ証明しているような文献がすでにあり、それが坪井さんの『イモと日本人』という本なのであった。十年以上も昔に読んで、すっかり忘れていたのだが、一月十五日・小正月という民俗学の呼び名と、里イモの味わいに喚起されたものか、一時期夢中になって読んだその本の世界が、突然思い出されてきたのである。

その本の中で坪井洋文さんは、稲の民俗を主流と見なして形成された柳田民俗学を相対化し、もうひとつの民俗主流として里イモの民俗史が存在していることを実証している。

その内容を詳しく記すことはできないが、簡単に言えば、日本のほぼ全土において現在でもわずかではあるが伝え残されている、〈餅なし正月〉、あるいは〈イモ正月〉という確固たる風習があり、これを綿密に調べてゆくと、稲（餅）という文化を拒否して里イモという文化を守りつづけてきた、焼畑集団とも呼ぶべきもうひとつの民俗集団が、日本列島には明らかに最近まで存在しつづけてきた、というものである。

つまり、縄文時代末期ないし弥生時代から普及してきた稲作文化と並行して、それ以前からの里イモを主食とする焼畑文化の伝統が存在し、それが現在でも日本の各地に見られる〈餅なし正月〉、あるいは〈イモ正月〉の風習として伝えられているというものである。

ぼくにとって柳田国男は好きな学者のひとりだから、全面的に拒むことはないが、坪井洋文さんのその『イモと日本人』が与えてくれたものは、当時は衝撃と言ってよいほどの出来事だった。稲作文化＝伊勢神宮における国家神事という、おおまかな日本民俗史の単一性にいらいらしていたぼくに、そうではない照葉樹林文化、焼畑文化、縄文文化という豊饒な視野があることを、その本は一挙に実証として切り開いてくれたからである。

ぼく達は現在、米と並んで小麦（パンと麵、あるいはパスタ）を主食とし、これ以上に主食の枠を広げる必要をあまり感じないが、地球上の人口過剰という大問題をかかえている今、主食というものの重要性を少しでも真剣に考えてみるなら、もうひとつのそれとしての里イモの可能性が、過去のものとしてではなくこれからのものとして力強く再浮上してくることは充分に考えられる。

そのような社会問題は抜きにしても、正月という季節のカミに餅を供え、その結果鏡餅として餅が神聖視されることに加えて、里イモを供え、その結果として里イモが神聖視されるイモ正月の選択肢が広がるならば、それは少なくとも正月を貧しくするものではなくて、東南アジア的な豊穣をさらにそれに付加するものであることは確かである。

「マーガリンを持ってきた方がよかったかな」

ぼく達一家以外には人影もない広い砂浜で、勝手に走りまわって遊ぶちびちゃん達を眺めながら、妻に聞くと、

「塩だけのほうが、素朴でおいしい」

と、彼女は答えた。

子供達も、時々走り戻ってきては里イモをひとつほおばり、また群れの中へ走り去る。結局おにぎりとサツマイモの焼イモは少々残ってしまったが、たくさん持ってきたにもかかわらず里イモだけはひとつ残らず売り切れてしまった。

『イモと日本人』の中では、〈餅なし正月、あるいはイモ正月〉をする人達は、小正月の一月十五日にはその禁忌《きんき》を解いて、その日からは餅を食べてもよいことになっているという。ぼく達はいわばその逆をしたことになるのだが、順番はどうであれ、浜で里イモを焼いて食べるという、新しい楽しみを暮らしの中にひとつ加えることができた。

家に帰ってから、まったく久しぶりに坪井さんのその本を取り出してページをめくってみたが、それはもう一度読み返すべき価値のある数少ない本の一冊であることが確認された。

民俗学や植物学に興味のない方には申し訳ないが、里イモについてじつはぼくはもうひとつささやかな文献を持っている。

それは昨年の夏に山口大学の安渓《あんけい》貴子さんという人からいただいたもので、学会の専門誌に掲載された小論文のコピーである。

それによると、里イモという植物は、染色体の数が三倍体になる温帯アジア系（日本の九州以北と中国大陸）のものと、その数が二倍体になる熱帯アジア系のものの二種類に大別されるのだそうだ。貴子さんは、沖縄から奄美大島、トカラ列島と調査をしてきて、それらの島々では二倍体系つまり熱帯アジア系の里イモが優越していることを確認した後、トカラ列島の北に位置する屋久島の調査をされた。

その結果がいただいた論文なのだが、興味深いことに、屋久島の北部においては温帯アジア系の品種が優越し、南部においては逆に熱帯アジア系の品種が優越していて、結論として、ふたつの系列の里イモがこの島を境として優劣を逆転させていることを確認したというものである。

この島には六種類以上の里イモが栽培あるいは自生（放置）しているそうで、その標本を採取して研究室に持ち帰って顕微鏡で調べると、そういうことが判明するのだという。

昨年の夏お会いした折、貴子さんは探していた品種の里イモを偶然に道ばたで発見した時の喜びと興奮を静かな口調で語ったが、そういうこともまたアウトドアという文化の大いなるカテゴリーに属する。アウトドアの世界は、趣味から日常生活、スポーツから学問まで、この惑星を基盤としている以上は無限に広い範囲《フィールド》をカバーするものである。

それはともあれ、坪井さんと貴子さんのふたつの論文によって、ぼくの里イモへの興味はますますかきたてられ、里イモを小さなカミとするぼくの新しいアニミズム衝動はさらに深いものになってきた。

三

そこで何をするかというと、ぼくの場合であればむろん標本を集めて研究室で調べる方向には行かない。

今年はもっと本腰を入れて、より広い畑で里イモを作ってみようと思い立つ。先にも記したように、一番奥の畑の東南の隈には大きな杉が三本植わっていて、それがふんだんに枝を伸ばしているために、その畑は半分以上が日蔭になってしまっている。

そこを明るい畑にするには、繁った杉の枝打ちをするほかはない。杉の枝打ちは、これまで他の畑で何度かしたことがあるが、ハシゴを使って高い樹上に登り、そこで山鋸《のこ》を使う作業だから、実際にやってみるとなかなか大変なものである。これまではついついまだいいやで済ませてきたのだが、しっかり里イモを作ろうと決めたからには、まず取り組むことはその杉の枝打ちである。

横枝が四方に繁茂した杉は、節《ふし》が多くてそれだけで材木としての価値はガタ落ちする。だから杉林を育てる人は、まだ幼木の時から丹念に枝打ちをしてすべての横枝を切り落とし、ビールびんの太さ以下の垂直の伸長部分だけに葉が繁ることを許す。知らない人が見れば、杉などは山で勝手に成育するものと思うかもしれないが、枝打ちは山林経営には必須の作業であり、それをしなければ杉が杉としての価値を持たない。

それゆえ、ぼくの畑をおおっている杉などは根本から伐《き》り倒した方がよほどさっぱりし、畑にもよいのだが、残念ながら借りている畑なので、役立たずといえども杉である以上は伐り倒すわけにはゆかない。山村なら日本全国どこも同じと思うが、杉であればどんな杉でもひとつの財産と見なされているからである。

畑の杉は四十〜五十年生の、地杉としては大木に近い杉で、ハシゴをかけて登ってみると、張り出している横枝の直径でさえ二十センチ近くにもなっている。片方の手で他の枝を摑み、片方の手だけで鋸を引くのだから、さっぱり力が入らず、作業は思うようには進まない。

けれども、ここでも役に立つのは、作業は決して急がず、腕の力よりは腰からの力で進めるという鉄則であり、ともすれば腕力に頼る呼吸を腰からの呼吸に戻す。

ありがたいことに横枝は、半分過ぎくらいまで鋸を入れると、パキーンと気持ちよい音をたてて折れ落ちてくれる。それに生《なま》の杉は、乾燥した杉材よりはるかに鋸が入れ易く、力からすれば半分か三分の二程度で鋸歯が通る。

丸い太い幹の四方に伸びている横枝を切り落とすには、一本ごとにハシゴの位置を替えて、鋸を引く手の向きがよいようにしなくてはならないが、ハシゴを降り、ハシゴの位置を替え、また登って行くその時間が作業の中の休憩になって、新しい横枝に鋸を入れる時にはこちらにもまた新しい力が戻ってきている。

そのようにして、二、三時間でハシゴで届く範囲の横枝はすべて切り落としたが、その上部にはまだたくさんの太い横枝が繋っていて、理想的な形には畑は明るくなってはくれなかった。もっと勇気と技術があれば、次には枝伝いに登って行って、幹がビールびんの太さになる位置まで職人のように枝打ちできるのだろうが、ぼくとしては無理せずに落とせた範囲だけでよしとするほかはない。

畑に立って眺めてみると、それでも枝打ちをする前とは比べものにならぬほどあたりは明るくなり、畑として充分に機能することだけは確かめられた。

次には切り落とした枝のサバキ方である。切り落とした木枝は、そのままでは重くて動かせないし、動かせたとしても大きすぎて置く場所がない。山仕事にはいつでも切った木のサバキがつきものである。切った木を更に短く運びやすい重さに鋸で引き、それを一定の場所に整理して積む。

今度の場合は、切り落とした枝が畑じゅうに折り重なっているのだから、サバいて一ヶ所にまとめなければむろん畑として使えない。

二日目の午後にそのサバキ方をして、残りの時間で一段下の畑の別の杉の枝打ちをし、三日目にそれをサバいて、ふたつの畑をすっかり明るい畑に戻した。むろん理想的に明るくなったわけではないが、妻に見てもらうと、見違えるようだと喜んでくれた。

ところで里イモだが、すべて掘り起こして台所の隈に保存してあるそれは、今や大寒のさなかであるのに、早いものはもう赤い新芽をイモの先端から伸ばしはじめている。ということは、もう充分に植え付けてよい季節になっていることを示している。

次の日から妻とぼくは、早速に里イモの植え付けにかかった。植え付けはスコップで八十センチ間隔ほどに穴を掘り、その中に芽の部分を上にして種イモを置き、再び土をかぶせるだけの簡単な作業である。もうすぐ三歳のちびちゃんでさえ、喜んで手伝ってくれる。ひとりで枝打ちや枝サバキをする作業にはひとりの喜びがあるが、妻やちびちゃんと一緒にする畑仕事には、家族でなくては味わえないまた別の楽しさがある。

アウトドアという文化は、孤（個）というものをもとより許容してくれるが、家族をもいっそう深く許容してくれる。孤、家族、趣味、日常生活、スポーツ、学問、科学、宗教、それらのすべてを許容できるのは、アウトドアというカテゴリーがほかならずカミなるこの惑星に根ざした根源からのカテゴリーであるからである。

雨《う》水《すい》節《せつ》

一

雨水節に入ると、毎年ハクモクレンのつぼみがふくらみはじめる。

モクレンには、赤紫の花のモクレンと真っ白な花のハクモクレンの二種類があるが、ぼく達夫婦は白い花が好きなので、庭畑の中に八年前にハクモクレンの幼木を一本植えた。それが四年前に初めて三つの花をつけてくれ、三年前には十七、八の花になり、それ以後はかぞえはしたけどもうその数は覚えていない、たくさんの花を咲かせてくれるようになった。

今年も、もうかぞえる気にはならないほどのたくさんの灰褐色のつぼみが、日に日に大きくなってきている。その内の一番大きなものは、もう灰褐色のガクがとれて白いつぼみにさえなっている。それが最初の花になるには、あと十日はかかるだろうが、これからは朝ごとにそのふくらむ様子を眺めるのが、ぼくの日課になり、楽しみになる。

ハクモクレンは園芸種の木だから野生のものではないが、雨水節に入ると、野生世界にも眼に見えて春がやってくる。

まずスミレだが、これまでは遠慮がちに、とまどうようにぽつぽつと咲いているだけだったスミレが、もう大丈夫とばかりにいっせいに群れをなして咲き出す。

ぼくは、娘にすみれという名前をつけたくらいだから、大のスミレ好きで、急にぽかっと暖かい日がやってきて、そんな日にスミレの群生している場所に行くと、それだけでもう充分以上に幸せな気持ちになる。

屋久島には数種類のスミレが自生しているが、その内ぼくが知っているのは三種類で、ただのスミレとタチツボスミレとヤクシマミヤマスミレである。ヤクシマミヤマスミレは、奥岳地帯に四、五月に咲くスミレだから、むろん今の季節の里には咲いていない。ここらで全盛なのはスミレとタチツボスミレの二種類だが、そのほとんどはタチツボスミレの方である。それは花の色がうす紫色で、ひとつひとつの花をとって見れば胸にこたえるほどのものではないが、群生して咲いているのに出遇うと、それだけでぼくは深く幸せになる。

ぼく達日本人は極楽浄土という言葉を持っていて、どこかにそのような世界があるかとも思い、そんな世界はどこにもないとも思っているが、びっしりとタチツボスミレが咲き静まっている道ばたの一角こそは、極楽浄土そのものだとぼくは常々感じている。

一方でただのスミレの方は、花数は少ないけれども、ひとつひとつの花の紫色が胸をときめかすほどに濃い。花の大きさも茎の高さもタチツボスミレよりひと廻り大ぶりで、そのただのスミレ、つまり本当のスミレに出遇うと、それがわずかひとつの花であっても、ぼくはいつでもドキッとなってしまう。

少女ではあるまいに、いい年をした男がスミレに胸を衝《つ》かれるなど自慢できることではないが、雨水節の野の道を歩いて濃い花色のスミレに出遇えば、これまでに何度か記してきたことだが、ぼくとしてはそれはカミに出遇ったことになるのだ。カミにも様々なカミがあるが、ただのスミレ、つまり本当のスミレというカミは、無条件に人を幸福の内に追い込む、という性質を持つカミである。

次にはキイチゴの花が咲く。キイチゴのキが木《き》なのか黄《き》なのか正確には分からないのだが、ここらにはヤクシマキイチゴとリュウキュウイチゴという二種類の木性のイチゴがあって、ともに野イバラのような白い花を咲かせる。木のイチゴだからキイチゴと呼ぶと思っているが、五月になると共に黄色の透明な実をつけるのでキイチゴと呼ぶのかもしれず、どちらが正解かは分からない。

屋久島の春は、この二種類のキイチゴの白い花からやってくる。もっと早くから咲くスミレからでないのは、気の早いスミレは十二月でも正月でも咲きはじめていて、その頃春が来たの

ではこの島には冬というものがなくなってしまう。南島といえどもやはり、小寒、大寒、というふたつの節気を経て、立春を迎えてからでないと、春の実感はこない。

立春節の十五日間を過ぎて雨水節に入り、見た目だけではどっちがどっちか分からない二種類のキイチゴの白い花が咲きはじめると、ぼく達もようやく春を意識しはじめる。

二種のキイチゴは、どちらも背丈が二メートルにもなるが、その茎葉に棘《とげ》がいっぱいあるのがヤクシマキイチゴで、棘がなくてすべすべしているのがリュウキュウイチゴである。

二

アウトドアというこの二、三十年来の文化は、主としてアメリカ発の文化であるから、そこに〈雨水節〉というような、東洋の、また日本の中でさえも失われつつあるような価値観を持ち込むことは、読者のアウトドア志向をそこないかねないことを少々恐れる。

けれども敢えてそうした方向を選ぶのは、アウトドアという文化の門戸を、ただにアメリカ的な（西欧的な）冒険的な喜びの世界から、東洋的アウトドアとも呼ぶべきより広範囲の、素手で日常的に得られる、スピリチュアルな、環境や生態系を充分に考慮した喜びの世界をも含む文化へと、拡大してゆきたいという気持ちをぼくが持っているからである。

今年の場合は、二月の十八日から三月四日までの十五日間が、太陰太陽暦（旧暦）では雨水節と呼ばれる。その前の二月四日から十七日までが立春節、この後の三月五日から十九日までが啓蟄《けいちつ》節である。

この太陰太陽暦が確立されたのは、中国の殷《いん》時代（B.C.十六〜B.C.十一）の黄河下流域だそうで、日本にもたらされたのは飛鳥時代、それ以後明治五年に改暦されるまで、千年以上にわたって日本人はこの暦を使い、なんの不自由も感じなかったし、暦が狂うこともなかった。

立春節から始まる一年を、ほぼ十五日間ごとに変化する二十四の節気に分けて暮らしてゆくので、現在の一月、二月、三月という季節感に比べて少なくとも二倍はこまやかな季節感を、この暦を使っていた千年間は共有していたことになる。

ぼくとしては、現行の太陽暦を排して旧行の太陰太陽暦を復活せよと言うほどに主張するつもりはないが、せめて現行暦に並行して、どのカレンダーにも二十四節気と新月と満月が明示されるくらいには、この伝統の暦を復活させたいと常々願っている。なぜかと言えば理由は単純で、そうすることによってなんの経費もかけずに、ぼく達のアウトドアライフはもとより、室内生活も、少なくとも二倍の喜びを持つことができるであろうからである。

雨水節という節気が存在することを知らなかった間は、二月十八日、年によって二月十九日という日付は、ぼくにとっては特別にはなんの意味もないカレンダー上の日付の一日にすぎなかった。雨水節は毎年その日から始まるのだが、数年前にそのことを知ってからは、二月十八日、あるいは十九日は、正月や立春の日と同じくらいに特別にうれしい日付となった。つまりそのことを知っただけで、暮らしの中の喜びが確実にひとつ増したのである。

　正月にも立春にも興味がなく、クリスマスとバレンタインデイさえあればよいような消費時代の流れを否定するわけではないが、アウトドアという文化がこの地球そのものに深く基盤を持ち、この地球は気象という現象によってぼく達を育んでいることを考えるならば、現行の太陽暦と旧行の太陰太陽暦とを問わず、喜びを与えてくれる善いものはどんどん生活の内に取り入れた方がいい。

　少なくともぼくの場合は、雪氷ではなく雨水をもたらす雨水節という気象の呼び名があることを知り、それになじむことによって、いつしかこの節気が一年の内で一番ありがたい季節になり、それ自体がひとつのカミの季節とさえなってきた。

三

　この季節のもうひとつの楽しみは、ツワブキの新芽を採ることである。ツワブキは、関東地方の海岸部以北には自生していないから全国的には知られていないが、少しフキに似た葉を持つキク科の植物である。

屋久島では海岸地帯でも里山でもいたる所に自生していて、濃い緑色のつやびかりする葉のこの植物を、子供でも知らない者はいない。これはぼくの勝手な想像だが、ツワブキの名は、そのつやのあるフキに似た葉のツヤブキがなまってつけられたのではないかと思う。

ツワブキは常緑の多年草で、一年中緑の大きな葉が見られるが、雨水節の頃から次々と新しい茎芽を伸ばして増殖しはじめる。新しい葉と茎は全体にやわらかな産毛《うぶげ》におおわれていて、うすい赤色をしている。食べ頃になるのは、それが三、四十センチくらいに伸びてきた時で、根に近い部分を握って引くと、すぽっと気持ちのよい音を立てて抜ける。

島ではこれをツワ引きと呼んでいるが、雨水節に入って時にぽっと暖かい天気の日が訪れると、野山のあちこちでツワを引く人達の姿を見かけるようになる。どちらかと言えば年配の女性が多いが、最近は若いお母さん達の姿などもあり、友達同士三、四人グループになったり、ひとりで黙々と採る人もあり、この季節に特有ののどかで幻想的な風物詩となる。

常々ぼくは思うのだが、それが風物詩と感じられるのは、それがまごうかたない縄文文化の風景だからである。

屋久島には縄文時代前期の遺跡があるから、少なくともその頃から人が住んでいたことは確かなのだが、海岸地帯や野山でツワを引いている人達の姿を見ると、その六千年の昔からえんえんと変わることなく引き継がれてきた風景が、そのままそこに映っていることが感じられて、人の営みというものの変わらない深さを思う。

その風景の中には、もうあと何年かで二十一世紀になる時間などは少しもない。六千年変わらず、海と山と野に頼って暮らしてきた人間の姿があるばかりだ。

携帯電話という文化にも、確かに豊かさと喜びがあるだろう。だからこそその文化はかくも急速に普及してきたのだ。だがその一方で、六千年変わらずツワを引きつづけてきた人々の風習にも、それに勝るとも劣らない豊かさ、喜びというものはある。最先端の文化と、最古からの文化が、お互いにお互いの喜びを認め合って、ほどよく調和してゆくことが、来たるべき文明のメインテーマであろう。

それはともあれ、眼前に映し出されている幻想的とも言える縄文文化の世界に、ぼくとしても自ら入って行かないという手はない。

午後になっていきなり二十度を超した暑いほどの日に、チビちゃん達も一緒に家族でツワ引きに出かけた。ツワはどこにでもあるが、同じ引くなら海岸地帯に降りて、妻と子供達にはツワを引かせ、ぼくは海の岩に張りついてカメノテを採る方が、一石二鳥だ。両方とも縄文文化だ。

そこで車を矢筈《やはず》岬に向け、百メートルほどは崖になっている岩場を渡り歩いて、よく行く小さな無人の浜に降りた。

カメノテの方は、いつも採るのと潮が満ちつつあったので収穫が少かったが、ツワブキの方は大当たりで、太くて長い立派なものが一時間もしない内に四、五十本ばかりも採れた。その日の晩御飯のメニューはそれで決まり。カメノテの澄まし汁と、ツワブキと油揚げの煮つけである。それだけではさびしいので、他に一、二品はつくだろうが、それだけのツワブキを煮つければ三、四日はツワブキを食べつづけることができる。

春先のツワブキの煮つけほどおいしいものはなく、それが年寄りだけの食べ物ではない証拠には、この季節になると東京にいる娘もツワブキを食べたいと言って寄越すし、家に残っている高一の息子も、それをうまいと言って大いに食べる。

ただひとつ面倒なのは、ツワブキは皮をむかなくてはならない。びっしりとやわらかな産毛におおわれているうす赤い皮を、一本一本丁寧にむき取らなくてはならない。四、五十本採れたら四、五十本むかなくてはならないのだが、ぼくはそれがまた好きな作業のひとつなのである。

皮むきにはコツがあって、茎を四、五センチの長さに折りながら、皮の部分だけはつなげてはいでゆく。うまくいくと、一度で茎の上から下までつながったままでむける。言葉では伝えにくい独特のツワムキという作業は、ひとりで黙々とやっても楽しいし、大勢でわいわいやっても同じく楽しい。むいている内に、ツワのアクが指先に染み込んで茶色になってくるが、それは手が汚れるのではなくて、縄文人である勲章のごときものである。

この季節に島の人に会い、その人の指先が茶褐色に染まっていたら、その人は必ずツワの皮むきをしたのだ。

「ツワをむいたと?」

と聞けば、

「お前《わあ》もや」

と答え、お互いに手の先を見せ合って自慢する。

四

ツワブキはおいしいが、この季節のヨモギ団子というのもなかなかのものである。

この島では、十二月でも一月でもヨモギは摘めるが、本格的にびっしりと青々と萌え立ってくるのは、やはり、雨水節の頃からである。

ぼく達がヨモギ団子のスイトンを食べたくなるのは、時々来るぼっと暖かい日ではなくて、その反対にぐっと冷え込んで、真冬に戻ったかのような北西風がごおごおと吹き荒れる日である。

　そういう日は、船も飛行機も欠航するから、新聞も郵便物も来ず、離島という隔絶された環境に自分達が住んでいることを思い知らされる。そういう日には、夫婦のどちらからともなく、今日はヨモギ団子のスイトンが食べたいなと思い、口に出してそれを言えば、自然にそういうことになる。ヨモギ団子を作って、それを味噌仕立ての熱いスイトンにして食べるのである。

　ヨモギ摘みは、おおむねチビちゃん達の遊び仕事である。ヨモギこそはツワブキ以上にどこにでも生えているし、チビちゃん達ももうはっきりそれと見分けがつくので、

「採ってきてちょうだい」

とお母さんが頼めば、フード付きの上着を着込んで、三歳と五歳がビニール袋を手にして体を丸めて風の中に飛び出して行く。

　チビちゃん達なりに、自分が役に立つことがうれしいのだし、ヨモギ団子のスイトンが好きでもある。

　この島ではヨモギのことをフツと呼ぶが、それは万葉集にも出ている古代からのヨモギの呼び名なのだそうである。沖縄の言葉には万葉時代からのものが多いと聞くから、多分それは琉球文化の流れを汲む呼び名なのだろう。

　同じヨモギでも、万葉時代からのフツを食べるのと、現代の山菜としてのヨモギを食べるの

では、少々趣が異なる。どっちが善い悪いというのではないが、ぼくとしては伝統とロマンが感じられて、フツを食べると言う方が好きだ。

子供達がそれなりにいっぱいのフツを集めてくると、妻はそれをさっとゆで上げてから冷水に晒《さら》す。春先のフツにはアクと呼べるほどのアクはなく、天ぷらにする時にはむろんアク抜きなど不必要だが、妻は団子にする時には必ず冷水に晒す。それをすくって両手でぎゅうぎゅう水分をしぼり去り、すり鉢でごりごりすってペースト状にしてしまう。それを、スプーンですくえばたれるほどのやわらかさにこねた小麦粉と混ぜ合わせて、団子の準備は出来上がり。あとは、ごぼうだのにんじんだの里イモと、少々の豚肉を入れた味噌仕立てのスープを沸とうさせて、その中にどろどろのフツ団子をスプーンでひとさじずつ落としてゆけばよい。

窓の外では台風なみの北西風がごおごおと唸《うな》っていても、コタツに足を入れて熱々《あつあつ》のフツ団子スイトンをほおばれば、そこには島の雨水節でしか味わえない独自の春がある。

太陰太陽暦では、一年を約十五日間ごとの二十四の節気に分けると記したが、じつは各節気はさらに細かく約五日ごとに、初候、次候、末候と分かたれていて、ひとまとめにして二十四節気七十二候と呼ばれる。

雨水節だけ取り上げると、その初候は〈土脈《どみやく》潤《うるお》い起こる〉候であり、次候は〈霞《かすみ》初めてたなびく〉の候であり、末候は〈草木萌《きざ》し動く〉の候と、五日ごとの天地の動きが観察されて、定文化されている。

それでなくとも忙しい現代に、五日ごとの季節感など味わっておれるかと匙《さじ》を投げる方も多かろうが、ぼくの考えからすれば、そのような時代と社会であるからこそ、もうひとつの価値観として自然の洞察そのものが文化であるという考え方が拡大されてきたのだし、その文化の根底には、地球気象という大いなる科学の神秘がある。

今日は二月二十七日だが、それを言い替えると雨水節次候の終わりの日で、事実としてこの島では、今年初めての霞がたなびいている。霞というより、黄河地方から飛来した黄砂かもしれない。

森は海の恋人

一

もう少し古いことになるが三月三日のヒナ祭りの日に、ぼくらの地元である白川山《しらこやま》の山中で、〈漁民の森〉植樹式というものが行なわれた。

町役場から出欠を問う葉書が来た時には、なんでまた山の中に漁民の森などを造るのだろう、といぶかしく思いつつも、自分の住む土地で行なわれる行事なので進んで出席することに決めた。

当日は小雨が降る暗い日だったが、朝早くから何台もの町関係の車がのぼってきて、普段はしんと静かなこの山中に、なにやらただならぬことが起こる気配だった。

案内状には、午前十一時、白川山と記されてあるだけで、白川山のどこで行なうかなどは何も書いてない。ひっきりなしに車がのぼってくるのだから、こちらも車で行けば自然に分かるだろうと思い、開会の時間に少し遅れて林道をのぼって行くと、びっくりしたことにその場所はぼくがいつも薪《まき》を集めている、車で五分とかからない白川山のいわば集落内の所だった。

そのあたりの山は国有林で、二年ほど前までは四、五十年生のかなり立派な杉林がうっそうと繁っていた。密植された四、五十年生の杉林ともなると、昼なお暗いという形容がぴったりで、そこには薪もなく野草類も育たないので、近くの森ではあるがぼくはこれまで一度もその中に入ったことがなかった。

二年ほど前にその一山《ひとやま》五ヘクタール余りが皆伐されると、それまで陰うつな暗い森だった場所が、あっけらかんとした広大な白々とした空間に変わり、森を伐《き》るということが、たとえそれが植林された杉林とはいえ、じつに空虚そのものをもたらすことを実感させられた。

伐採後の山は、しかしながら一年も経つと絶好の薪採り場になる。切り落とされた枝や幹の不用部分が乾燥してきて、無尽と言ってよいほどにそこらじゅうに散在しているからである。そこに行けばいつでも充分に薪があるというのはとても安心なことで、森が消えてしまったのは空虚だが、その空虚をせめて薪採り場にすることでぼくとしては穴埋めにしていた。

そこが植樹式の現場だったことを知ってぼくが驚いたのは、先に記したようにそこは国有林であり、地方自治体である町役場と漁協がタイアップして利用できる性質の場所ではない、という思い込みがぼくの中にあったからである。

国有林は営林署の管轄であり、営林署は伐採跡地には再び杉苗を植えるのが定石である。けれどもよく考えてみれば、白川山で〈漁民の森〉と名づけ得るほどのそこそこの森を作るとすれば、その伐採地をおいて他にあるはずはなく、現場に行ってからようやく自分のうかつさに気がついたのだった。

狭い林道には二、三十台もの車が並び、林道脇の空地には数張りの大テントが張られ、空中には何十枚もの大漁旗が吊り下げられて、そこではもう式典が始まっていた。

大漁旗がそのように空中にはためくのは、区民あげての大運動会の時と港祭りの時だけだから、それが吊られてあるだけで、ぼく達一湊《いっそう》区民としてはすでに祭りの感覚になる。山の中に突如として時ならぬ祭りが始まっていたのだ。

大テントの下には、二百人ほどの顔見知りの漁師達をはじめ、町役場の職員、町議会議員達が参集していた。

町長、漁協長、県議、営林署長、県林務課長等、次々にマイクで述べられる挨拶《あいさつ》を通してぼくが知ったのは、その国有林が、町を主体とした漁協や県の要請に応えて地元に貸し出され、地元としてはそこに杉苗を植えるのではなく、樟《くす》、エゴノキ、マテバシイ、モミジ、イイギリの五種類の広葉樹を植え付けるプロジェクトを実現することができたのだということだった。〈森は海の恋人〉、というスローガンに見られるように、日本ではまだ数少ない試みながら、森を杉と桧《ひのき》の生産林と位置付けるのではなくて、広葉樹の自然林に近い森に戻すことによって、海の豊穣を取り戻そうという生態学的な計画が少しずつ進められるようになってきた。

宮城県の方で、そういう試みがあったことはぼくも耳にしていたが、鹿児島県では今回が初めての試みなのだそうである。

海から五キロも六キロも離れた山中に広葉樹を植林して、それがどうして海の恋人になるのかと、疑問を持つ人も少なくないかもしれない。専門家でないぼくに明確なことは言えないが、広葉樹の森からは広葉樹に特有の腐葉菌が生み出され、その腐葉菌が少しずつ川に流れ込み海に運ばれることによって、海水中のプランクトンの量が増えて魚介類を増殖するというのが、その簡単なセオリーである。

昔から魚付林《うおつき》という言葉があって、海岸地帯の樹木は魚介類のために決して伐ってはいけないという不文律があったのだが、それは人類の何万年何十万年の経験を通して得られた知慧であり、その科学的な実証はプランクトンの増殖という作用に依っていたというわけなのだ。

日本中の里山が杉や桧の人工林となり、それでも林として残ったのはまだよい方で、多くは工業団地や住宅地に変わってきている現在、雑木林や広葉樹林から海へ還元される腐葉菌は減少する一方である。

海岸の森、海岸に近い森、あるいは海岸から十キロ二十キロ離れた森であっても、それを魚付林と位置付けて、杉桧ではない森を再生してゆこうというのが、漁民の側から提出された、〈森は海の恋人〉の合言葉が示している内容であった。

二

十人近い来賓の人達の挨拶が終わった頃には、雨も小止みになって、ぼく達はいっせいに植樹に取りかかった。

その日の植え付け分は、五ヘクタール余りの伐採地の内の三分の一ほどで、またもやびっくりしたことには、いつのまに作業をしたのかすでにそこには無数の植え穴が掘られてある上に、植え穴の位置には一本一本色つきのプラスチック棒まで立てられてあった。だからぼく達は、与えられた移植ゴテと用意された苗木を持ってその植え穴に散らばり、苗木の根を少々ほぐして植え付けさえすればよいのだった。

植林作業で一番大変なのは、山サバキといって山肌に散らばる大小の伐採時の残物を整理することと、土の中に大石のない場所を嗅ぎわけてそこに植え穴を掘ることなのだが、それがすでに終わっているからには、作業はただ苗を植えるだけの子供の遊びのようなものである。

大漁旗がはためくのを、今度は山の上から見下ろしながら、ぼく達は行き合う人と親しく挨拶を交わしつつ、次々と苗木を植えて行った。その日用意されていた苗木は千本ばかりだったと思うが、三十分もしない内に植え終わってしまい、おまけにその時に使った真新しい移植ゴテは自分の家に持ち帰ってよいとのことだった。

少し下手の別の空地では、漁協の奥さん達がやはり大テントの下で炊き出しの準備をしていた。梅干し入りの白にぎりと、サバのアラ汁だけの簡単な昼食ではあるが、ひと仕事（というほどのものではなかったが）を皆で終えた後の昼食はやはり祭りそのもので、その日の植樹式が有意義だったことを確かめ合いながら、それぞれににぎり飯をほおばった。

島の共同体《コミユニテイ》の特徴は、住民同士はもとより町長や漁協長以下、役場の課長や係長から若手職員までが、みなそれぞれに顔見知り以上にお互いに親しい間柄なことにあるが、そうやって昼飯を食べながら交わすなにげない会話を通して、その行事の評価というものが決定される。その日の小雨混じりの天気の悪口を言う人が多かったり、何か非難めいたことをこそこそと言う人が多ければ、当然その行事の評判はかんばしくないことになるわけだが、その日の場合はそういう会話をぼくはひとつも耳にしなかった。

会う人ごとに、白川山の住民であるぼくに、いい場所ができてよかったとか、これからの森の管理はお前《わあ》の責任だとか冗談を言って、その日の出来事を好評していた。この企画の立案者は町長だと思われるので、ぼくもたまたま町長と顔を合わせた時には、〈いい企画をありがと

うございました〉、とお礼を述べた。

わずか五ヘクタールばかりの山林を広葉樹林に戻したとして（それが成木になるのは二十年も三十年も先のことである）、それが漁の回復に直接寄与するかは誰にも分かることではない。むしろ、屋久島の沿岸漁業の不振は、他県から来る大型の底引き網漁船の根こそぎ漁法や、世界的な海水の汚染や潮流変化等にも原因があると思われるから、山のほんの一角に広葉樹を植えたからといって、明日から豊漁になるなどとは誰ひとり考えてはいない。それにもかかわらず、ぼくも親しい漁協の老いた組合長が、口馴れぬ〈森は海の恋人〉などというくすぐったい言葉を口にし、〈漁業の明日に夢をつなぐ〉と、心をこめて話されるのを聞いていると、声を大にしてそのとおりだと叫びたくなる。

偶然と言えば偶然なのだろうが、それから三、四日して、サバが大漁したという知らせが入ってきた。ここらのサバはヤクサバあるいはゴマサバといって、本州のサバに比べて形が丸く太っており、肌に丸い斑点がたくさんついている。本州のサバ（平サバと呼ばれる）は刺身で食べるとジンマ疹が出ることもあるが、ヤクサバは刺身で食べても決してそんなものは出ない。

ぼく達が住む一湊は、そのヤクサバ漁の本拠地なのだが、この十五年来は不漁続きで、景気のよい話などはめったに聞かれないのが実情である。

それが植樹式をした三、四日の後に、珍しくも大漁の噂が入って、おっ、風向きが変わったかと、ぼくとしてもわが事のようにうれしかった。

ぼく達の白川山からも、ふたりの人が漁に出ており、そのひとりが二匹の〈首折れ〉を廻してくれた。〈首折れ〉というのは、網から上げたばかりの生きているサバの首をその場でへし折って血を抜いたサバのことで、鮮度が保たれるのと血の生臭さが抜けるのとで、ここらでは刺身用としての最上のサバの代名詞になっている。

〈首折れ〉が一匹廻る（ここらでは漁師から魚をもらうことをそう呼ぶ）ことはたまにあったが、この十年来は一度に二匹も廻ってきたことは絶えてなかった。つまり今回の大漁は、この十年を通じての最大の大漁だったことを、二匹の首折れを通してぼくも実感したのだった。

さらに一週間ほどして、また大漁のニュースが入った。白川山は、一湊港からは四キロほど山に入っているのでむろん直接には聞こえないのだが、一湊の町では拡声器を通して、サバが大漁したので大安売りをしますと、興奮した声が呼びかけていたそうである。その日は、白川山から出ているもうひとりの漁師から、一匹の首折れが廻されてきた。

三

三月九日の日曜日は、旧暦の二月一日で、大潮と休日が重なった上に、朝から初夏のような上天気だった。早い山桜が今年はもう咲きはじめている。

子供が同じ幼稚園に行っているのが縁で、近頃すっかり親しくなった一湊の二家族の人達と、その日を逃がしてなるものかと、四ツ瀬の浜へこちらも家族揃って浜遊びに行った。

M家が夫婦と子供ふたり、もうひとつのM家が母親と子供三人、わが家が夫婦と子供三人、それぞれの車で行った四ツ瀬の浜は、同じ四ツ瀬浜ではあるがぼく達がよく行く所とは下り口が違い、ぼく達としては初めて行く浜だった。工事現場の脇に車を停めて、初めてくだる海への道を、それだけのことで幸せな気持ちになって降りて行くと、藪の中にバナナが自生していて、まだ青い小さな実が二房ほど実っていた。

郵便局に勤めている若いM君は、週休二日の休みごとに、家族連れで海や山に遊びに行く。生まれた島が大好きで、高校を了《お》える時にも島外に出ることなどは一度も考えたことがなかったという。中学卒業と高校卒業のふたつの契機を合わせて、島の若者の九九パーセントは島外に出て行くのだが、M君は希望どおりに郵便局に就職して島に残り、結婚してとてもいい家庭を作っている。島を出る若者たちの生き方を否定するつもりはないが、彼のやり方をずっと遠くから見てきたぼくとしては、常々好感以上のものを感じていたので、子供の縁で、思いがけずそうやって一緒に浜遊びに行くことになったのはとてもうれしいことだった。

大潮と日曜日と好天の三つに恵まれた浜は、そのM君が、「今日は町は空っぽやろ」、と言ったとおりに、たくさんの人出で賑わっていた。

大潮の日の浜遊びの眼目は、ここらでイソモンと呼ぶ貝採りと決まっている。以前にも書いたと思うが、イソモンというのはアワビを小さくした形で、味もアワビに似たおいしい貝である。大きく潮が引いた岩礁には浸蝕された窪み穴が無数にあって、イソモンは岩礁にそっくりの色合いでその穴の中に張りついている。

浜に着くやM君は、服を脱いでシャツとパンツだけになり、鉄のかぎ棒のクーシと網袋を持って沖に出る構えだ。

「泳ぐと？」

あきれて聞くと、にっこり笑って、

「沖に離れ瀬が在《あ》るから」と言う。

ぼくには同行する気持ちはない。

「若かなあ」

と羨《うらや》んで送り出し、こちらは女の人達と子供達と一緒に岩礁伝いに波打ち際へと繰り出す。

イソモンは、波打ち際の平べったい岩礁の窪み穴に張りついている貝だが、本当は海中のそういう場所が好きな貝である。だから潮が引いた所ではそう数多くはいない。数多くないのを、賑わいと感じたほどの二十人ばかりの先客が探しまわった後だから、簡単には見つからない。

M君の奥さんが言うように、「夢の中で見つけて、アッと声を出してしまう」までになるほどに熱中して探すと、ぽつぽつと見つかる程度のものなのである。それだけに、見つけた時の喜びは大きい。

妻と子供達をM君の奥さん達と組ませておいて、ぼくはひとりになってその日の方針を立てた。イソモンは数が知れているから、家族六人用最低六個でよしとし、それだけでは夜食のおかずにならないから、その分はタカラ貝で補う。タカラ貝でも足りない分はカメノテで補う。方針と呼ぶほどのことではないが、人出の多さからそのように判断して、常々自分でひそかに、〈旅〉、とも呼んでいるイソモン探しに没入して行った。

旅とは、岩礁のひとつひとつの窪みに、自分を小蟹《がに》に変身させて這い込んで行くのである。小蟹に変身すると世界はそれまでとがらりと変わって、眼前の小さな窪みが大きな洞窟ほどの実在になる。その壁面を、蟹の本能で見渡す。単純なことだが、気持ちの上でそのように変身して窪み穴を次々に探って行くと、イソモンを見落とさないのと同時に、穴のひとつひとつの微細な風景が見えてきて、それを見ること自体が深い楽しみになってくる。

ひとつひとつの窪み穴に、ひとつひとつの神秘とさえ呼べる世界がある。そこにたまたまイソモンが張りついていれば、M君の奥さんでなくともアッと声が出そうになるほどである。

一時間くらいの内に、いくらでもあるタカラ貝は、大きいものだけを選んで採取し、イソモンも十個以上は見つけて、次は少しカメノテも採ろうと、波打ち際を離れて大岩に登ってみた。そこからはぼく達がよく行く方の四ツ瀬浜が見下ろせたが、その日はそこへくだって行く気持ちはない。沖へ突き出している大岩伝いに、カメノテのいる割れ目を探して行ったが、どういうわけかその浜の岩にはほとんどカメノテは着いていなかった。

ある岩角を回った時に、海面に近い濡れた岩の割れ目に、突然、少し緑色っぽいチョウセンサザエが張りついているのを見つけた。まさかと思いつつ近づいて見ると、まぎれなくそれは小型ではあるがチョウセンサザエで、この島の海に二十年通ってぼくが自分で見つけた初めてのものである。

昔、奄美群島の与論島で一年ほど暮らしたことがあるが、与論の海ではしばしば見つけたチョウセンサザエが、この島にはいなかった。四、五年前、一度だけ息子がひとつ採ってきたので、この島にもそれがいるのは知っていたが、自分で見つけたのは初めてである。

たった一個ではあるが、その大収穫に満足して妻達がいる渚に引き返して行くと、そちらもそろそろ引き上げようという時で、彼女はイソモンを三つ採ったと目を輝かせた。

その三つは、彼女がこの島に来て自力で初めて見つけたイソモンである。

「Mさんじゃないけど、夢に見そう」

皆《み》んな砂浜に引き上げてきて、次にはそこで焼イモをしたりして子供達を遊ばせたが、その内あまりの上天気にチビちゃん達が潮だまりで水遊びを始め、服が濡れるとそのまま裸になって泳ぎにまで発展してしまった。

まだ三月上旬である。

ぼくの初サザエ、妻の初イソモン、子供達の初泳ぎと、その日に三つもの大きな贈りものを海がくれたのは、もしかするとその恋人である森に、復活を願って樹を植えたごほうびだったのかもしれない。そんな甘いことではない海のシビアーな汚染と涸渇《こかつ》の現実を知らないではないが、せめてそう考えて、ぼくも〈森は海の恋人〉という夢を、実現して行く一員であらねばならない。

シエラネバダにて（前編）

一

アメリカ西海岸のカリフォルニア州には、ふたつの大きな山脈が南北に走っている。ひとつは海岸山脈《コーストレインジ》と呼ばれ、太平洋に面してさほど高くはないが、北のオレゴン州との州境《ざか》いから、南のメキシコとの国境までほぼ千キロにわたる長大な山脈である。

サンフランシスコ、ロサンジェルス、サンディエゴなどの大きな都市は、この海岸山脈と太平洋の間のわずかな平地に形成されている。

海岸山脈の内陸側には、セントラルヴァレイと呼ばれる大平原地帯があり、さらにその内陸側には、ヨセミテ国立公園やセコイア国立公園があることでよく知られているシエラネバダ山脈が、南北約五百キロの規模でそそり立っている。シエラネバダ山脈にはアラスカを除く全米で最高峰のホイットニー山（四四一八メートル）があり、この山脈のさらに内陸側は、核実験が

行なわれているネバダ州となる。

今回（一九九七年春）ぼくがシエラネバダを訪ねたのは、有名なヨセミテやセコイア国立公園を見るためではなくて（そこにも行きたかったが）、その山脈の海側、海抜にして約千メートルの大森林の中に住んでいる、ゲーリー・スナイダーという詩人に会うためであった。

ゲーリー・スナイダーについては、「山ん川の湧水《こ》」の章で少し触れたが、一九七四年に出版した『亀の島《タートルアイランド》』という詩集で翌年にピュリッツァー賞を受け、昨年出版された『終わりなき山河（Mountains and Rivers without End）』と題する詩集ではさらにボリンゲン賞を受けた。

その他にも数多くの詩集やエッセイ集を出しており、アメリカインディアンの文化とエコロジーと、文化人類学と東洋思想（特に禅）に基づいた彼の著作は、現代アメリカ社会に大きく深い影響を与えるとともに、その社会に根底からの変革を促す原動力ともなってきている。

たとえば『亀の島』という詩集のタイトルだが、これはアメリカ大陸の先住民であるネイティヴアメリカン（インディアン）の人達が、自分達の住む大陸を伝統的にそのように呼び習わしてきたことにちなんだもので、わずか一冊の詩集のタイトルとはいえ、彼は本気で、アメリカ大陸をアメリカ大陸と呼ぶのではなくて、亀の島、と歴史的にも文化的にも新しく呼び正すことを提案したのである。

この二十世紀を、アメリカ文明の世紀と特徴づけることにもはや誰も反対はできないのだが、そのアメリカ文明をひとりのアメリカ人として内部から鋭く批判し、汎《はん》アメリカ主義とは正反対の生命地域主義《バイオリージョナリズム》という新しい文明のコンセプトを提出しているのが彼の最近の仕事である。それは単にアメリカのみならず、逆に太平洋を距《へだ》てたアジアに住むぼく達にとっても、大西洋を隔てたヨーロッパに住む人達にとっても、また南アメリカやアフリカやオセアニアに住む人達にとっても、これからますます重要になるコンセプト（哲学）であると、ぼくは考えている。

二、三十年くらい前から、「宇宙船地球号」という哲学《コンセプト》や地球母神《ガイア》というコンセプトが語られ、十年くらい前からは、「地球的《シンクグローバル》に考え、地域で行動する《アクトローカル》」というコンセプトが、環境問題やぼく達の文明や政治の問題を解決してゆくための指針として語られて来たのだが、生命地域主義というコンセプトもむろんその延長線上にある。三つのコンセプトを比べてみればすぐに気づくように、ぼく達の文明あるいは環境への関心というものが、時間が経つにつれてより身近な、リアリティの濃い、〈地域《リージョン》〉という思想へと現実化されてきたのである。

地球の住民は、単に人間だけでなくすべての生命体も非生命体も、地球に所属していると同時に、地域に所属している。ぼく達はカメラアイや想像力を通してしか地球を見ることができないが、自分の住むこの地域であれば、自分の身心によって直接にこの地域、つまり場《プレイス》というものに触れることができ、そこになんらかの働きかけをすることができる。それはむろん、地球《ガイア》という全体を忘れ去ることではなくて、地域あるいは場という現実を通して、この地球の全体に関係を持つことを意味している。

この二十年来ぼくは、地球即地域、地域即地球というコンセプトにおいて自分の仕事を進めてきたのだが、昨年読売新聞社の招待で来日したゲーリー・スナイダーの講演記録（抄訳）を読んだ時に、彼の考えていることとぼくの考えてきたことがあまりに近しいのを知って、驚いた。

ゲーリーは、ぼくが学生だった一九六〇年安保の年には、すでにアレン・ギンズバーグらと共にビートジェネレイションの詩人として日本にも知られており、フランス発の実存主義哲学と並んで若いぼくらが強い影響を受けた詩人のひとりであった。

一九六六年だったか、すでに来日して京都の大徳寺で何年間も禅の修行をしていたゲーリーに初めて遇うことができ、その時に奈良県の修験道の山として知られている大峰山を、一週間ばかりかけて一緒に縦走した。不動明王の真言を唱えながらのその縦走は縦走というよりは修験道の行に準じた性格のものだったが、その一週間でぼくがよく分かったことは、ゲーリーが禅を学んだり修験道を学んだりするのは、よくあるたまたまの東洋趣味や日本趣味ではなくて、本気で自分の人生をそこへ賭けている人の、尊敬するべき真摯《しんし》な学びの姿にほかならない、ということであった。

一九六七年には、ぼく達は「部族」という社会変革のためのコミューン運動を展開しはじめていたが、〈我々は未だ知られざる文明の原始人である〉とか、〈我々を夢見ている夢がある〉というスローガンで行なった東京・新宿でのデモンストレーションと、新宿の安田生命ホールでの多分日本で最初に行なわれた詩の朗読会にはゲーリーも参加してくれたし、ぼく達が発行していた「部族」という機関誌には、「なぜ部族か（why tribes）」、というタイトルのエッセイを寄稿してもくれた。

その年はまた、彼が沖縄出身の上原雅《まさ》という女性と出遇い、「部族」の根拠地のひとつであった鹿児島県のトカラ列島・諏訪之瀬《すわのせ》島という島で結婚式を挙げた年でもあった。

一九六九年に彼がアメリカに帰国してからも、しばらくは文通したが、やがてぼくが一家でインド巡礼の旅に出、帰国してこの屋久島に住み始めてからは、この土地を学ぶこととこの土地で生きることで精一杯となり、ゲーリーについては風の便りで噂を聞く程度になっていた。

二

自分が「地球即地域、地域即地球」という言葉で取り組んできた内容を、ゲーリーがより大胆に「生命地域主義《バイオリージョナリズム》」と表現していることを知った時には、太平洋を距てた何千キロかの空間と、ほぼ三十年の時の空白が一挙に縮まり、ぼく達はじつは同様の夢を同様のカミによって見させられていたのだ、と気づかされた。

一九三〇年生まれのゲーリーは、三八年生まれのぼくより八歳年長であるが、お互いにもう若いとは言えない。できることなら遇っておきたいと思っていた矢先に、対談の話が持ちあがり、シエラネバダを訪ねることになった。

訪ねるにあたり、ぼくが是非とも確かめたいと思ったことが、本人に遇うことは別にして三つあった。

そのひとつは、キットキットディジーという植物がどんな植物なのか確かめたい、ということだった。

ゲーリーは一九六九年に、友人達と共にシエラネバダの標高千メートル地帯の四十ヘクタールもの広大な森林を入手すると、すぐにその土地にキットキットディジーという先住インディアンに由来する名前をつけた。ぼくの古いアドレス帳には、kitkitdizzeという地名が最初に記されている。

キットキットディジーというのは、その一帯に自生するバラ科の植物、英語名マウンテン・ミゼリーのインディアン名ということだが、自分の住む土地に敢えてそのようなインディアン名を冠したという事実に、ひとりの白人としてのゲーリーの、アメリカ大陸においての生き方の基本をうかがうことができる。

ぼく達の対談は、三月二十七日と二十八日の二日間にわたって行なわれたのだが、その季節は、シエラネバダの冬が去り、カリフォルニアンブルーとでも呼ぶしかない真っ青な空が、毎日確実につづく春が始まったばかりの日々であった。

ゲーリーの家は、最初の隣家までに少なくとも四、五キロはある森の中に、日本から素材を運んで建てたという和風の母屋と、母屋から百メートルほど離れた位置にある書斎《スタジオ》と、母屋から反対側にやはり百メートルほど離れた位置にある骨輪《ボーンチャクラ》禅堂と名づけられた寺との、三つの建物のほかに、ちょっとした池や、池のそばの茶飲み亭、道具類の収まった納屋などから成り立っている。

ソーラーによる発電と、冬期の太陽の乏しい時期のためのプロパンガスによる補助発電と、ふんだんにある薪とで、すべての電気と熱エネルギーを作り出している。スタジオには奥さんのキャロル専用のパソコン室があり、ゲイリーは携帯電話も持っていて、対話中も一時間に一本くらいの割合で電話が入っていた。

二日目の午後、ひとかかえ以上もあるポンデローサ松の根方に寝ころんで、抜けるように青い空からの透明な光の粒子を浴びてひと休みしていた時に、同行の写真家の高野さんが、これがキットキットディジーだそうだと、背丈が三、四センチほどの芽生えたばかりと思われる小さな植物を指差して教えてくれた。

土地の名前として採用するには少々地味すぎる感じがしたが、マウンテン・ミゼリーという英名から類推すると、これから春が深まってどんどん成長するにしても、やはり外観はあまり派手な植物ではないのかもしれない。

現在のネイティヴアメリカンの状態が、社会的にミゼリーであることは何よりも明らかなことなので、敢えてゲーリーはその植物の名を土地の名として選んだのかもしれない。ちなみにアメリカの国花はバラであり、キットキットディジーも見た目にはバラとは程遠いが、同じバラ科の植物である。

花の咲く季節になれば、多分キットキットディジーも深い感銘を与える花を咲かせるのだろうが、わずか二日の滞在で、ゲーリーにとってはカミであるはずの、その植物の全貌を見ようというのは無理であった。

三

ぼくの二つ目の願いは、やはり植物だが、マンザニータを確かめたい、ということだった。

ゲーリーは、一九七二年に『Manzanita《マンザニータ》』と題する小詩集を出している。マンザニータは、スペイン語で小さなリンゴを意味するツツジ科の植物だそうだが、ひとりの詩人が自分の詩集にその植物の名を冠したからには、その植物こそは全世界を象徴するのであり、逆に言えば、その植物に遇いさえすれば、詩といえども摑むことがむつかしい存在の裸の本質を、つまりカミを、直接にその植物から教えられるということが、充分に考えられたからである。

一日目の対談を終えたのは夕方の四時半頃で、まだ太陽もあったので、近くのちょっとした峰《ピーク》まで散歩に行くことになった。

そのあたりの森では、野外の茶飲み亭で対談をしている間も、敷地の中に何頭もの鹿や野生の七面鳥などが遊びに来ていたが、その他にもクーガーや灰色熊《グレイベア》、コヨーテなども出没するのだそうで、何年か前には白人女性がクーガーに襲われたそうである。それをゲーリーは、野生《ウイルダネス》に対する税金《タクス》だと笑っていたが、ちょっとした散歩とはいえそういう森を歩くのにはそれなりの緊張が必要だった。

エディターの三島さん、琉球大学の英文科教授でゲーリーの研究者の山里さん、写真家の高野さん、ゲーリーとぼくとは、マンザニータが密生するブッシュの間の小径《こみち》を、つかず離れずゆっくりと歩いて行った。

マンザニータは少しサルスベリの木に似た赤っぽいすべすべした肌の低木で、黒樫《ブラックオーク》やポンデローサ松や灰色松《グレイパイン》などの大高木が繁る森に、丈は二、三メートルながらびっしり密生したブッシュを形成していて、そのブッシュは果てしなくどこまでも広がっているかのように見受けられた。

春は始まったばかりなのに、マンザニータはもう白い可愛らしい花をたくさんつけていて、それが間違いなくこの森の生態系を代表する一大植物群であることを示していた。

三十分くらいでボウルド山と呼ばれるちょっとした峰に立つと、そこからは標高三千メートルから四千メートルにわたる、シエラネバダの奥岳の山々が見はるかされた。むろんまだ白雪におおわれている。そして足元の深い谷底には、ユバ川という名の川がまるで糸のように細く白く泡立って流れていた。ゲーリーの最新の詩集が、『終わりなき山河』と題されているその光景が、そのまま眼前眼下に広がっているのだった。

「シエラも面白いが、あの奥には砂漠もあるよ。今度来たら一緒に歩こう」

とゲーリーは誘ってくれたが、ぼくには足元のその峰の岩蔭に造られた、石を積んだ小さな祠《ほこら》の方が気にかかり、それを指差して、

「これはルー・ウェルチのものではないですか」

と尋ねてみた。

ルー・ウェルチは、先頃逝った詩人アレン・ギンズバーグ、禅僧のリチャード・ベイカー達と共に、キットキットディジーのその土地を共同で買った仲間だったが、ある時、拳銃を持ったままマンザニータのブッシュに消え、そのまま二度とこの世に姿を現わさなかった人である。

「そうだ――」

とゲーリーは答え、

「その内、もっと立派にしなければ」

と、言った。

帰り道では次第に日が暮れてきて、ぼく達は少し急いだが、マンザニータの大ブッシュにさしかかった時、ゲーリーはそこで足を止めて、

「ルー・ウェルチは、この辺から消えた。あとから仲間で何日も探したが、見つからなかった」

と教えてくれた。

四

二日目の話し合いに入る前に、ぼくはゲーリーに骨輪《ボーンチャクラ》禅堂にお参りさせてほしいとお願いした。骨輪禅堂というその寺の名前は、ルー・ウェルチの「骨輪」という題の詩から取ったものであることを何かで読んでいたのと、もしゲーリーがその気になってくれるなら、そこで久しぶりに一緒に般若心経を朗唱したい、ということが、今回の三つめのぼくの願いであった

からである。

取材スタッフがいることだし、場所が場所なので断られるかと心配したが、彼は一瞬ためらった後、こころよく受け入れてくれ、先頭に立ってぼく達を案内してくれた。

彼は、アメリカ人とはいえ七年間ほどは京都の大徳寺で、小田雪窓老師という人について座禅を収め、老師の遷化《せんげ》に当たってはその枕元で最期を看取《みと》った本物の禅者である。

アメリカ文化が持つ最深の知慧のひとつである現実主義《プラグマティズム》というものと、日本文化が持つ最深の知慧のひとつである禅を融合させた骨輪禅堂は、単に東西文化の架け橋であるばかりでなく、ぼく達の未来に希望を持たせてくれるひとつの現実の確かな存在物であった。ぼくは喜びに身が引き締まる思いで堂内に入り、カリフォルニア州の知事から寄贈されたという本尊のブッダに古式どおりに三度の平伏礼を行なった。それから合掌してそのブッダ像を見つめていると、その像がなぜか会ったこともないルー・ウェルチその人のようにも思われてきて、不思議な感覚になった。

「ゲーリー、般若心経を、いいですか」

と、尋ねると、明瞭な日本語で、

「私は、ここだ」

と、彼はただちに木魚の位置に座った。

臨済宗特有の（大徳寺は臨済宗）たたみこむように速い木魚に合わせて唱える般若心経は、あっという間の短い読経《どきょう》であったが、一緒にそれを唱えただけで、ぼくとしては苦手の飛行機に乗って太平洋を越えてきた甲斐はあった。

般若心経の核心である空《くう》という思想は、アメリカ文明が現実《プラグマティズム》＝色《しき》という特徴において行きづまれば行きづまるほど、新しい価値観としてその内部に浸透してゆかざるを得ないだろう。現実（色）は即ち空であり、その空は即ちまた新たなる現実（色）であると。

そのことは別にして、『ノー・ネイチャー』（思潮社刊）という日本語版の彼の詩集から、最後に一編だけ彼の詩を引用させていただく。訳者は旧知の昨年逝かれた金関寿夫さんである。

ルーへ／ルーから

ある日ルー・ウェルチが　ひょっこり目の前に現われた、
しかもピンシャンしてるじゃないか。「この野郎」とぼくはいった、
「おまえ、拳銃で自殺したってのは、ありゃウソか」
「ウソじゃない、ちゃんとやったよ」と彼はいった。

そしてその時もまだ、ぼくの背中は、なんだかうそ寒かった。
「うん、たしかにおまえやったらしいな」とぼくはいった——「おれ、いま感じてきたよ」
「そうなんだな」とルーはいった、
「どうやらおまえの世界とおれの世界とのあいだには
なにか本源的な恐怖が横たわっている。どうしてなのか、おれには
皆目わからんけど。
おれが今日いいにきたのは、
ほかでもない循環《サイクル》のことを　子供たちに教えてやれってことだ。
そう生命の循環のこと、それからすべてのものの循環。
宇宙のすべてはこれにかかっている。ところがみんなが、そいつを忘れてるんだ」

シエラネバダにて（後編）

一

ゲーリー・スナイダーは、昨年、『終わりなき山河』と題する詩集を出し、その詩集によってボリンゲン賞という、アメリカの詩人に与えられる最大の賞を受けた。

わずか五日間のアメリカ西海岸滞在中に、ぼくは、カリフォルニア大学デイヴィス校（ゲーリーはそこの英語学の教授でもある）内の書店と、サンフランシスコ市内のシティ・ライツというビート詩運動の発祥地となった書店兼出版社と、もうひとつ同じくサンフランシスコの中心街にあるボーダーズという大きな書店の三つを、少々時間をかけて見て歩いたが、どの書店でもゲーリーのその詩集は、注目すべき本としてのショウアップがされてあった。そこから、新しい時代のアメリカが確かに展開されているのを、ぼくは感じた。

詩というものが残念ながら文化的な力を持たない日本の社会では、むろんまだこの詩集は翻

RELEASES
FICTION
FICTION
THESE HARDCOVERS ARE NOT IN PAPERBACK

訳されていないが（二〇〇二年、思潮社刊）、英語力に乏しいぼくが見るかぎりにおいても、それは六十七歳に円熟した彼の代表詩集の感があるし、アメリカの社会文化を根底から変えてゆくだけの力を持っているという印象を受けている。

アメリカインディアンの文化の学習及び日本や中国、インドを長く旅して、その宗教的文化の強い影響を受けてきた彼は、「終わりなき山河」という、日本人にとっては平凡に見えるかもしれないが、一般的西洋人にとっては今もひとつの深い棘《とげ》となるはずのタイトルをその詩集につけただけでなく、その扉には過去の東洋を代表するふたりの聖者の言葉を引用して飾った。

そのひとりは、ミラレパ（一〇四〇〜一一二三年）というチベットの聖者であり詩聖とも呼ばれている人の言葉で、

空《くう》という見地は、慈悲を産み出す。

と、いうものである。

つづいて日本の道元（一二〇〇〜一二五三年）の言葉が、大著『正法眼蔵《しょうぼうげんぞう》』の中から引用される。

古仏いわく

「絵に描いた餅は腹を満たさない」

このことについての、道元のコメント。

「絵に描いた餅」ということをしっかり考えた者は少ないし、知り尽した者はいない。

餅を描く画材と、山水を描く画材は、同じものだ。

絵に描いた餅が実物でないというのであれば、万象はみな実《じつ》ではなく、仏法《ダルマ》でさえも実《じつ》ではなくなる。

大悟は一枚の絵である。万象及び空《くう》なる空《そら》も、一枚の絵にすぎない。しからばすなわち、絵に描いた餅のほかに飢えを満たす手立てはない。絵に描かれた飢えなしに、人が真人となることはない。

『正法眼蔵』第二十四、〈画餅の章〉はもっと複雑に展開されているが、その日本人にさえ難解な禅問答をゲーリーはよく理解して、絵に描かれた餅、すなわち詩として定着されたその「終わりなき山河」をもって、アメリカの飢えを満たさぬのであれば、アメリカの飢えが満たされることはないだろうと、宣言しているがごとくである。

アメリカ文化の根底には、現実主義《プラグマティズム》という深い思想がある。日本の文化もその表面だけを取り入れて今はほとんどそうなってきた。実利、現物、現実という価値観は、アメリカンデモクラシーという思想やアウトドアという文化を含めて、ぼく達に非常に多くの豊かさをもたらしてきたが、今世紀の半ば以来は次第に行きづまり、アメリカは精神的には世界で最も飢えた国のひとつ、社会的には最も病んだ国のひとつとなってきた。

その飢えと病を癒《いや》す方向を、ゲーリーやアレン・ギンズバーグをはじめとする六十年代のビート世代の若者達は、東洋思想という絵に描いた餅の内に求める旅に出たのだ。

一方で日本の若者達は、より強く深く個人主義的デモクラシーを身につけるために、また物質的豊かさを獲得するために、多くはアメリカ及び西欧への旅に向かった。

西の先端は東へ向かい、東の先端は西へ向かってきたのが、ごくおおまかに見たこの半世紀の文化の流れの特徴のひとつである。

今ぼく達は、西も東もなく、右も左もない、いわばひとつの太陽系、ひとつの地球という観点に立って、ものごとを考え、文化を考え、文明とその将来を考え、自分というものを考えねばならなくなっているが、その新たな視野においても、アメリカという巨大な現実が（巨大な絵に描かれた餅が）持っている意味と力は相変わらず大きい。

ぼく達自身が変わらなくては世界は変わらないという究極の現実がある一方で、アメリカが変わらなくては世界はやはり変わらない。

ぼくがゲーリーと深く連帯したいのは、アメリカを内部から変えることによって、日本もまた変わってゆくというインターネットワークを、ぼくなりに展開する気持ちを持っているからである。むろんそれは、地球・自然・神という共通の地盤に立つ、詩あるいは言葉という絵に描いた餅を通してのことではある。

地球詩篇《アースヴァアーズ》

見つづけるべく　眼いっぱいに
動きつづけるべく　体いっぱいに
正直であるべく　充分にドライに
タフであるべく　棘《とげ》いっぱいに
生きつづけるべく　緑いっぱいに

夢みつづけるべく　充分に古代であれ

『終わりなき山河』の、これは最後から二番目に置かれている短詩であるが（私訳）、ぼく達はこの詩片を、地球自身からのぼくらへのメッセージと受け取ることができる一方で、ぼく達自身のこの地域における普遍的な生き方の指針としても、受け取ることができるであろう。

二

サンフランシスコの街の中心部には、セントラル・スクウェアと呼ばれる小公園があり、芝生と植え込みの花とベンチとでいかにもサンフランシスコらしい明るい都市空間を作り出している。

ぼくがその公園のベンチで一本のタバコをゆっくり吸ったのは、すでに復活祭《イースター》の聖週間に入っていた一日で、カリフォルニアの空は真っ青に晴れわたり、これが大都市の中心街かと疑われるほど透明な日光が、あたりいちめんに燦々《さんさん》と降りそそいでいる日だった。

復活祭《イースター》というのは、むろんキリストの復活を祝うキリスト教徒の最大の祭りであるが、本来はヨーロッパのゲルマン系原住民族のひとつであるチュートン人の春の女神、イースターを祭ることから始まったものだという。

クリスマスが北欧原住民の冬至祭に起源を持つ祭りであるのと同様に、復活祭は春分の日を起点として夏へ向かう、春の女神の復活の祭りだったのである。

キリスト教社会の最大の行事であるクリスマスと復活祭が、共にそれ以前の原住民の季節の祭りに源を持ち、そこに重ね合わされてきたことに、ぼくとしてはキリスト教もまた季節神というアニミズムを内蔵せざるを得なかったことを知って、ますますアニミズムの普遍性を心強く思うのであるが（というのは、すべてのアウトドア志向の底には、じつはアニミズム衝動があるとぼくは考えているので）、それと同時に大いに気にかかることがひとつだけあった。

それは、そのセントラル・スクウェアの芝生の中で、早くも上半身裸になった短パンの若者達が何人も、なんの屈託もないかのごとくに午後の強い陽射しを浴びてたむろしていたからである。

一昔前なら、その光景はイースターの聖週間にふさわしいアメリカの若者の無邪気な喜びの表現として、無条件に受け入れられるはずのものだったろうが、現在のぼく達は、燦々と降りそそぐその太陽光が透明であればあるほど、そこに皮膚ガンと白内障を引き起こす危険な紫外線が多く含まれていることを知っている。白人種にはその害が特に強いことも知っている。むろんそれは、ぼく達の文明が生み出したフロンによるオゾン層の破壊の結果である。

地上十〜五十キロの上空に、レースのカーテンのような薄いオゾン層が地球を取り巻いていて、それが陸上の全生物にとって有害な太陽の紫外線を遮断してくれている。そのオゾン層が年々フロンに破壊されて、紫外線危険情報なるものが天気予報と同時に多くの国々で発せられるようになってきた。今年は特にその破壊度が最大で、北極圏上空のオゾンの三十パーセントが減少したと、先日のラジオは報じていた。

セントラル・スクウェアの芝生の上で、上半身裸で太陽を浴びている若者達が、そのことを知った上でそうしているのか、知らずにそうしているのかは分からないが、ぼく達の時代が太陽という究極のアウトドアをさえ全面的には信じられなくなった時代であることは、すでに明らかな事実である。しかもそれは、太陽に責任のある事柄ではなくて、全面的にぼく達の文明に責任のある事柄である。

むろんぼくは、太陽を究極のカミとする太陽系の住民の一員であり、「太陽」教の素朴な信徒でさえもあるから、太陽を起源とするアウトドア文化、自然文化というものを究極的に支持しているが、それゆえにこそぼく達の文明の結果が、その最初であり最後でもあるはずの太陽を、危険なものにしてしまったという絶望的な事実を脇においておくことはできない。

まだ間に合うのか、もう間に合わないのかは分からないが、オゾン層の破壊という、数ある文明危機の内のひとつだけを取り上げてみても、ぼく達は文明の方向を明らかに変えてゆくのでなければ、太陽を浴びるという最初で最後の、大元《おおもと》の喜びをさえ保つことができなくなった。アウトドア派は、アウトドアの喜びを大切にすればするほど、文明ということと自然ということを、深く考え直さねばならなくなっているのだ。

三

ゲーリー・スナイダーとの対話は、彼の家の居間で行なわれたり、キッチンのテーブルで行なわれたり、庭の茶飲み亭のような建物で行なわれたりしたが、あれは二日目の午後だったか、屋根だけの、森の緑の風が吹きぬける茶飲み亭での話の中で、エネルギーのことがテーマになった。

ゲーリーが言うには、ぼく達の文明はいずれにせよエネルギーに依存して成り立っているのだが、そのエネルギーは古いものであればあるほど危険な性質を保っている、ということであった。

一番古いエネルギーは、宇宙の創生にかかわった核融合と核分裂からもたらされる原子力エネルギーである。このエネルギーは、それ自体が暴発する危険性を常に持っている上、大量の危険極まりない廃棄物を排出する点において、どう見ても良質のエネルギーとは呼び難い。

次に古いエネルギーは石油である。このエネルギーは太古から貯えられてきたもので、便利ではあるが、二酸化炭素を過度に排出することと、埋蔵量に限界があることでやはり良質でも永続性のあるものでもない。

石炭エネルギーも二酸化炭素その他のことがあって、良質とは言えないし永続もしない。

比較的新しいのは水力発電だが、これもダムの建設によって生態系を破壊する。

一番新しくて、良質で、永続するエネルギーは何かというと、

「これだ」

と言って、ゲーリーはうれしそうに立ち上がり、傍らの柱にあった電源のスイッチを押した。

「これが今できたばかりの一番新しいエネルギーだ」

屋根の下とはいえ、シエラネバダの輝く青空の午後のことだから、茶飲み亭の電燈がぱっと輝いたわけではないが、それはむろんソーラー発電によって蓄積された電気エネルギーにほかならなかった。

ぼくは、自分の家でソーラー発電をしているわけではないので、小さくならざるを得なかったが、それにしてもその時に感じたことは、太陽力こそは永遠の今の力であり、最も良質で、最も永続するエネルギーの源に間違いない、という確信だった。

太陽だけではなく、むろん風も永遠の今のエネルギーであるし、地熱もそうであろうし、潮

力や小規模の導水による発電もそうであろうし、日常の煮炊きや暖房のためなら三、四十年の時間で常に更新される薪エネルギーや木炭なども大いに有効だろう。つまり、地、水、火、風、空の五大に秘められてある良質で永続する自然エネルギーこそが、これからの文明を支えてゆく根本となるべきであるし、そういう方向へと文明は転換されて行かなくてはならない。

特に太陽は、少なくともまだ四十億年は永遠の今として安定したエネルギーを放射しつづけてくれるはずであり、地球に降りそそぐそのエネルギー総量は、全石油のエネルギー量など比べものにもならないほど莫大なのだから、ぼく達がそれを使わないという手はない。現代文明は、石炭と石油と原子力発電をカミなるエネルギーとしてここまで展開してきたが、これからの文明は、太陽をカミなるエネルギーとし、カミそのものとする新アニミズムの文明へと転換されてゆくべきである。

ぼくがもっと自由に英語を話すことができ、ゲーリーがもっと日本語を自由に話すことができれば、話はおのずから今記した、ポスト文明論としての新アニミズムという言葉まで着いただろうが、実際の対話ではぼく達はそこまでは行かなかったと記憶する。バイリンガルの役をしてくださった琉球大学の山里先生は、二日目の夕方には体力を使い果たして声が出なくなるほど誠実に、また熱心に双方の通訳をしてくださったのだが、対話の真髄というのは何にもまして直接対話であるから、意を尽くせない部分がどうしても残ってしまう。

ぼく達がシエラネバダに滞在した三日間、そしてサンフランシスコに滞在した二日間は、先にも記したように、三月三十日の復活祭《イースター》の当日に到るまでの聖週間と呼ばれる一週間内のことだった。そしてそれは、単にキリストの復活を祝うキリスト教徒の祝祭であるだけでなく、キリストの生誕以前から伝えられてきたチュートン人の春の女神イースターにちなむ、北半球の春の訪れを祝う全生物の祝祭の一週間でもあった。

まだ雪をかぶっているシエラネバダの山々も、ゲーリーの住むキットキットディジーの森も、サンフランシスコの街も、連日間違いなく訪れる真っ青な空の下で、思う存分に太陽の光を浴びることができ、全生命がこぞって復活の喜びを歌っているかのような、それこそが真に聖週間の名にふさわしい美しい季節——。

その時からすでに二ヶ月の時間が過ぎて、この間にぼくは再度上京する機会があり、神田の岩波ホールで「聖週間」と題するアンジェイ・ワイダ監督の映画を観た。一九四五年だったかのポーランドのその聖週間において、ユダヤ系ポーランド人の女性がナチスに追われ滅ぼされてゆく、暗くて重い映画だった。

そして今ぼくは、スローモーションのようにサンフランシスコの、セントラル・スクウェアの上半身裸の若者達の風景を再び思い出すのだが、彼らが紫外線の危険情報を知らずにそのような行為をしていたということは、百パーセントあり得ないのではないだろうか。

日本でさえも紫外線情報がさまざまなメディアで伝えられるようになった現在、白人の多いアメリカ社会では当然いっそうそのことに敏感なはずである。

芝生で裸になっていた若者達がすべて白人だったことを考え合わせると、彼らはそのことを充分に知っていて、その上で敢えてサンフランシスコの中心街で、裸で太陽を浴びるという絶望的なパフォーマンスを遂行していたのに違いない。

ぼくのこの推測が当たっているとすれば、一九九七年のアメリカの聖週間におけるナチスとは、ぼく達自身の文明が生み出したフロンガスそのものである。

むろんそれはアメリカだけのことではない。去年一年で北極上空のオゾンが三十パーセントも減少したということは、地球全体の陸上の生命が、文字どおり全滅の危険にさらされているということにほかならない。フロン問題ひとつだけを取り上げてみても、ぼく達は楽観的に新アニミズムなどという絵に描いた餅だけを食べつづけていることはできない。

けれどもまた、太陽と太陽系以外に差し当たっての次の百年のカミ（究極）を置くことは、ぼく達にはできない。だから悲愴感は持たずに、ゲーリーの「地球詩篇《アースヴァーズ》」が伝えているように、

見つづけるべく　眼いっぱいに
動きつづけるべく　体いっぱいに

正直であるべく　充分にドライに
タフであるべく　棘いっぱいに
生きつづけるべく　緑いっぱいに
夢みつづけるべく　充分に古代であれ

と、自分にも友達にも、地球自身にも伝えて生きてゆくことが、肝腎なことなのだと思う。

千四百万年という時間

一

新聞を見ていると時の人の消息を伝える「顔」というコーナーがあって、先日のその欄には、徳島県の木頭《きとう》村村長の藤田恵さんという人が紹介されていた。

「ダムは要らないというのは世界的な潮流。まして今の日本の財政に無駄な公共事業をやる余裕はない。白紙に戻すのは当然のこと」

亀井建設相の「白紙」発言を、藤田さんは淡々と受け止める。

「おまけに住民が三十年も反対しとるとなったら、ダムを造る理由はなんちゃ無い」

力がこもるにつれ阿波弁が飛び出す。

四年前に無投票で初当選して以来、一貫して村内に建設予定の細川内ダム反対を主張。人口約二千人の四国の山あいの小村を一躍有名にし、二期連続の無投票当選と、細川内ダムの白紙見直しを実現させた。

　原動力になったのは、村を流れる川に潜ってアユやアマゴを追いかけた少年時代の記憶。

「ダムは清流と森林を破壊する巨大産業廃棄物。〈白紙〉でなく、〈断念〉まで行かんとな」


　こんな記事を読むと、世の中にはすごい人がいるしすごい地域があるなあと勇気づけられると同時に、これまで巨大な産業廃棄物造りに専心してきたかのような日本の公共事業も、ようやく方向性を変えざるを得なくなったのだと、長い絶望の中にひとすじの希望のようなものを感じる。木頭村に引きつづき、一日も早く諫早湾の堰門《せきもん》が開かれることを、願う。

　新聞ばかり読んでいるわけではないが、その三、四日前には、アフリカのケニア・リフトバレー州ナチョラ村から、ケニアピテクスと呼ばれる大型類人猿のほぼ全身の骨格化石が発見されたことが、報道された。

　ケニアと日本の合同調査隊が発掘したその化石の分析によって、これまでは約千万年前とされていたケニアピテクスの生息年代が五百万年ほどさかのぼり、千五百万年前にはすでに生息していたらしいことが明らかになったという。

これまでの通説では、プロコンスル（約二千万年前）と呼ばれる最古の化石類人猿からテナガザルへ、テナガザルからケニアピテクスへと進化してきたとされていたのが、今回の分析でケニアピテクスの方がより古く、すでにインドで見つかっているシバピテクスとの類縁関係が深いことが明らかになったのだという。

そういう世界を研究することを自然人類学というのだそうだが、素人のぼくのような者であっても、人類の祖先が二千万年前、千五百万年前という遥かなる時間において、すでに現実の姿を持っており、人類たるべく準備されていたのだと考えると、言いようのない原生地球への懐かしさと、意識生命体というものの不可思議さを感じると同時に、これからの千五百万年、二千万年という時間を、ではぼく達はどのように生きてゆくのかという、ぼうぼうたるさらに遥かなる想いにも駆られてくるのである。

二

六月半ばの第二土曜日の午後、幸い梅雨の中休みの上天気だったので、ぼく達は高二のサッカーボーイを除いた一家で、隣りの志戸子《しとご》集落につながる日出子《ひでご》海岸という処へ貝採りに行った。

妻が、一湊《いっそう》の友達から日出子海岸の奥にはたくさんイソモンが居る場所がある、と聞き込んできたためで、長年この島に住みながらぼくでさえその方面にはこれまで一度も行ったことのない場所だった。

県道から直接磯へくだる道がないので、日出子の奥の磯へ行くためには、一湊側から引き潮の岩海伝いに、湿度の高い強い陽射しの中をえんえんと歩いて行かねばならない。

ぼく達の脳には、夏の強い陽射しはオゾン層の破壊による危険な紫外線を多く含んでいるという、かなしい情報がすでにインプットされてしまっているから、五人揃ってツバのある帽子をかぶり、長そでのシャツさえ着込んで、それでもやはり久しぶりに（といっても五、六日ぶりのことだが）海に出た開放感にひたりながら、岩だらけの海岸を、一番下はまだ三歳のチビちゃんの手を引きながら、イソモンの居そうな奥へ奥へと歩いて行った。

イソモンについては、これまでも何度か書いてきたが、アワビを小さくした形のトコブシを、またひと廻り小さくした形の貝で、正確にはミミガイ科イボアナゴ属のイボアナゴまたはヒラアナゴという貝である。

近頃妻は、すっかりそのイソモン採りにはまってしまい、二週間に一度の大潮の前後になると、待ちかねたように、海へ行こうと誘ってくる。誘われればこちらももとより好きなものだから、喜んで一緒に出かけることになる。思い立てばいつでも海に行けることが、島で暮らすことの最大の豊かさのひとつである。

幼稚園の子供のお母さん達の中には、親の代から島育ちのイソモン採りのヴェテランが何人かいて、妻は、その人達からどこどこの磯にイソモンが多いという情報をもらってくる。

今回も、日出子の奥でその前の大潮で袋一杯採ったという話を聞いてきて、彼女としてはもうそこへ行ってみずにはいられなくなったのである。

岩を越え浜を越えて三十分ばかりも進んでゆくと、次第に磯は奥まり、初めて来る磯に特有の神秘感と原始感が漂いはじめる。不思議なもので、森と同じく浜においても、人里と既知の領域を離れれば離れるほど、神秘感と原始感は濃密に、鋭敏になってくるものらしい。イソモンもそこらにうじゃうじゃ居そうな気持ちになってくる。

ちょっとした小さな浜にたどりつき、そこから先へは山のような大岩を越えて行かねばならなかったので、ぼく達はその日はもうそれ以上奥には行かないことに決めた。潮が引ききる時刻が迫っていたし、三歳のチビちゃんがもう歩き疲れてしまったからでもある。

その日は、妻に充分に集中してイソモンを採ってもらうべく、三人の子供はぼくが面倒を見ることに役割を分けた。そう決めると、妻は大岩は越えず眼の前の太腿《ふともも》までの深さの海中をざぶざぶと渡って、たちまちに岩陰の向こうへ消えて行った。

残されたぼくらは、そのあたりでイソモンを探したがひとつも見つからず、仕方ないから少しはいるタカラガイと、いくらでもいるカメノテを採り集めて遊んだ。タカラガイのことを、この島ではウマンコと呼び、白色のタカラガイをシロウマンコ、黒っぽいタカラガイをクロウマンコと呼ぶ。その貝肉は独得の味で、けっこうおいしい。

小一時間、ウマンコとカメノテを採って遊んだが、その内小学二年になった上の子は、母親を追って大岩を登り越えて行ってしまった。少し心配だが、彼ならもう大丈夫なはずだ。貝採りにあきた下のふたりを、素っ裸にして浅瀬の水で遊ばせておいて、妻と上の子がどこら辺にいるか、ぼくも小山のような大岩の上に登って確かめてみた。遙か彼方に、ひとつだけ人影が見えたが、帽子をかぶっていないので彼女ではない。そのほかに人影はなく、ただごつごつとした褐色の岩がるいるいと続いているばかりである。少し心配だが、彼女ももうこの島に住んで八年になるので、信頼することにして、ぼくはその岩の上に腰をおろし、眼下にちびちゃんふたりを見下ろしながらタバコに火をつけた。

妻がイソモン採りに熱中しはじめたのと並行するかのように、じつはぼくはこの頃岩石というものへの興味を深めている。樹木に樹齢があるように、岩石も存在物であるからには年齢というものを当然持っているはずで、その年齢は少なくとも何万年という単位のものであるはずである。

自分が今腰をおろしている大岩が、何という名の岩かが分かり、その岩がどのくらいの年齢なのかが分かったら、ただそれだけのことでどれほどぼくの人生は豊かになり、確実になることだろうか。岩石学、あるいは地質学というような、若い時分はまったく興味のなかった領域が、この頃急激にぼくの中で宗教的な意味合いをさえ持つ重要なものになってきていた。

一本のタバコを、誰に遠慮もなくゆっくりと深々と吸いながら、ぼくはあらためて、自分が今座っている巨岩が、何という岩石であり、どのくらいの年齢であるかを、自分の持っているかぎりの知識を駆使して思い巡らせてみた。

ざらざらとした密な表面からすれば、それは多分堆積岩の中の砂岩と呼ばれる岩石だが、その砂岩がいつ頃どのように堆積されて形成されたかということになると、ぼくの知識は限界で、それ以上のことは白昼の闇に包まれている。

けれどもその時、ぼくの意識の底からか、あるいは大岩の深層からかは分からないが、不意に、千四百万年、という言葉が浮上してきた。

ぼくは思わず「うーむ」と声を発し、自分が今了解したことの、あまりに強烈な現実性に自分で驚愕したのだった。

三

千四百万年というのは、じつは隆起山岳島である屋久島が海中から姿を現わして、現在の形をとったと推定されている年齢で、その数字自体については、『上屋久町郷土誌』という部厚い書物で以前に読んで知っていた。

千四百万年前までに、屋久島が海中から隆起して形成されたということは知っていたが、自分がその時腰をおろしていた岩が、実際に少なくとも千四百万年の時間を持っていたのだとは、ぼくはうかつにもその時までまったく気がついていなかったのだ。

気づいてみれば、自分は千四百万年の時間の上に座っているのであり、千四百万年の時間に取り囲まれているのであり、その真っ只中で、今呼吸をし、タバコを吸っているのだ。

これが驚愕せずにおられようか。

家に帰ってから、早速『上屋久町郷土誌』を取り出して調べてみると、記憶にあった数字の前後には次のような文章が記されてあった。

屋久島は、中生代白亜紀（一億四千万年前～六千五百万年前）のころまでは海底であった。

中生代の終わりごろ、地殻変動にともなって海底に亀裂が生じ、その裂けめに花崗岩質マグマの貫入活動が始まり、海底の隆起が始まった。さらに新生代（六千五百万年前〜現在）に入って造山運動が活発となり、海面に岩塊の一部が現われて屋久島の原形をつくった。今から約千四百万年前のことで、年平均〇・一四センチの速度で隆起を続けたことになる。

海底部にあった堆積岩層は、時代未詳層群として島を馬蹄状に囲み、海岸沿いに狭小な分布を示している。その堆積岩層と花崗岩との接触面は、一湊トンネルの西口から約百メートルの地点でみられる。花崗岩が円錐状に突きあげ、その岩塊が地表上に露出し、逆断層と風化侵食作用により、険しい壮年期の地形を形成している。

この屋久島の基盤をなしている地層を総称して熊毛層群といい、砂岩、頁岩《けつがん》およびそれらの互層からなり、部分的に凝灰岩《ぎょうかいがん》、礫岩《れきがん》などからなっている。新生代第三期に形成されたもので、化石は多くない。

この記述から分かることは、ぼくが腰をおろしてタバコを吸った砂岩であるらしい大岩は、熊毛層群と呼ばれる時代未詳層の堆積岩のひとつであるが、新生代第三期に形成されたものであるから、千四百万年以上、六千五百万年以下の年齢を持つ、まことに太古の時間を保った

〈カミ〉そのものであったと言うことができる。

四

その日から何日か雨がつづいて、次に晴れ間が戻ってきた日に、郷土誌の記事を頼りにぼくはひとりで、近場というより地元である一湊トンネルの西口から百メートル地点にあるという、花崗岩が円錐状に基盤層を突きぬけている場所を探しに行った。

素人の悲しさで、専門家が見ればひと目で分かるであろう地層というものが、ぼくにはさっぱり読めない。ただし花崗岩だけは、屋久島であればどこにでもある岩ゆえよく知っているから、それが円錐状に隆起している場所を目安にして、断崖絶壁と言ってよいほどに切り立っている吉田海岸（トンネルの西口はもう吉田海岸と呼ばれる）へ、麦わら帽をかぶって汗まみれになりながらくだって行った。

むろんそこも初めてくだる海岸である。その日は足手まといになるチビちゃん達がいないだけ気楽で、しかもひとりだったから、崖をくだりきって初めての浜に出た時の神秘感と原始感はいっそう深く、まるで原初の地球におり立ったかのような粛然とした気持ちで、西側百メートルという記事だけを頼りに浜を歩き出した。

日出子海岸とは異なって、そこは白っぽい花崗岩系の巨岩も多く、素人ながらも地質を見る眼で意識的に進んで行くと、巨岩という巨岩に単質の岩というものは少なくて、そのほとんどが堆積層の縞模様を持っており、その縞模様のひとつひとつが、何十万年、何百万年の時間そのものを示していることが感じられて、次第に高揚して行く自分を抑えることができないほどだった。

ひとつの巨岩のすそを廻ると、目の前に百メートルほどの長さの小石混じりの砂浜が広がっていた。その浜の向こうに、海から直接そそり立っている灰色の岩塊が見える。明確に円錐形をしているわけではないが、円《まる》い塔のように突き上げている様子は、円錐形と言えなくもない。見渡した分にはほかに花崗岩らしい壁面はないので、小石混じりの砂浜を横切って、ぼくはその灰色にそそり立つ巨大な壁面の下まで行ってみた。岩質を確かめると、そこには巨斑晶《きょはんしょう》正長石《せいちょうせき》という花崗岩に特有の長方形の結晶体が含まれており、それが花崗岩であることは間違いなかった。

壁面に両手と頭をつけて触れ、六千五百万年から千四百万年の時間エネルギーに触れ得たことを感謝してから壁面を見上げると、そこには幾つかの亀裂や段差があって、それを伝って行けばその壁面の上まで登れるかもしれないことが分かった。ロッククライミングの経験はないが、岩場歩きの延長のつもりで、ぼくは慎重に壁面を巻きながら登って行った。

半分ほど登ると、眼の前にロープが一本ぶらさがっている。原生の巨岩のように見えても、やはりそこを伝って歩き渡る磯人《いそびと》はいるのだ。ぼくはすっかり安心し、それからあとはロープを使って苦もなく登りつめて、その花崗岩の頂上に立った。

そこは、畳二十枚くらいの広さで、背後にはびっしりと樹木におおわれた県道下の断崖が広がり、正面には口《くちの》永良部《えらぶ》島がゆったりと鯨の形をしてかすんでいる。

岩の上というより、すでにカミなる大地であるそこに腰をおろして、ぼくはゆっくりとタバコを吸ったが、ただタバコを吸っただけでそこを去るのは少々勿体ないという気持ちになった。

そこがひとつの聖所であるからには、ぼくもそれに応えて、自分の聖なる言葉であり儀式でもある般若心経を称《とな》えよう。

般若心経を称えること自体は、ぼくにとっては日常のことなのだが、その日の場合は、称える対象が千四百万年から六千五百万年という時間であり、その結晶体としての大地そのものである。ぼくという塵よりもちっぽけな意識体が、その巨大な時間と時間の結晶体である花崗岩に融合すれば、ひょっとすると気絶するような事態が起こらないとは限らない。

一瞬そんな不安も胸をかすめたが、気持ちを立て直し、足を半跏《はんか》に組んで背筋を伸ばし、ゆっくりと声に出して般若心経を称えた。

般若心経というのは、〈すべての存在物は、ぼく自身を含めて実体ではない〉とする、いわゆる〈空《くう》〉ということを心髄とする永遠の現代思想である。歴史上のものでも、お寺だけのものでも、仏教だけのものでもない。

ぼくはぼくという実体ではないから、その〈空〉においては千四百万年の時間にも、その結晶体である花崗岩にも、事実として融合してゆくことができる。また、千四百万年の時間にも花崗岩にも実体があるわけではないから、それはこちらとひとつになることができる。それが色即是空、形あるものは空《くう》であるということ。

それが反転すると、空即是色。実体はないけれども、巨岩は巨岩として在り、ぼくはほくとしてここに在る。

気絶することもなく無事に称え了《お》えて眼を開くと、眼下の青紫色の海は底が見えるほど透明で、午後の太陽を受けて、太陽系地球四十六億年の豊穣を讃《たた》えているかのように、キラキラキラキラ果てしもなく輝きわたっていた。

自分の星　自分の樹　自分の岩

一

子供達の夏休みが始まる前に、今年はひとつささやかな買物をした。マリンスコープと呼ばれるプラスティック製の箱眼鏡で、縦が十五センチ、横が二十センチ、深さが二十センチほどのとり立てて変哲もないものである。

スーパーで見つけて千百円でそれを買ってくると、妻は屑箱を買ってきたかと勘違いしたほどの代物《しろもの》だが、こいつがどうしてこれからの海遊びの季節には、なかなかに威力を発揮する道具である。

もとはと言えば、タコ漁やナマコ漁の漁師達が木で作って前面にガラスを張って使っていた漁用具だが、今はスーパーの店頭で遊び道具として売られているのを知って、うれしいような、情けないような気持ちがしたが、以前から欲しかった品物なのでためらわず買った。

夏休みの最初の日であり、海の日（この祭日はお上《かみ》の制定とはいえなかなかよい）である七月二十日に、ぼく達は一家で行きつけの四ツ瀬海岸へ遊びに行った。遅くまでつづいた梅雨が明けて、やっと夏と夏休みが来たことへの、それがぼく達家族のささやかな祝祭である。

プライベートビーチと呼んでもいいほど人影のない、きれいな砂浜と岩浜を兼ねそなえた四ツ瀬の浜は、家から車で十五分の距離にあり、子供達に「どこの浜がいい？」と聞けば、「四ツ瀬！」と必ず答えが返ってくる、ぼく達には最上の海岸なのである。

夏休み最初の日の祝祭だから、その日は近所の子ふたりも加えた子供達五人を遊ばせるのがメインになったが、そこで例のマリンスコープが、予定どおりの大活躍を見せてくれた。

一番小さい、三歳五ヶ月の閑《かん》ちゃんが、すっかりその魅力に取りつかれて、浮き袋を両ひじで支えながら両手でスコープを握って海中をのぞき込む技術を、一瞬の内に自分のものにしてしまったのである。

去年までは、浮き袋につかまって体を浮かすのがやっとだった子が、今年はもう初めから海中をのぞき込むことに熱中している。

そのことにこちらも感動しつつ、少々深い、魚のたくさんいる岩の切れ目に彼を誘導し、ふたりで一緒にスコープをのぞき込むと、三十センチほどの青と赤のモハメ（ブダイ）をはじめとして、真っ青のコバルトスズメに到るまでの大小の魚が、まるで竜宮城のように泳ぎまわっている。

関ちゃんは、

「アッ、アッ」

と声を放ちながら、岩陰から魚が現われるたびに思わずスコープを握る手に力が入る。

多分こうして、こよなく海が好きな少年がまたひとりこの島の海辺から育ってゆくのだ。この夏は、関ちゃんはもうスコープを手放さないだろう。ほかの子だって見たいから、もうひとつスコープを買わなくてはならない羽目になるのかもしれない。

二

その日の大人の収穫は、イソモンが少々と大きな三角貝がふたつだけだったが、磯を引き上げようとしていた時に妻がイイダコを一匹見つけた。足まで含めた体長が十センチばかりの小さなタコだが、彼女もとうとうタコを見つけるまでにこの島の磯に馴じんだことが、ぼくとしては自分のことのようにうれしかった。ぼく達のささやかな縄文文化は、かくのごとく一歩一歩ではあるが、後退することなく前へ進んでいる。

これからは、午後は毎日でも海へ行こうと楽しみにしていたところへ、早くも台風九号が発生してしまった。九一五ヘクトパスカルまでも気圧が下がった、大型で強力な台風である。

フィリピン沖にある時からもうこちらまで雲がかかり、まるで梅雨に逆戻りしたような天気で、海に行く気にもなれない。二十二日、二十三日と、台風は次第に北上してきて、二十四日になるともう沖縄・奄美はその強風圏に入ってしまった。そうなれば、進路が少しでも西に寄れば屋久島は暴風雨圏に入る。

二十五日の朝、ラジオを聞くと台風は名瀬（奄美大島）の南東四百キロかの位置にあって、屋久島もすでに強風圏に入っている。ラジオを聞かなくても、現実に台風特有のうなり風が時々びゅーんと寄せてくるから、強風圏に入ったことはおのずから知れている。それでもラジオを聞くのは、進路が少しでも西へ振れていないか、時速がどのくらいか、ヘクトパスカルがどのくらいまで下がったか、あるいは上がったかを確かめるためである。

長年台風の通り道の島に住んできたから、ラジオから与えられる最低限の情報で、その台風がぼくらを暴風雨圏に巻き込むか、強風圏だけで済むか、済むとしてももう何日すれば船と飛行機の便が回復し、晴天が戻ってくるかなどを、ぼく達はおおむね推測することができる。

今回の九号は、大東島を暴風雨圏に巻き込み、奄美・沖縄を強風圏に巻き込んだ時点で、ヘクトパスカルが九四十まで上がり、時速も二十キロと速まってきたので、今後は北上または北北東へ進むのが普通で、もう西へ振れることはないはずである。夏台風には迷走癖があるので、突然西へ振れぬとは限らないが、そうなったらそうなった時のこととして、ぼくは家の補強その他の台風対策は一切やめにして、その日の午前中、車で近くの矢筈《やはず》岬の海をひとりで見に行った。

森の家ではさほどに感じなかった風が、矢筈岬の堤防では倍ほどの勢いで吹いている。高さ三～四メートルの堤防を、もう波は軽々と越えていて、そこへ車を乗り入れることはできない。乗り入れれば、車ごと波にさらわれかねない。

仕方なく堤防の入口の山蔭に車を停め、波に洗われない堤防のつけ根の部分に立って、そこから大荒れの海を眺めた。むろんそこにも波しぶきは飛んでくるが、ずぶ濡れになるほどではなく、幸い雨も小止《や》みになっていた。

山蔭で比較的風の当たらない場所だが、それでもぼんやり立っていれば吹き飛ばされそうで、思わず体に力が入る。足を踏んばり背筋を伸ばして息を吸い込んだ拍子に、日頃自己流でたしなんでいる気功の呼吸がふっと体で思い起こされてきた。

「よし」

とぼくは、突然に思いついた。

「台風のエネルギーをもらってしまおう」

それが本当の気功と言えるかどうか知らないが、ぼくの気功は基本的に、両手の平を上に向けて、両腕を斜め上方に目いっぱいに伸ばしながら深く息を吸い込み、その息をゆっくりと下腹から足裏までおろしてゆくことにある。息を吸い込む際には、眼をうすく閉じ、その息を銀河系なら銀河系の息から、太陽なら太陽の息から、山なら山の息から、一本の樹木からならその樹木の息から、巨岩からなら巨岩の息からもらって、息もろともにその気を体の底に流し込むのがこつである。

その日はその呼吸を、目前の大シケの海そのものからもらってしまおうと思いついたわけである。

気功などしゃらくさいと思われる読者も多かろうが、もし面白そうだと思われた人は是非自分でも試されてみるとよい。

ふと思いついて、イメージと実際の呼吸において大波のしぶき飛ぶ海の気を呑み込んだだけなのに、その効果は途端に現われて、ぼくの心身は生き生きとひきしまった。それまでは、せっかく明けた梅雨をもとの曇天と雨とおまけに風までつけて寄越した台風を恨みがましく思っていたのが、一転してそれは、底知れぬほどのエネルギーを与えてくれる一大好機だったことが自分でも驚くほどよく分かった。

二度三度、五度十度ゆっくりとそれをくり返す内に、ぼくはすっかり台風と仲良くなってしまった。晴れた日に海に行ってたくさん貝を採った時より充《み》たされた気持ちになって、またひとつ新しいカミに出遇ったことを確認しつつ、そのひとり遊びを終えた。

帰りの車のラジオでは、台風はすでに奄美大島の東四百キロまで北上してきていて、奄美群島に続いて屋久島も暴風雨圏に入る恐れはなくなったことを報じていた。

三

カミ、というのは、ぼく達を超えていて、ぼく達に善い気を与えてくれるもの、深く強いエネルギーを与えてくれるものの別名である。

だから、善い気をもたらしてくれ、深く強いエネルギーをもたらしてくれるものは、その対象が何であれぼく達はそれをカミと呼ぶことができる。

若い人たちにとって最もリアルなカミは恋人かもしれない。家族持ちにとっては、それは子供かもしれない。人間でさえ「私」を超えているときにはカミになり得るのだから、人間を超えてある自然の万物はおのずからカミたる素質を秘めている。屋久島には、〈年寄りの恋と台風は止めやならぬ〉ということわざがあって、恋は若者ばかりの特権ではないが、恋人から台風までぼく達がカミに出遇う機会は、ある意味では身近に満ち満ちているということができる。

「神」の特徴が、大伽藍《がらん》に住み確かな教義大系を持っていることであるとすれば、「カミ」の特徴は、特別の住居や教義を持たず、持ったとしてもごく小規模で、よりパーソナルな、よりプライヴェートな存在であるということができる。

夏のぼくのカミは、ヴェガ（織姫）と呼ばれる琴座の一等星である。

今年のように台風が来なければ、例年は梅雨明け十日と言って、屋久島の夏は空の奥の奥までからりと晴れわたる。昼間の直射日光の元では、誇張でなく気温は五十度になるが（それ以上は温度計の目盛りがないので計れない）、夕方から夜にかけてはぐんぐん涼しくなり、二十二、三度くらいまで下がる。

昼間と夜のほぼ三十度近い温度差が、夏の夜ともなればおのずからぼくを星空のもとへと連れ出してくれる。まして家の前には、音高く流れくだる大きな谷川がある。

その谷川にくだってゆき、岩伝いに谷の中央部にある花崗岩の大岩（その時間もまた六千五百万年から千四百万年である）まで行って、そこに仰向けに寝て星空を眺める。ランニングシャツとショートパンツだけでは、最初は鳥肌が立つほどひやりとするが、馴れてしまえばむろん寒すぎるということはない。昼間の熱射のせいでまだほのかに残っている岩のぬくもりが、ちょうどいい具合に背中を暖めてくれる。

四年前に日本列島を猛暑が襲い、屋久島でも六月の末から八月の初めにかけて、一ヶ月以上も雨が一滴も降らない大いなる乾いた夏があった。

その夏に、ぼくは夜毎のように谷川の、そのぼくの岩である大きな花崗岩に通い、そこに寝そべって空の奥を眺めた。自分がいつか死んだとして、その魂を帰す星はどの星だろうかと、本気になって探したのである。

むろんぼく達は太陽系の地球という星から生まれ、そこへ帰る存在だが、太陽系を生み出した銀河系レベルでものごとを考えれば、銀河系にこそぼく達の真の故郷は在り、死後に肉体及び太陽系という枠を離れて自由になった魂（想像力の源）は、原初の翼に乗って銀河系の奥深く自分の星目指して帰郷するのではないか。

満天の星空のもとでは、誰しもある種の形而上的な想いに駆られるものだが、ぼくもそのような想いに駆られて来る夜も来る夜も岩の上に仰向けに体を伸ばし、自分の原初の魂を帰すべき星を探した。

ある夜もそうして空の奥を見つめていると、ちょうど天頂（天の中心）の位置にある純白のヴェガが、まるで合図でもするかのように、突然にビカビカビカッと激しくまたたいた。

琴座のヴェガは、夏の夜空の中では、鷲《わし》座のアルタイル、白鳥座のデネブ、さそり座のアンターレスと並んで最も目立つ星であり、夜空を見上げれば真っ白に流れるミルキーウェイととともに最初に眼に入ってくる星である。ぼくとしてももちろん毎晩眺めていた星なのだが、そんな手近な星が自分の星であるとは思えず、もっと奥のもっと微妙な星座の中にその星はあるとばかり思い込んでいた。

じつはぼくは、冬の星座の内にはその時までにすでに自分の星を持っていて、それはオリオン星座の内に横に三つ並んでいる、いわゆるオリオンの三つ星と呼ばれている星である。それはいずれも二等星だが、自分の名がなぜかたまたま三省だからそれを三星にかけて、冬の自分の星と決めた。そう決まったのは五、六年前のことである。冬場に死ねば、魂をオリオンの三つ星に帰す。魂に冬も夏もないはずだから、それだけで充分のわけだが、夏になって夜空を見上げれば、ネイティヴアメリカンの人達が夏のキャンプ地と冬のキャンプ地とを住み分けていたように、夏の魂を帰す夏の星というものがあれば、いっそう豪華だという気持ちにもなってくる。

話が少しそれたが、その夜天頂にあって激しくまたたいたヴェガに打たれた時に、その星を自分の星として受け入れようと、ぼくは即座に決めた。日本では織姫星として知られているし、あまりポピュラーな一等星なのが少々気に入らなかったが、何晩も眺めつづけていて特別のサインを送ってくれた星はほかにはなかったので、素直にそれを自分の星とすることにしたのである。

ゲームといえばゲームだが、その時以来四度目の夏を迎え、年毎にヴェガを迎える喜びは深まってきている。天頂にヴェガさえ在れば、ぼくの生はそこからかぎりなく湧き出してくる。

四

台風九号は、予想どおりに真っ直ぐ北上し、紀伊水道を貫いて日本海へと去って行った。強風圏が西は屋久島から東は伊豆半島までと大きかったので、夏空がぼくらの島に戻ってきたのは七月二十七日である。丸六日間青空を奪われたあとの晴天は、今度こそ本物の夏が帰ってきたことを示していた。

朝食を終えてからぼくは、四年前に自分の手でこしらえた露台に出て、家裏を流れている小さな谷川の向こう岸に自生しているシマサルスベリの樹に挨拶《あいさつ》をした。

シマサルスベリの花期は、普通のサルスベリとは異なって梅雨時なのでとうに終わっているが、花期を終えた今こそは充実しきった青葉を繁らせ、一年の内で今が最も壮《さか》んな時節であることを示していた。

その樹は屋久島では少ない部類に入る落葉樹で、落葉樹というものはなぜか盛りを迎えても葉の色が若葉色の明るいものが多い。一年中葉を落とさない、部厚く黒ずんだほどの光沢を持った照葉樹が主流の森にあって、シマサルスベリは南の樹でありながら北国の樹のように明るいさわやかさを持っている。

その朝ぼくがその樹に挨拶をしたのは、本物の夏が戻ってきてうれしかったからだが、それと同時に、その樹がぼくのもうひとつのカミの樹だったからである。

これももう五、六年は前のことになるが、誰にでもあるように、一生に二度か三度と思えるほどにひどく落ち込んだ時期があって、ぼくは生きて行く手がかりがどうにも見出せなくなってしまっていた。屋久島を出て他の場所に住むことを初めて真剣に考えたが、島を出たとてその落ち込みの原因が自分自身の生き方にあるとすれば、それは影のように自分についてくるだろう。

ちょうど梅雨時で、降りしきる雨の中に傘をさして立ち尽くしていた時、なにげなく眼を上げると、そこに満開の白い花をつけたシマサルスベリの樹が雨に打たれている姿が見えた。

その姿がぼくに示してくれたものは言葉では表わし難いが、ありていに言えば、雨に打たれて濡れそぼっているその今こそが自分の花時《はなどき》なのだというような、ごく単純な慰めであった。

五分かそこら、ぼくは深く慰められつつその樹の姿に見入っていたが、その時以来その樹は、何万本何十万本あるか知れない屋久島の森の樹の中で、縄文杉に次いでぼくの樹と呼べる二本目の樹となり、カミの樹となった。

七月二十七日の朝に、夏の再到来を祝ってぼくがシマサルスベリの樹に挨拶をしたのはそういう次第があってのことだが、先のヴェガと同様、ぼく達の決して善いことばかりではない日

常生活の中で、自分のカミなる樹を持ち、星を持ち、岩を持つならば、ぼく達の生はそれだけ確実に豊かになる。

それをただ遊びやゲームとして選ぶのでも充分に楽しいが、もっと真剣な、そこに生死がかかるほどの事柄としてそれを求めれば、それは、ぼくがなぜそれをカミと呼ぶのかが充分に了解できるだけの内容をもって、多分読者の前にも現われてくるだろう。

ぼくらの時代には、経済という神や都市生活という神や、大宗教の神々をも含めて、大伽藍を必要とする多くの神々がある。それはそれで歴史が作り出してきたものだから、ひとつの神ではある。でも、もっと身近で、パーソナルでプライヴェートで、確実なカミが、じつはぼく達の周囲でぼく達に出遇われるのを待っている。

それを探しに出かけよう。それが本気で生きるということなのだ。

贅沢《ぜいたく》な畑

一

屋久島では、夏の直射日光のもとの気温がゆうに五十度を越すことは以前にも書いた。そんな夏の午後の陽射しを、島の人達は、

「陽《ひー》の痛か」

と言い表わす。

ぼくは、太陽をこそカミとする「太陽」教の敬虔な教徒だから（むろんそんなものがあるとしてのこと）、五十度だろうと六十度だろうと陽射しは強ければ強いほどうれしい人間なのだが、それでもそんな陽射しのもとでは、さすがに畑仕事を楽しむ気にはなれない。

そこで八月二十日を過ぎた曇り空の午後に、久しぶりに畑の手入れをしようと、まずは鎌を研ぎ始めた。ぼくは、部厚い刃の鉈鎌《なた》と、中くらいの刃の鎌と、薄刃の草刈り鎌の三種類を

持っているが、その午後研いだのは畑用の草刈り鎌である。

道具というものは、それを使いこなしてゆけばどんな道具でも自分の分身のようにひどく愛着がわくものだが、ぼくにとっては鎌こそがそれで、鎌を研ぎ始めるといつでも体の底から言い知れぬ喜びが湧き出してくる。

まず荒砥《あらと》で大ざっぱに研ぎ、次に仕上砥《しあげと》で綿密に研ぎ上げてゆくのだが、親指の腹を刃に当てて、次第に鋭くなってくる刃の感覚を確かめるのは、おそらくは弦楽奏者が弦でその楽器に触れるように微妙な創造の作業であり、喜びの作業である。

鎌もナイフもノミも同じことだが、親指の腹でそっと刃に触れて、そこがヒリッとするようになれば、それが研ぎ上がり。

昔、日本がアメリカと戦争をしていた頃、ぼくは百姓であった祖父母のもとに東京から疎開していて、国民学校一年生だった。その頃に祖父が鎌の研ぎ方を教えてくれた。子供だからむろん上手には研げないのだが、祖父が時間を割《さ》いて教えてくれるのがうれしく、ぼくは必死になって一番ぼろの鎌を研いだ。

研ぎ上げた鎌の刃を、祖父は親指の腹で触ってみてから、なかなかよく研げていると言い、

「鎌がよく研げる子は、賢い子だ」

と、ほめてくれた。

百姓仕事と村の仕事で忙しい祖父は、その後二度とは刃物研ぎを教えてくれなかったが、ぼくは自分に与えられた肥後守《ひごのかみ》のナイフで、自分なりに研ぎ方を学んでいった。

人間には様々な賢さの分野があるが、鎌がうまく研げることは賢いことだ、と言った祖父の言葉は、その内の最も正当な賢さとして今もぼくの胸の内にある。

研ぎ上げた鎌を手に、そんな昔のことを思い出しながら、張り巡らせた鹿の防禦用の網をくぐって畑に入る。しばらく草刈りをしなかった間に、畑はいちめんの夏草におおわれている。畑というよりは存分に繁った雑草場である。

これも以前にちょっと書いたような気がするが、ぼくの畑は、自然農法を唱えた野の哲人・福岡正信《まさのぶ》さんという人を真似た畑で、耕さず、雑草を抜かないことを基本にしている。福岡さんの農法はその上肥料をやらないことを基本にしているが、ぼくの場合は、日々に台所から出る生ゴミや、汲み取り式トイレにたまる下肥《しもごえ》は畑に返すことを基本にしている。

日々の生ゴミは順繰りに畑に埋め、下肥はそこが満杯になった時に、果樹の根方や畑に天びん棒でかついで運んでまく。家の近くの、広くはない畑だからできることだが、昔ながらの肥たごかつぎをやっているわけである。

繁った雑草は刈り取って、そのまま畑に伏せる。刈り取っても刈り取っても、すぐに雑草は伸び出してくるが、それをまた刈り取って伏せればやがて肥料になるのだから、畑に雑草が

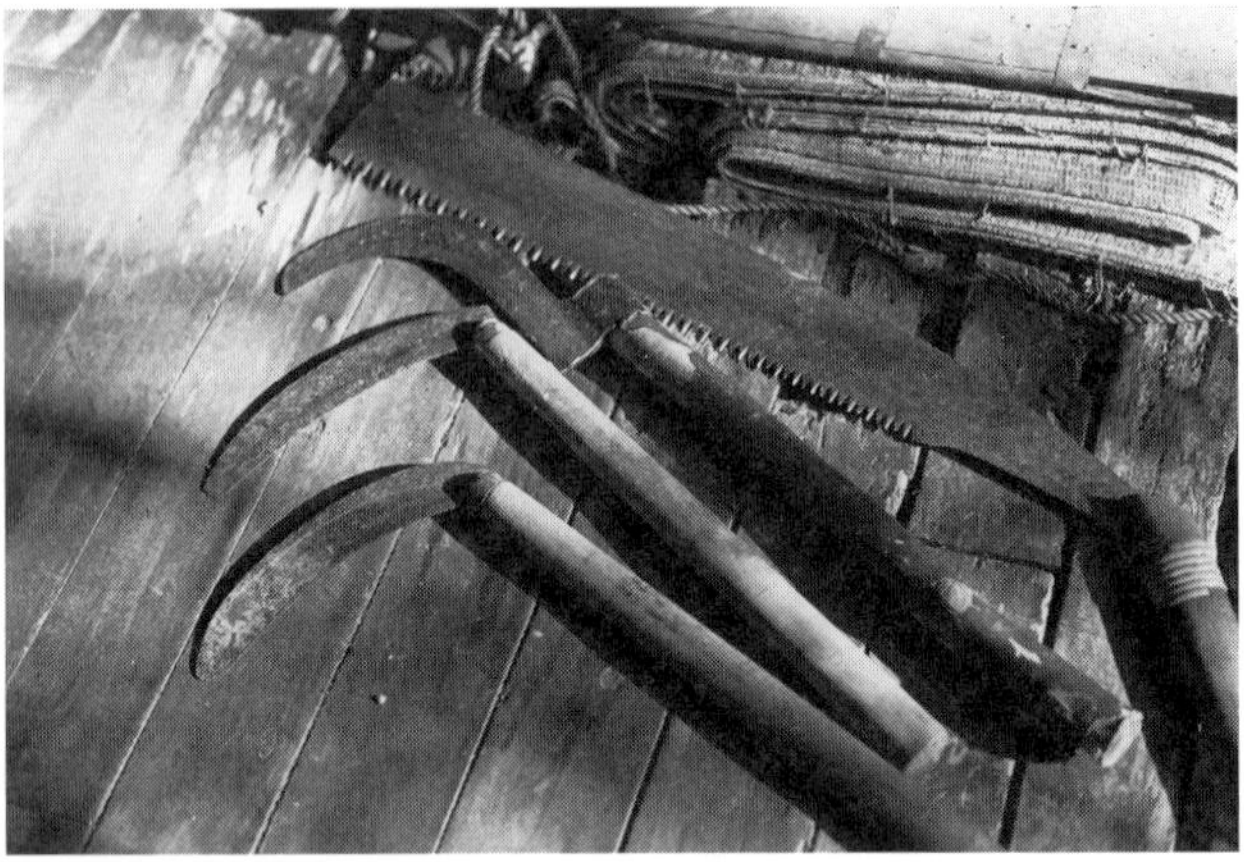

繋っていることは、じつは肥料が繋っているようなものでとてもよいことなのである。

その日の午後のぼくの胸算段は、まずアスパラガス畑の草を刈ることだった。

畑全体を古い魚網で囲み、鹿が入らないように防禦をしてはいるが、鹿というものはどこからか空気のように侵入してきて、植え付けた野菜を片っ端から食べてゆく。ここ三、四年の、腹の立つ鹿とのやりとりの中で、ぼくが学んだことは、防禦網を強化する一方で鹿が食べない作物をメインにして育てるということだった。

鹿はまず里イモの葉を食べない。だから里イモを育てる。次に鹿はアスパラガスの葉を食べない。次にはニラとシソを食べない。だからアスパラガスとニラとシソを大事にしようと、この頃のぼくは考えるようになった。

鹿と猿が食べず、人間だけが食べるものを作っていけば、むだな争いを彼ら彼女らとすることもなくなり、こちらも穏やかに暮らすことができる。

長い年月をかけてやっとこんな単純な共生の原理に思い到り、その日の午後、ぼくは鹿と猿にいわば最終的に敗北宣言をして、アスパラガス畑の草刈りに取りかかったのである。

二

アスパラガス畑といっても、自家用菜園だからそこにはわずか四株しかアスパラは育っていない。その内食べる新芽を出してくれる親株は二株で、あとのふたつは昨年の秋に植え付けたばかりの子株である。多年草のアスパラガスは、親株になってしまえば何年でも新芽（を食べる）を出してくれるのだが、そうなるまでに少なくとも二、三年はかかるかなり息の長い植物である。

夏草におおわれて姿が見えなくなっている子株のアスパラを見つけ出し、その周辺から少しずつ草を刈り取る。

草を刈るにはふたつのやり方がある。ひとつは左手で刈る草を握り、右手の鎌で丁寧にそれを刈り取る仕方で、もうひとつは左手は遊ばせておいて、右手だけで大ざっぱにざっざっと刈って行くやり方である。このやり方だと、右手が疲れれば鎌を左手に持ち替えて刈り、左手が疲れれば右手に戻して刈れるから、広い範囲をそれなりに持続して刈ることができる。

けれどもその刈り方だと、肝腎の作物を誤って刈り飛ばしてしまうことがままある。四株しかないアスパラガスを一株でも刈り飛ばしたら元も子もないから、その周囲だけは左手で雑草を握って、少しずつ丁寧に刈り取ってゆく。

よく切れる鎌で、ゆっくり草を刈るのはずいぶん楽しいことだが、草刈りで一番楽しく、かつまた奥深く感じられるのは、片ひざをそのまま地面につけた姿勢で刈ることである。

簡単なことのようで、これはなかなかできることではない。ぼくの場合、東京の五日市の奥で畑を始めて以来三十年近くになるが、草を刈る時にしっかり片ひざを地面に沈められるようになったのは、十五年ほども経ってからのことだった。

都会人というものは土を本能的に恐れている。都会人でなくても土から離れた生活を長く続けていると、農民であってさえも土を恐れ、嫌悪するようになる。

それは、人間の〈文化《カルチャー》〉というものが、ある意味で〈耕す《カルチャー》〉という事実から始まったにもかかわらず、耕すことを放棄する方向へ方向へと積み重ねられてき、土を封鎖すること、土から離脱した楼閣を築くことへと一貫して展開されてきたことと大いに関係するのだが、ぼくの場合も、口では百姓百姓と宣伝しながら、体の一番奥深い部分ではやはり長い間土を恐れ、嫌悪もしていたのである。

十五年ほど前に、ブルーベリーという果樹に興味を持ち、山林を開いて三百本ほども植え付けた時分に、その畑の草刈りをしていて、ふと地面に片ひざをつけて刈る姿勢を発見した。

その姿勢で草を刈ると、体が沈んで鎌の刃が下から出る分だけ草が刈り易くなるし、両足に加えてひざとの三角点に重力が分散されるから、その分だけ腰の負担が軽くなる。
そんな物理的なことに加えて、片ひざを地面にぐいと任せると、そこから体と精神を含んだ人の全体が直接地面の底へ伝わって行くのだ。

この感覚は、ひとつの至福とも呼べるほどの感覚である。人の全体が土の中に伝わると、そこから逆に底深い地層の安堵の喜びが湧き伝えられてきて、人は本来土に属しているものであることが実感される。人が本来水に属しているように、また火に属しているように、空気（風）に属しているように、土に属しているのだということが分かってくるのである。そして、土がカミであり、空気（風）がカミであり、水が、火がカミであるということも分かってくる。

人間に深い安堵を与えてくれるものが、カミなのだ。

ぼく達の文化文明は、エジプト文明ほか世界の四大文明が発生してこの方およそ六千年間、都市国家や都市文明に象徴されるようにひたすら土を封鎖し、土から離脱して天を目指す方向で展開されてきたのだが、今にしてようやく、目指してきたその天に移住してスペースワールドを作るにしても、そこには土が不可欠であることが自明のことになりつつある。

三

少し理屈が過ぎたかもしれない。

ここらでは「義《ぎー》を言うな」という戒めの言葉があって、論義立てて物を言うばかりの人は軽蔑される。封建道徳の名残ではあるが、口ばかり達者で体は動かず、権利ばかりを主張して義務は遂行しない現代人にとっては、自分も含めて、戒めとして聞くべき言葉であろう。

二株の子株のアスパラガスの草を刈り取り、三株目の親株の草刈りに取りかかった。親株は、雑草より丈高く五、六十センチほどに繁っており、草茎も二十本ばかりの大株だから、ぼくはそれまでの左手で草を握って刈る丁寧な仕方に替えて、ばさばさと右手ひとつで気持ちよくその周囲の草を刈り始めた。

その途端、なにやら風が疾《はし》ったと感じたと同時に、左手の親指のつけ根にギッと疼痛《とうつう》が走った。相手を確かめるより先に脱兎のごとく逃げ去ったのは、それが足長蜂であることを体が知っているからである。

五、六メートル逃げて、蜂が追ってこないのを確かめつつアスパラガスの株を見遣《みや》ると、二匹の足長蜂がなおも警戒しつつその株の周囲を激しく飛びまわっている。その中に巣をこしらえつつあったのだ。

蜂に刺されたら、そこに小便をかけろと、ここらでは言われている。それゆえすぐに小便をかけて一応手当てはしたものの、ぎんぎん痛くて草刈りを続ける意欲は急速に失せてしまった。けれども仕事はまだ始めたばかりで、ぼくの胸算用では、その日の内にもう二枚のシソ畑と、一枚のニラ畑の草を刈り、そこへトイレの肥つぼから肥やしを運んでまくつもりだった。ようやく調子が出てきて、久しぶりに土に属する実感を味わっているところだったから、そのまま蜂に退散させられるのは不本意だ。

足長蜂もスズメ蜂も、蜂族は本物の自衛隊で、巣に触れられたり故意に巣を揺らされたりしないかぎりは、決して人を襲うことはない。それでも人は、一度刺されると平常心を失い、その巣のそばにいるだけで安心して作業ができなくなる。

そこでぼくは、草刈りをいったん中止して、肥桶かつぎ用の天びん棒を伐《き》り出しに、川岸の林に入ってみることにした。それまで使っていた天びん棒が古くなって、前後に肥桶をかついで運んでいる間に、ぼきりと折れかねない状態になっていたからである。

鎌は畑に残しておいて、山鋸《のこ》を持って川岸に降りて行くと、ちょうど手頃な太さの、真っ直ぐなユスノキがすぐに見つかった。

それを伐って枝払いをし、一・五メートルくらいの長さに切り、両端に、肥桶のひもがすべり落ちないように二本ずつ四本の釘を打てば、それで天びん棒は出来上がりである。

　できたばかりの天びん棒で、肥つぼから肥やしを汲んで畑まで二往復ほどすると、むろんまだ左手の親指のつけ根はじんじん痛むが、再び草を刈る気持ちは戻ってきていた。

　アスパラの株にはむろんもう手はつけず、シソ畑から刈り始める。

　シソは青ジソと赤ジソと二種類あって、今年の夏もその二種類のシソにはずいぶんお世話になった。中国名の紫蘇の文字からも分かるように、シソはその芳香が気持ちよく、夏の食欲を高め、生気を蘇《よみがえ》らせるゆえに、蘇《そ》または紫蘇《しそ》と呼ばれたものである。現在でいうアロマテラピー（香り療法）である。

　葉そのものを天ぷらにしたり、刻んで冷やソーメンやザルソバのタレに散らしたりしてふんだんに使ったが、蘇りの実感が一番強い食べ方は、宮崎県地方の夏の名物の「冷や汁」の上に散らして食べる食べ方である。

「冷や汁」は、干し魚を焼いてその身をほぐし、大量のゴマと適量の味噌とともにすり鉢でごりごりとすり混ぜる。次にそれをフライパンで熱してからさます。さめたら、別作りのダシ汁のやはりさましたものの中へ入れ、そこに氷を適度に加える。その全体をさました御飯にかけて食べるのだが、その際、刻んだキュウリとシソの葉をたっぷりふりかけるのが肝腎である。

　わが家の夏の昼食は、四日に一度くらいの割り合いでこの「冷や汁」になるが、夏の食事としてこれほどにイケルものはそうざらにはない。シソが蘇である実感を、ぼくは特別にこの「冷や汁」から受ける。

これからは、青ジソにしろ赤ジソにしろ花が咲き、さらに強烈な香りの実をつける季節である。若いシソの実は、花もろともに秋のもうひとつの蘇を恵んでくれるだろう。

たかがシソだが、猿も鹿も食べず、人間だけが食べるものという視点から畑を見直してゆけば、それがトマトやナスやキュウリといった野菜らしい野菜達と比べて、一歩もひけをとらない大切な作物であることが分かっていただけよう。

四

シソ畑の草を刈る時、ベニバナボロギクという名前の野草だけは刈らないで、そのままそこに残しておいた。

今その草は、名前どおりほのかに紅色の花をつけたり、すでに実となり綿毛がはじけて種子を飛ばしたりしているが、妻とぼくはその野草を作物と同様に大切にしている。特に妻は、その野草を〈尊敬している〉とさえ言っていて、野菜らしい野菜が採れないわが家の畑では、一年を通していつでも採れる野の菜としてとても貴重な存在なのだ。

鹿はその葉を多少食べるようだが、猿はまったく食べない。だからベニバナボロギクがそこらじゅうに自生していれば、少なくとも一種類の青菜は一年中確保できていることになる。それゆえぼくとても、やはりその野草をひそかに尊敬しているのだ。

沖縄の人達も、やはりこの草を食べるという。台湾の人達も、東南アジアの人達も食べるという。特に太平洋戦争の末期から敗戦後において、東南アジア諸島のジャングルに取り残された日本兵達は、現地の人達にならってその野草を食べて飢えをしのいだという。

さらにはアフリカの人達もこの草を食べるという。屋久島の伝統にあってはこれまでは食べることを聞いたことがないが、鹿や猿が人間の作物の味をせしめたのとは逆さまに、たまたまぼく達がその味をせしめた野草は、琉球列島から東南アジアを経て、アフリカにまで到る広大な地域の人々が永年食べつづけてきた普遍的な野草だったのだ。

アフリカが原産地だというその味わいは、少々シュンギクに似ている。シュンギクより香りが弱く、歯ざわりも柔らかくて、野草に特有のアクがまったくと言ってよいほどにない。それが逆にベニバナボロギクの欠点なほどだが、ということはつまり普通の野菜として、アクヌキなどの面倒を抜きにしてどのような料理にも使えるということである。

畑でなくても、どこにでも自生するのだから、特別に畑に刈り残す必要はないのだが、ぼく達は、その草を尊敬しているという気持ちを表わすために、他の雑草とは分けて特別に接するわけである。

そういう野草がもう一種類ある。ここらではハンダマと呼ばれているスイゼンジナがそれで、葉の表側は緑色、裏側は紫色のかなり珍しい植物だ。近頃はかなり市販されるようになったツルムラサキも葉表は緑、裏は紫の植物だが、ハンダマはつる性ではなく純然たる茎《くき》性の植物で、これも屋久島では一年中あちこちに自生している。ありがたいことに冬場に特に繁茂する。むろん鹿も猿もこれを食べない。

シソ畑とニラ畑の草刈りをしながら、ぼくの内には、新たなる畑作りの構想が少しずつ見えてきて、ひとたびは失われかけていた畑という贅沢への欲望が甦ってくるのを感じた。

水の道

一

今年は台風の当たり年である。

当たり年だった、と過去形にできないのは、九月下旬の現在、これからもうふたつや三つ来る可能性は充分あるからで、この島では七月から十一月までの五ヶ月間は、台風シーズンなのである。

大型で非常に強い台風十九号が接近してきた時、ほぼ二日前からぼく達は本能的にこの台風からは逃れられないと覚悟をした。ぼく達、というのは、屋久島に住む一万四千人のことであり、隣りの種子島に住む四万人のことであり、おそらくはまた奄美大島群島に住む、十万人にものぼる人達のことである。

覚悟してどうするかというと、まず停電に備えてローソクが充分にあるかどうかを確かめ、次には懐中電燈の電池が充分に残っているかを確かめる。さらには、トランジスターラジオの電池を確かめる。

この三つは、ほぼ例外なくどの家でもすることで、次には表戸をはじめとする大きなガラス戸のある部分を雨戸でおおう。すべての家というわけではないが、台風専用の雨戸が多くの家で用意されており、島びと達は覚悟とともにいっせいにそのたてつけに取りかかるのである。雨戸をたてつけると、その上からカンヌキをかける。カンヌキを通す金具が家自体に取りつけられている所も多いが、それがない家ではタルキを斜めに打ちつけて、風で雨戸がはがされることを防ぐ。

むろんそれは各家ごとに判断して取りかかるのだが、十九号の場合のように強大なやつの直撃を覚悟させられた場合には、県道に面した村中のすべての家の表玄関は閉ざされて、ただでさえ人通りの少ない道から人の姿がまったく消え、まるで廃村のようになってしまう。

ここらで言う、

「台風の待ち迎え《むけー》」態勢に入るのである。

わが家でも今回は待ち迎え態勢に入った。台所出入口の板戸を、板戸ごと柱に五寸釘で打ちつけ、家脇の洗濯物干し場へ出る板戸をやはり板戸ごと柱に打ちつけ、道路に面したガラス戸には雨戸を入れた。昨年の台風で、玄関の板戸が敷居ごと吹き倒された経験から、敷居が動かないように丸太を切って突っかえ棒として入れた。

台風が名瀬《なぜ》（奄美大島）の南東に近づいた九月十三日から、屋久島でも雨と風が強まり、家の前の谷川も家の後の谷川もぐんぐん水かさを増してきた。

森の中のぼくらの集落は、風には比較的強いが、谷沿いゆえに水には弱い。土石流危険渓流水域に指定されているくらいだから、いつ土石流に巻き込まれても仕方ないのだ。

台風は、九六〇ヘクトパスカルの勢力を貯えたままゆっくり北上していて、十四日も同様の激しい雨と風が続いた。十四日の午後、谷川の様子を見にゆくと、それまではいくつかは見えていた大岩の上面がすべて水面下に沈み、濁流が川幅いっぱいにたぎっている。

それを見てぼくは、その日の夜を避難施設で過ごすことに決めた。家から歩いて十分ほどの高台に、そういう時のために町がしっかりした施設を建ててくれていたからである。

その夜避難したのはウチの家族だけで、ちょっと早かった気がしないでもなかったが、キャンプに来たつもりで、一夜を安心にトランプなどをして過ごした。

次の日になると、川沿いに家のある他の家族の人達も次々に避難してきた。すでに雨風は三日目に入っている。

前の日の段階で、すでに満杯の鉄砲水と化していた谷川が、さらに一昼夜の雨量に耐えられるものか。

十九号は相変わらずのろのろと北上していて、その中心はまだ名瀬までも来ていない。避難所では昼間から焼酎を飲みはじめる人達もいて、五世帯二十人ほどでその長い一日が暮れた。

台風の中心がぼくらの島を直撃するにせよ、少々ずれるにせよ、いずれその夜がヤマと、皆比較的早い内に寝てしまったが、夜が明けてラジオをつけてみると、なんと名瀬の東まで来ていた中心はそのままそこに居座っているではないか。

台風が再び北上を始めたのは十六日の午前中からで、雨風はすでに四日目である。どうなることかと、一時は皆暗たんとした気持ちになったが、動き始めた中心は次第に速度を増して、午後には屋久島の西四十キロほどの地点を、薩摩半島の枕崎市方面へ向けて通過して行った。

二

幸い、谷はしっかり耐えてくれて、ぼく達の集落自体に被害はなかったが、その日の夕方になって分かったことは、村へくだる二本の道の一本が山崩れで完全に不通になり、もう一本には大岩が落下していて、車での通行ができなくなったことだった。

島を一周している県道のあちこちも崩壊し、麓の一湊《いっそう》集落では高波による床下浸水の家が相次いだ。

島の第二の観光地である、白谷雲水峡《しらたにうんすいきょう》という山岳地帯へ登る車道も大崩壊し、第一の観光地であるヤクスギランドに自生している、蛇紋杉《じゃもん》と呼ばれる二千年の杉が根こそぎひっくり返された。

四日間にわたる大雨と風で、死者こそ出なかったものの、島の道路網はずたずたに破壊されてしまったのである。

しかしながら、そういうことは毎年と言えば毎年のことなので、行政も島民も復旧作業に取りかかるのは早い。次の日には役場のブルドーザーが来て、落下した大岩を除去してくれたので、とりあえず村へ通じる一本の道だけは車で通れるようになった。

交通の再開というような、重機の必要な作業は行政にまかせておいて、ぼく達はむろん個々の家の破損個所の修理に取りかかる。

わが家の場合は、水道が止まったのと（電気は前日から停電のまま）、洗濯物干し場のビニールトタンが三枚吹き飛ばされたのと、スモモの木がまた一本倒れた程度だが、水が第一なのでまずは水道の修理に取りかかった。

水道水は、家から二百メートルほど離れた沢から引いている。沢から直径十センチの太い塩ビのパイプで取水し、それを一度大きなプラスティックのタンクに貯める。タンクの下方に同じ太さの塩ビのパイプをつなぎ、家の近くまで通して、そこからパイプの太さを二センチのものに落とす。

台風のたびごとに水道が止まるのは、取水口にゴミがつまる場合もあるが、大抵は立木にしばりつけてある太いパイプが流されたり、タンク自体が流されたりするからで、それはどんなに頑丈にロープでしばりつけておいても、避けられない。沢といえども、激流と化した水圧は、ロープの一本や二本はたやすくはじき飛ばしてしまうからだ。

今回は、取水口からのパイプとタンク自体の両方が見事に流されていた。

この施設（というほどのものではないが）は、隣に住む弟一家と共同しているので、弟と中三のその息子、こちらは高二の息子とぼくの四人がかりで、まだ水かさもあり流れも激しい沢につかって修理を始めた。弟の方の二人組はタンクを元の位置に戻す作業、ぼくと息子とは取水口からタンクまでのパイプを戻す作業と、おのずから分担が決まって、それぞれ沢の上下に分かれる。

沢筋《さわすじ》というものは、台風が来るごとに変化する。人間の背丈を超すほどの大岩の位置が変わることはめったにないが、重量が百キロ二百キロの岩であれば、台風の前にはそこにあって、あとになればなくなっているもの、反対に前にはなかったがあとにはそこに来ているものが、いくらでもある。今回も、一見して沢筋が変化したと感じたほどだから、どれほどの岩が流れ去り、また流れくだってきたかは分からない。

取水口の最初のパイプを真っ直ぐに通すために、ふたつの岩石を取り除き、そのひとつはパイプの上に重しとして乗せる。長さ六、七メートルのその最初のパイプを水が通るのを確かめてから、二本目のパイプをつなぐ。二本目を水が通るのを確かめて三本目をつなぐ。沢のその部分は勾配がゆるいので、うまく水道《みずみち》を通さないと下の方が高くなって水は通らない。いつのまにか、ぼくより力が出るようになった息子に助けてもらいながら、タンクの位置まで六本のパイプをつないで水を通すのに一時間ほどはかかった。

風呂桶ほどの大きさのタンクは、流されて泥がつまっていたようで、まだその泥をかき出している所だった。中学生と高校生がその中に入って交代で泥をかき出し、よく洗って再び元の位置に据えつける。ロープで幾重にも巻いて周囲の立木にしばりつける。最後にタンクの上面に目の細かなゴミよけ用のネットをかぶせて細いロープでしばりつける。すでにとうとうと水が流れ出ているパイプをその上に乗せて固定すると、たちまちタンクには水が貯まりはじめる。

さあこれで、二軒の家に再び水が流れはじめる。家では女達がほっと一安心するだろう。

三

ぼく達の白川山《しらこやま》は、山の中の十五世帯ほどの小さな集落だが、どの家でも沢から私設の水道を引いている。ひとたび台風が来れば、百メートル二百メートルと引いているパイプが流されたり、破損したりすることは決まっているし、台風は年に少なくとも二、三度来ることも決まっているのだが、誰も町営の水道施設を作ってほしいと言い出す者はいない。

それはむろん町行政に遠慮しているからではなくて、谷の生《き》の水をそのまま飲めることを喜んでいるからにほかならない。

台風が来なくても、少し強い雨が降れば一年中取水口は、木の葉や小枝などのゴミがつまって掃除しなくてはならないし、逆に雨が降らなければ水位が下がるので、取水口の位置を深くするなどの手間をかけなくてはならない。沢からの取水は、何かにつけて面倒が絶えないのだが、十五世帯の内の誰ひとりとして敢えて公営の水道施設をつけることを望まないのは、様々な面倒以上に、谷の生の水が与えてくれる喜びを誰もが実際に知っているからである。

八、九年前に、ぼくはＮＨＫの「国宝への旅」という番組を受け持ったことがある。

江戸時代の池大雅《いけのたいが》と与謝蕪村《よさぶそん》が描いた、『十便十宜図《じゅうべんじゅうぎず》』という絵が鎌倉の川端康成記念館

にあって、それを訪ねる番組だった。

その絵は、中国の明《みん》代の詩人・李笠翁《りりゅうおう》という人が、山住まいの十の便利さと十の宜《よろし》さを記した詩をもとにして、大雅（十便）と蕪村（十宜）がそれぞれ十枚ずつの画にしたためたものである。

その一枚に『汲便図』というのがあり、それを担当した大雅のやわらかな筆による文人画の中には、次のような李笠翁の詩が書き込まれている。

汲便
飛瀑山厨止隔牆
竹梢一片引流長
於烹佳茗供佳客
猶帯源頭石髄香

〈汲《く》む便〉
飛瀑《ひばく》と山厨《さんちゅう》（台所）は　ただ牆《しょう》（かきね）を隔つるのみ
竹梢《ちくしょう》（竹の樋）一片　流れを引きて長し
ついで佳茗《かめい》（佳茶）を烹《に》て　佳客に供《そな》うれば
猶《なを》も　源頭《げんとう》の石髄香《せきずいこう》を帯《たい》するがごとし

谷水の落ち口が厨房《ちゅうぼう》と牆《かきね》ひとつ隔てた所にあり、竹樋で引いてあるので、すぐに茶を入れることができる。その水は山奥の石の髄《ずい》の香りを帯びているかのようである、というほどの意味のものである。

李笠翁という人は、山住まいにあきるとさっさと都に帰ってしまった文人であり、たいした人ではないが、この詩の最後の一行、

猶《なを》も　源頭《げんとう》の石髄香《せきずいこう》を帯《たい》するがごとし

だけは、ぼくとしてもいつまでも胸の中に残って消えない。谷の水が岩石の髄の香りを帯びている、つまり多くのミネラル分を含んでいるというのは事実で、そういう水を日常的に飲めることは、それこそは便利を超えた〈便利〉だと言えるだろう。

ぼく達の集落の人達が、十年も二十年も住んできて誰ひとり公営の水道施設を望まないのは、そのことを本当に知っているからなのだ。

四

今度の台風での降雨量は四日間で千ミリを超えていたから、屋久島からだけでも何百万トン何千万トンもの水が海に流れ込んで行っただろう。

谷全体が鉄砲水のようになって轟きつつ流れくだる様を見れば、海岸地帯が高潮となり一湊

の集落が床下浸水に襲われたのも当然だと思う、むしろ海があふれないのが不思議なほどだ。千リの雨は、一メートル分の雨である。海の水位が一メートル上がっても文句は言えないところなのだ。

そうならないのは、むろん大海面からの水の蒸発ということがあって、今では小学生でも知っている水の大循環ということが起こるからだが、ぼく達は知識としてそのことを知ってはいても、それを実際に体感することはほとんどない。

台風というのは恐ろしいものではあるけど、大循環する水の道すじを体感させてくれる数少ない機会のひとつである。

吹きつのる台風の底にじっとしていれば、いやでもそれが水の大循環であることを知らされる。昔の人達は、その道すじを龍と呼び、龍神と呼んだのにちがいあるまい。より明確な龍の道すじは谷で、上空からの映像等によってぼく達はそれを俯瞰《ふかん》することができるが、逆巻き蛇行する谷の姿こそは地上の龍そのものである。多くの龍神が谷筋に祀《まつ》られているのはむろんそのせいであろう。

龍神よ、暴れてくれるな。

ぼくはこの頃、地上の龍は谷川（河川）、天の龍は台風と見なす観察をますます深めているが、それは、〈龍神よ、暴れてくれるな〉と願う気持ちであると同時に、龍神よ、正当に甦《よみがえ》れ。

という気持ちを込めているのでもある。

ぼく達白川山の住民が五十人そこその少人数ではあるけれども、十年も二十年も自然水を飲んできて、それが本当に〈便利〉だと感じているからには、その〈便利〉さは、日本全国の農山村はもとより、小中都市を経て東京のような大都市に到るまで、すべて普及されてよいのではないか。

具体的には、東京・大阪を含む日本中のすべての河川の水を、もう一度飲める水に再生するという遠大な希望を、ぼく達ひとりひとりが夢ではなく現実の計画として願うことである。むろんそれは大都市だけでできることではない。中流域の中小都市、源流域の農山村とネットワークせねばできないことだが、何事につけても発言力の強い都市住民がそのことを強く願えば、これからの文明はおのずからその方向へ向かわざるを得なくなる。

都市の住民は、自分達の住む街の河川がドブ川であることにいつまでも耐える必要はないのだ。

岩石の髄《ずい》が香り立つような、きれいなおいしい自然水が、いつでもどこでも飲めることこそが文明というものではないだろうか。

むろん文明は、水と限っただけではない。そうであるからにはそのデザインをもう少し広げて、森林都市あるいは緑蔭都市という方向性はどうだろうか。

東京にも、神宮の森をはじめとしていくつかの立派な森がある。首都機能は早く別の森林都市へ移して、その跡地に神宮に匹敵する美しい森をいくつもいくつも創り出してゆく。

現代の技術は、そうしたことを実現するのに充分なほどの力量を、すでに備えているとぼくは思っている。樹木一本ないビル群の林立が文明の象徴である時代は、もう終わった。

水も空気も大循環するのだから、よい水と空気は山村で、ドブ川と濁った空気は都市でという役割分担は、もはや倫理的にも許されるものではない。

そのことはさておき、水の道を通し終わって、再び水道から水が出はじめたのを確かめてから、ぼくは倒されたスモモの木のさばきに取りかかった。十五年かけて育ててきたスモモだが、根こそぎひっくり返されてしまったのでは、もはや鋸《のこ》で引いて薪用にするほかはない。実がなっても、どの道全部猿が食べるのだからその点では惜しくはないが、春先の純白の花が見られないのはいかにも残念だ。

やはり一時間ほどかかって、長さ一メートルほどにスモモの木をさばき終えると、風で吹きちぎられてまばらになったヤブの中に、褐色の実がいくつかぶらさがっているのが眼に入ってきた。よく見るまでもなく、それはキウイである。

ヤブに入って見上げると、小ぶりながら二十個ばかりのキウイが、その部分だけかたまってぶらさがっていた。思いがけないみやげを、天の龍は置いて行ってくれたものだ。

もちろんそれは自分が植え付けたキウイなのだが、台風が来なければヤブに隠されたままで、腐り落ちるまで気がつかなかっただろう。不思議なことに今のところは、キウイだけは猿は食べないのだ。

ぼくは大声で妻を呼び、ザルを持ってきてくれと叫んだ。

二千年の時間

一

　ある日、ＮＨＫから電話が入って、ＢＳ放送の「こだわって・ふるさと」というシリーズ番組に出てくれないか、と言ってきた。

　テレビ、特にＮＨＫとはこれまでにも何度もおつき合いがあって、引き受けてよかったと思うことも多かったが、失敗したと感じたことも少なくとも一度はあった。

　そこで内容を尋ねると、十八分間の番組だが、ふるさとにこだわって生きている人を紹介するもので、最近出演した人には、『木の聲《こえ》』という本を出したばかりで、岐阜県で「オーク・ヴィレッジ」を主催している稲本正さんなどもいるという。

　稲本さんが出るようなら、ある程度のメッセージは伝えられる番組であり、短いながら十八分間あれば、少なくともひとつかふたつのことは伝えられると判断して引き受けることに決めた。

ぼくはこの島で生まれ育っていないので、〈ふるさと〉という言葉をその意味にだけ取るならここはぼくのふるさとではない。

けれどもその言葉をもっと広く解釈して、この地球の大地や森、海や川をふるさとと考えるならば、ぼくとしても大いにその〈ふるさと〉にこだわり、伝えてゆきたいものがある。

この現代文明社会の中にあって、ネイティヴアメリカンの人達やアイヌの人達、オーストラリアのアボリジニの人達に象徴されるように、天地とともに生きる伝統的な生活を日々に追われ失ってゆく多くの民族がある。

それは他人ごとではなくて、じつはぼく達自身のことである。ぼく達自身が日々の生活の中で、自分の内なるネイティヴアメリカン的な天地の文化、アイヌ人的天地の文化、アボリジニ的な天地の文化を、日々に失いつつあるのだ。

アイヌという呼び名は、最近はだいぶ知られるようになってきたが、アイヌ語で〈人間〉という意味だそうである。そうであるならぼく達は、ぼく達が作り上げてきたこの文明の中で、〈人間の文化〉を失いつつあるのだ。またアボリジニというのは、アボリジニ語で〈祖先〉の意味だそうである。そうであるならぼく達は、ぼく達が作り上げてきたこの文明社会で、まさしく〈祖先の文化〉を絶滅に追いやろうとしているのである。

この文明社会は、ぼく達がそのように進歩することを望んだ結果にできてきた社会だから、全面的に悪いわけではむろんないが、人間性《アイヌ》と祖先性《アボリジニ》に大いに欠けた社会であることはあらためて言う必要もないほどに確かである。

ぼくとしては自分の故郷《フィールド》であるこの屋久島という場に立って、文明の総体というものを自分なりに見直し、それを伝えてゆくことが、生活であり仕事でもあると考えているわけなのだ。

二

わずか十八分間の番組の撮影とはいえ、取材班《クルー》（ディレクター、インタヴュアー、カメラ、録音、照明）がそれに費やしたのは、下見も含めれば丸々三日間で、こちらとしても同じほどの時間をそれに費やしたことになる。

十月半ばのその三日間で、特に興味深いことがふたつあった。

そのひとつは、以前に書いたことがある千四百万年の時間を持つ海岸の大花崗岩へ、県道下の崖をくだるのではなくて、大小二隻の瀬渡し船をチャーターして海から上陸したことである。

下見の時に、一緒に急峻な崖をくだったディレクターの清水さんは、カメラその他の重い機材をたずさえてクルーでそこをくだるのは無理と判断して、瀬渡し船を使って海から上陸することを考え出した。

そのおかげでぼくとしては、地元の一湊《いっそう》からお隣りの吉田集落へかけての海岸線の地形を、思いもかけず海から眺めることができた。

海から眺める、左手の一湊から右手の吉田へかけての海岸線は、画然《かくぜん》として黒と白の色に分かたれている。一湊側に見られるのは、多分砂岩と思われる黒色系の堆積岩で、吉田側に見られるのが、これは花崗岩の灰白色系の隆起である。

以前にも書いたことだが、地質の時代区分でいう新生代（六千五百万年前から現代まで）の始まりの頃までは、屋久島は海底にあり、そこにはそれ以前の何千万年何億年にもわたる堆積物が積み重なり、堆積物自体の重量と海水圧によって、砂岩や泥岩や頁岩《けつがん》のような堆積岩層がるいるいと形成されていた。

新生代の初めの頃に、その堆積岩層に亀裂が生じ、その亀裂の中へ地核に近い所にあった花崗岩質マグマが侵入しはじめて、ほぼ五千万年をかけて、少しずつ少しずつ海底の堆積岩層もろともに隆起してきたのが、この島の成り立ちである。そして今から千四百万年前頃までには、現在の屋久島の地形はほぼ形成し終えていたのだ。

瀬渡し船から、ぼくが感動しつつ眺めたのは、その左手の黒色系の堆積岩の岩石群が、熊毛層群と呼ばれるかつての海底をおおっていた地層で、時間的には少なくとも六千五百万年を経ているものであり、右手の明るい灰色の岩石群が少なくとも千四百万年の時間をかけて噴出隆起してきた花崗岩であることを、自分の眼で実際に俯瞰《ふかん》できたからにほかならない。その一帯は、屋久島の形成史を肉眼で見ることができる、地質学上の特異地帯なのであった。

むろんこの島だけでなく、日本中のあらゆる土地、地球上のあらゆる土地は、何千万年何億年の時間の中で形成され、原初的には太陽系が形成された四十六億年前という時間にまで還《かえ》ってゆくのだが、その時間を抽象的な数字として理解することと、地質として実感することの間には、その喜びにおいて雲泥の違いがある。

地質学と呼べるほど専門的にではないが、自分が暮らしている場をそういう興味を持って学びはじめたばかりのぼくは、初心者であればあるほどその喜びに取りつかれて、ただ堆積岩層と隆起花崗岩とを見分けただけのことにすぎないのに、六千五百万年とか千四百万年の時間を自分の手中にしたかのように、素朴に喜んでしまった。そしてさらに、その喜びをテレビというメディアを通して視聴者に伝え、視聴者もまたそのそれぞれの住む土地において、できることならその土地の持つ何千万年何億年という時間から、喜びと癒《いや》しを得てほしいと望んだのである。

〈癒し〉などという最近の流行語を使うと、若く元気なアウトドアを楽しむ人達は、自分には病んだ部分などどこにもないと拒絶するかもしれないが、ぼくの見方からするならば、アウトドアという文化がこれほど幅広く多くの人達を引きつけている社会現象自体が、この文明のあまりにも非人間的な、システム化された病理そのものを物語っているのである。

そのことは別において、一湊海岸から吉田海岸へかけての、堆積岩層（熊毛層群）と隆起花崗岩の露出においてぼくがあらためて深く感じさせられたことは、ぼく達がその六千五百万年なり千四百万年という永い時間に現実に〈属している〉ということであり、さらに言えば、花崗岩マグマとともに隆起してきた熊毛層群と呼ばれる堆積岩の層に、ぼく達は一も二もなく事実として〈属している〉、ということであった。二十世紀文明は、むろんわれらの文明であるから、よい側面もたくさんあるのだが、ぼく達が億年単位の時間に属し、岩石に属し、水に属し、空気に属しているという視野を持つことを欠いていた。

ぼくの実感からするなら、それは根本的なものが欠け落ちた文明であった。なぜなら、その二種の岩石層に自分が属していることを実感した時の喜びは、これまでにぼくが体験してきた数多くのアウトドアの喜びに比べて、間違いなく最深の喜びのひとつであったからである。

三

午後の三時間ほどで海岸のシーンを撮り終えたクルーは、再び小船を海岸の大岩に直接着けてもらい、小船から大型の瀬渡し船に乗り替えて、一湊港に戻った。

休む間もなく、今度は車に乗り替えて、標高千二百メートル地帯の森に自生する、川上杉と呼ばれる杉の根方での撮影をするために、山へ向かった。

屋久島の山は、表土が三十センチ平均しかない。その下には花崗岩の大岩塊が息づいている。頂上部分に近づけば近づくほど、その花崗岩塊は早くに形成されたわけだから、その岩齢は千四百万年以上、六千五百万年以下へと古くなる。

川上杉の樹齢は二千年で、その岩齢に比べれば塵ほどのものだが、ぼく達の人生の尺度に戻してそれを比べれば、二千年という時間は、これまた気が遠くなるような永い時間である。

撮影班は、夕方から夜にかけてのその杉と森の息吹きを背景にして、あらかじめ打ち合わせておいた筋書きに沿って撮影を始めた。

川上杉とそれを包む森を背景にして、インタヴュアーの幸田さんの問いに答える形でぼくが話したのは、おおよそ次のような時間観である。

時間には、大別すると三つの相がある。

そのひとつは、過去から現在を経て未来へと真っ直ぐに進む時間である。この時間は決して後戻りすることのできない、不可逆的な直線の時間で、ぼく達の文明の時間はこの時間に支配されている。文明、特に科学技術文明というものが決して後戻りせず、前へ前へと進歩してゆくのは、文明というものが進歩することを宿命とする〈直進する時間〉の内にあるからである。

二つ目の時間は、〈回帰する時間〉である。地球の自転によって、朝と昼と夜がくり返されるように、地球の公転によって、春夏秋冬の一年が巡る。朝昼夜と回帰し、春夏秋冬と回帰する時間は、太陽系が安定しているかぎりは永遠にくり返される自然時間で、ぼく達ひとりひとりの生命や家族という集まりも、生まれ出て成長し、やがて死んでゆく循環において、この回帰する時間の内にある。

真っ直ぐに進歩してゆく文明の時間が、ぼく達を支配している時間であるというのが二十世紀の主流をなした時間観であったが、やがて迎える世紀においては、二つ目の時間、つまり回帰する自然時間というものの重要性と真実性をもう一度取り直して、進歩する時間とのバランスをはかることが、大切なテーマとならなければならぬのではないか。

文明の時間が〈悪〉の時間ではないのと同じく、自然の回帰する時間は〈遅れた〉時間や〈アジア的停滞の時間〉などではない。ぼく達は、ふたつの時間に等しく属している存在なのだ。

さらに第三の時間というものがある。それは、この宇宙が出現する以前に存在し、今もこの宇宙を包んでいる、いわば無とも呼べる時間で、先のふたつの時間はその無から生まれ出た時間であると言える。ぼく達ひとりひとりにおいても家族においても、出生の以前には時間は無く、死後にもまた時間は無い。けれどもこの無の時間は、無い時間ではなくて、この宇宙を生み出したのと同じくぼく達自身を生み出した源の時間で、仏教などで言う、無一物中無尽蔵、と呼ばれる時間であると言える……。

無の時間についてほぼ話し終えた時に、すでにとっぷりと日が暮れて静まりかえっていた森に、突然ごおっと大きな風が起こった。

ぼく達の背後にある二千年の川上杉の梢も激しく音をたてて揺れ、幸田さんもぼくもはっと言葉を閉じてその音に耳を澄ませた。

一分か二分の内にその風が去って、森に、前にも増した静寂と暗闇が戻ってきた時、

「多分今の風が、無の時間から生まれた風だったのでしょう」

と、ぼくはつけ加えた。

四

二千年の樹齢を持つ杉は、いわばこの二十世紀間を丸ごと生きてきた杉である。

屋久島といえば七千二百年と言われる縄文杉が象徴になってしまい、他の杉はあまり注目を引かないが、二千年という時間をひとつの個体が持ち続けることは、やたらにあることでは

ない。

テレビの撮影が終わって、ほっと一息つき、日常生活が戻ってくると、ぼくは、川上杉と同じ樹齢とされている蛇紋杉《じゃもん》の最後を見届けたくなった。

先の章で少しだけ触れたが、ヤクスギランドの奥の太忠岳《たちゅうだけ》というよく行く山の登山道脇に自生していたその杉が、先の台風十九号で根こそぎひっくり返されたという噂は、台風が過ぎた直後からぼく達の耳に入っていた。

そこで、好天気が続く十月下旬のある午後に、ぼくはひとりでヤクスギランドへ車を走らせた。ヤクスギランドは川上杉より少々標高が低い位置にあって、海抜千メートル地帯に広がる大森林である。ヤクスギランドというネーミングが悪くて、ディズニーランドもどきの印象を与えかねないが、実際にはよく整備された遊歩道があるだけで、手軽に森を散策するには悪い場所ではない。

入口で係の女性に聞くと、古い吊り橋を渡ってゆく蛇紋杉への近道は、やはり台風で壊されたために閉鎖中で、もう一本の遠廻りの道だけが、これも倒木等が重なって危険ではあるがかろうじて通れるという。

二本の道は蛇紋杉の所で合流し、そのまま太忠岳の登山道になる。太忠岳には今年だけでもすでに二回登っているが、いつも吊り橋を渡る近道を行くので、今回は初めての道を歩くことになった。

　二十分も歩くと整備された遊歩道は終わって、はいてきたゴム長靴が生きてくる山道になる。鉄筋づくりの頑丈な新しい橋を渡って、太忠岳そのものの懐《ふところ》に入りこむと、もう観光客はめったに来ない。

三根《みつね》杉（樹齢千百年）、母子杉（二千六百年）、天柱杉（千五百年）など、初めて見る屋久杉著名木に登録された巨杉にひとつひとつ挨拶《あいさつ》をしながら、いつものぼくのペースで、一時間ばかりかけてゆっくりと登ってゆき、午後の三時頃には蛇紋杉の場所に着いた。

　噂に聞いていたとおりに、二千年の時間を生きてきたとされるその杉は、その巨体に比べてあまりにも浅い、小さな根を直角以上に空に向けて、ゆるやかな谷筋に沿って物言わず横たわっていた。

　屋久杉巨樹・著名木データ一覧表によれば、樹高二三・六メートル、胸高周囲八・三メートルのその巨体は、ヤマグルマ、ヒカゲツツジ、アオツリバナ、アクシバモドキ、ナナカマド、ソヨゴ、ミヤマシキミ、マルバヤマシグレ、サクラツツジなどの着生木をその身体に繋らせたまま、深々と谷筋の中に埋まっていた。

　ヤブをかき分けてその幹に触れてみたが、むろんその肌はまだ生きていて、死者の肌などではない。ぼくがその時思ったのは、二千五百年前のブッダの涅槃《ねはん》（死）というのは、きっとこんなふうだったのではなかったのか、ということだった。

ブッダ涅槃の時、その従者を務めていたアーナンダ（阿難）という人は、まだ修行が完成していなかったので、ブッダから泣くなと戒められていたにもかかわらず、その涅槃を悼《いた》んで泣きに泣いたという話が伝えられている。

横たわったその巨木から伝わってくるものは、寿命を終えたものの安らかさであり、自然《じねん》に還らんとするものの静かさそのものであって、一点の悲しみも宿してはいないのに、こちらの胸には深い悲しみがこみあげてきて、アーナンダと同じくぼくも泣いてしまった。

蛇紋杉は、その木肌に蛇腹のような紋様を持っているので、その名で呼ばれた。この島の無数と言ってよいほどの巨杉達の中でも、ぼくとしては深く親しんできた杉のひとつであった。

先に引いた『屋久杉巨樹・著名木』（屋久杉自然館刊）の中では、この杉について次のように記している。


沢沿いの斜面上で成育環境はいたってよく、成育旺盛の感を受ける。主幹は真直ぐ伸びて上部で大きな枝を広げ、そのつけ根には多くの植物を育てている。

この記述から見るかぎり、蛇紋杉は〈成育旺盛〉で、いささかも老樹とは見なされていないことが分かる。

ぼく達の二千年間の文明も、多分同じことだ。一見すればこの文明は〈成育旺盛〉で、まだどこまでも発展してゆけるかのようだが、その根は浅く、小さい。特に本来自然に属している者である人間の文明を、自然から分離する方向で進めてきた産業革命時代以後の近代文明は、自らの根を浅く小さくする方向にのみ一方的に進んできた。

ぼくはノストラダムスではないので、この文明の崩壊を予言などしないが、原子力発電所からの際限のない放射能の排出やオゾンホールの拡大をはじめとして、ダイオキシンや炭酸ガスやエイズ問題も含めて、この文明の総体が危機にあることはまぎれもない事実だと強く感じる。

横倒しになった二千年の蛇紋杉が告げているのは、もっと深く、さらに深く自然の奥へ根を張った新しい人間の文明をさぐりなさいという、ぼく自身とこの文明の全体へのメッセージであったと感じる。

大山・八国山・甲斐駒・八ヶ岳

一

十月の上旬から、十一月上旬にかけての一ヶ月余りの間に、島を二度留守にし、合わせて二十日間にわたって詩の朗読の旅をしてきた。

ここを動かず、じっくりと暮らすことが何より好きだし、大切なことだが、たまには島という家を出て、広い意味でのアウトドアの空気を吸うのも楽しい。

十月一日から七日にかけては、山陰地方を旅してきた。

島根県の安来市で大きな朗読会を持ったのが直接のきっかけだが、そのことは別に置いて、ぼくには伯耆大山《ほうきだいせん》に再会できたという手応えの確かな喜びがあった。

初めて大山に接したのは三十年も前のことだが、その時以来その山はひとつのカミの山としてぼくの中に在りつづけている。大山を訪ねるのは今度が四度目で、行くたびに思うことは、その山はただの大山ではなくて、伯耆大山と正しく威厳とともに呼ぶべき山だということである。

標高一七二九メートルは高峰とは呼べないが、中国地方で一番高い山であるだけでなく、海岸地帯からいきなりそびえ立っているそのまろやかな姿は、ただ眺めているだけで魂《こころ》をしずめてくれ、やすらげてくれる。

魂《こころ》をしずめ、やすらげてくれるものを、太古からのぼく達の先祖はカミと呼んできたのだから、伯耆大山は、まごうかたなく現前しているカミなのである。

事実として大山は、古くは大神嶽《おおがみだけ》あるいは大神山《おおがみやま》と呼ばれていたという。ほぼ一万年前までには噴火して現在の形になっていたそうだが、その噴火を目の前にした石器時代人や縄文人達はどんなにかその山を恐れ、鎮まることを願ったことだろう。

縄文時代一万年の永い年月とともに噴火活動は次第に弱まり、現在は休火山（死火山）になっているのだが、大神山の歴史もそれにつれて、恐れ畏《おそ》れる山から、畏れ恵まれる山へとその性格を変えてきたにちがいない。

現在の大山は、ぼくが旅人としてその麓に立って眺めるかぎりは、恵む一方与える一方のまろやかな慈《いつくし》みの山である。東西南北ほぼ五十キロにわたるその巨《おお》きな山塊からは、大小何十本もの河川が放射状に流れくだり、その内の十四、五本の川は米子市から倉吉市にわたる約五十キロの間で直接日本海にそそぎ込む。裏側の南斜面を流れくだった川達は、遠く山陽地方の岡山市や倉敷市を経て瀬戸内海にそそぎ込む。

すぐには信じられないことだが、山陰の海辺にそびえ立つ大山山塊は、そこから流れ出す河川によって鳥取と島根の両県をうるおしているだけでなく、山陽側の岡山県に住む人達にまで水という不可欠の豊穣をもたらしているのだ。

米子市に滞在した一日、米子市役所に勤めて近在の縄文遺跡（がたくさんある）の発掘と管理を担当している旧知のSさんと、やはり市役所に勤めるかたわら米子野鳥の会の世話をしているYさんの案内で、ぼくは念願の大山の森を散策することができた。大山は車で詰めるだけ詰めれば、三時間ほどで頂上まで登れるそうだが、ぼくには登頂という趣味はほとんどない。

森の中をゆっくり歩き、そこに自生している様々な樹木、草花や虫や鳥、川や岩に触れることができればそれで充分だし、当然その地に祀《まつ》られてある太古からの神社や寺に参じて、これからも森を守り、水を守り、地域を守りつづけてくださるよう祈ることができれば、それ以上のことは望まない。

Sさんも Yさんも、地元の住民として大山をこよなく愛し、その森を知り尽くしているような人だったので、ぼくとしては願ってもない案内者に恵まれたわけだ。特にYさんは、専門の野鳥のことはもとより森の草木の一本一本に到るまで正確な知識を持っておられて、そこに一歩踏み入るや最優秀の森の観察者であり、番人でもあることをすぐに証明してくれた。

かつては七堂伽藍の並び立つ一大山岳修験《しゆげん》の場だったというが、今はその多くは石垣と礎石のみを残してうっそうとした森に還《かえ》りつつある昔の聖域を、ぼくは、あの鳥の啼《な》き声はシジュウカラ、この木の実はミズナラの実などと教えられながら、先ずは現存している大山最古のお堂であるという阿弥陀堂にお参りした。

そのまま再び森に入り、南光河原と呼ばれる谷川の水を飲んでその川を岩伝いに渡り、大山寺本堂を経て、金門と呼ばれるあたりから思いのほか切り立った大山本体の北壁を眺め上げた。

その眺めは、この山が古来神の山であり、中国地方第一の修験の場であったことを、物言わず雄弁に物語るものであった。

そこからは、一般の大山・大神山《おおがみやま》神社奥宮への参詣者達が登る石段の道に入り、幅が広い由緒のあるらしい石段をゆっくりと登って行った。正面に奥宮の屋根がようやく見えてきたあたりで、ふと足元に眼を落とすと、石段のつけ根に数株のスミレらしい植物が自生しているのが眼に入ってきた。

十月のその季節に、むろん花は咲いていないが、しゃがみ込んでその葉を見ていると、頭の上からYさんが、

「それがダイセンキスミレです」

と教えてくれた。

その瞬間、ぼくの脳裡《のうり》には春の石段に咲く黄色いスミレの幻影が走り、そのスミレこそは大山・大神山の神の使者にちがいない、という思いが走った。

見渡すと、石段のあちこちにそれが自生している。

ダイセンキスミレは、普通は大山の縦走道で五月から六月にかけて咲くのだそうだが、なぜかその奥宮への石段の道にも根づいて、その特別な色合いの花において春の参詣者達の眼をなごませてくれるのだという。

大山のカミは、そのおおらかな山容そのもののように懐《ふところ》が深く、登頂をしないぼくのような者らにまでも、その慈みの一端を現わし見せてくれるのであろう。

二

十月三十日から十一月十日にかけては、四国の香川県、奈良、東京、栃木、山梨、神奈川、静岡と、主として列車と車を使っての旅をしてきた。

それぞれの地域、場にあって、それぞれに銀河系のように深い人生を負って暮らしている人達を前にして、詩を読むことは大変だが、逆に言えばこちらもその分だけのエネルギーを与えられて、元気が出る。

東京では、東村山市で〈北川かっぱの会〉という集まりを作っているMさんの、新築されたばかりの〈かっぱ亭〉という所に泊めていただいた。

旧知のMさんは、出版社勤務のかたわら地元の東村山市を流れる北川という川を清流に戻す運動にかかわり、この数年来同好の人達と共に、〈のんびり、楽しく、かつ、まじめに〉をモットーに、無理をせず会員の幅を広げてきた。会員が百人を超えたのを契機に、とうとう自宅の庭を提供してそこに〈かっぱ亭〉と名づけた、木造の立派な事務所まで作ってしまった。

出来上がったばかりで木の香りが強く漂う、Mさん達の夢の建物にぐっすり眠った翌朝、狭山丘陵が間近に迫っている北川近辺の道を、ぼく達は一時間ばかり散策した。

北川は少し奥の多摩湖から流れ出して、やがて荒川にそそぎ込む、荒川の源流域の川のひとつだが、東村山の都市化が進むにつれて、たぶんに洩れず汚染されてきた川である。

Mさんに案内されてその北川沿いの道を歩いたが、その水の透明度からすれば、つい二、三十年前までは、おそらくはその川の水は飲めたであろうと分かる。

かっぱの会は、行政とも協力して、家庭排水を百パーセント川に流し込まないことや、コンクリートの護岸を少しずつ新しい工法による自然の岸辺に戻すことを目指しているそうだが、始まったばかりといえどもそれは、地域の住民が地域に対してなし得る最大限の貢献だとぼく

は思う。地域に対する貢献とは、単純に行政への貢献ということではなくて、行政をも含む地域全体の生命への貢献であり、廻り廻って自分自身の生命への貢献でもある。

ぼく達ひとりひとりの個人は地域《リージョン》という全体に属しており、同時にその地域はぼく達ひとりひとりの個々の生命の発露に属しているという未来的なコンセプトが、〈のんびり、楽しく、かつ、まじめに〉というかっぱの会のモットーの内には込められているのだ。

眼の前の狭山丘陵の一番端の山が、八国山という名だとMさんから聞いた時、それは以前にどこかで聞いたことのある名前だと思った。そしてすぐに思い出したのは、そこらがかの「となりのトトロ」の舞台になった地で、「トトロ」の中で七国山や七国山病院という名前が出てくることである。

わが家は大人も子供も宮崎駿のファンで、つい先頃も屋久島がモデルになったという「もののけ姫」が島で上映されたので家族で観てきたばかりだが、その多くの作品の中でも「トトロ」は、初上映から十年は経ったであろう今も子供達の胸の中にひとつの現実の神話でありつづけている。

その七国山ならぬ八国山を、実際に見ることができ、麓を歩くとは少しも思っていなかったので、ぼくはすっかりうれしくなってしまった。

アニメに登場した七国山が、現実の八国山をして現実以上に意味のある存在としてそこに在らしめたように、ぼく達が未来の川として夢みるそのヴィジョンも、やがて現実にここに在る川として実現されるだろう。

「風の谷のナウシカ」や「おもひでぽろぽろ」、そして「となりのトトロ」や現在の「もののけ姫」の物語は、大人も子供も含めたぼく達の全部に測り知れない夢と希望を与えてくれた。特に小さな子供達の胸には、それは文字どおりの新しいカミの物語、新しい神話として一も二もなく沁み込んでいる。

宮崎駿さんとそのスタッフは、ぼく達の時代と社会に、夢を見るという人間本来の力を取り戻してくれ、希望という光を正当に取り戻してくれたのだ。

その八国山の麓の、北山公園を歩きながら、ぼくもその夢と希望に乗って、Mさん達と心を合わせたい。むろん現実はアニメーションとはほど遠く、われわれは五十代の痩せほそった大人であるが、それでも小さな子供達に比べればまだ体力も知力もある。

北川の流れが少しでも清流に戻れば、その地域が住み心地よくなるだけでなく、それがそそぎ込む荒川の水もその分だけ清流度を増す。東京を流れる三本の大河、多摩川と荒川と江戸川の内の一本が、確実に清流度を増すのである。

人間というのは、なぜか一番深いところでは、その行為に〈意味がある〉時にこそしんから楽しめる動物である。その意味性が消えるほど深く意味がある時に。

だからこれからのアウトドアは、システム社会からの一時的な脱出という消極的な遊びの方向だけではなく、遊びながらわれわれのものである新しい社会システムをつくり出してゆく方向性を、大いに大切にしなくてはなるまい。

北川のクリーンアップを実施したり、臨時に川を堰《せ》き止めてそこでカヌー大会や夏祭りを催したりしながら、川は下水路ではなく生命の水の水脈であることを子供も大人も実感してゆくのだ。

三

久しぶりに乗る特急あずさは、新宿からわずか二時間で、山梨と長野の県境の町、小淵沢に着く。小淵沢は、言うまでもなく八ヶ岳山麓の町。山好きの人達なら、なにがしかの思い入れを必ず持っているはずの、小海線への乗り替え駅でもある。

ほぼ三十年前、ぼくは列車ではなくヒッチハイクで、国道二十号線を足繁く小淵沢の隣りの富士見町へ通った。そこはもう長野県となる入笠山《にゅうがさやま》の麓に、仲間と共に六百坪ほどの土地を入手し、雷赤鴉族《かみなりあかがらすぞく》と称する対抗文化《カウンターカルチャー》運動の拠点をそこに作ったのである。〈大地に帰れ〉とスローガンされたその運動について、今ここに詳しく記す余裕はないが、少なくとも二週間に一度は、ヒッチハイクで笛吹川《ふえふき》を渡り、釜無川《かまなし》に沿って、東京の国分寺市と入笠山の拠点を行き来した。

足繁く通ったのはほんの一年半か二年のことだが、川で言えば笛吹川と釜無川、山で言えば甲斐駒ヶ岳と八ヶ岳は、ぼくの魂《こころ》の奥底に今もしっかりと根を張っている原点の山河である。

列車が甲府盆地に入り、甲府駅を過ぎるあたりから、ぼくは子供のように車窓にしがみつき、甲斐駒ヶ岳の姿が現われるのを待った。次の朗読会の場所が、八ヶ岳山麓の森の中にあるティー・ギャラリーなので、まず甲斐駒ヶ岳をしっかり眺めておこうと思ったのだ。

期待にたがわず、韮崎《にらさき》を過ぎたあたりから、その山が左前方に姿を現わしてきた。〈求めよ、さらば与えられん〉と言われているとおり、小淵沢に近づくにつれて、その山は次第に荘厳な姿形となり、ある地点において、びしりと胸を打たれるほどに森厳にそそり立つ姿を、一瞬ではあったが見せてくれた。

若い時分に何十回となく眺めた甲斐駒ヶ岳だが、そのように森厳にそそり立つ姿を見たのは、今回が初めてである。列車がすいていたのを幸いに、ぼくはその姿に心をこめて合掌した。

生命地域主義《バイオリージョナリズム》、あるいは河川流域の思想という見方からするなら、甲斐駒ヶ岳と八ヶ岳から流れ出した釜無川は、甲府盆地の南端で笛吹川と合流して富士川となり、富士山の西麓から流れくだる多くの川とともにやがて駿河湾にそそぎ込む。ぼくが千四百万年の歴史を持つ屋久島という地域に属しているように、山梨と長野と静岡県の富士川流域に住む人達は、今回のぼくのような旅人も含めて、その源の山岳と河川流域に属して住む以外にない。

山に合掌するとは、どうぞよろしくと、その山と川に属するその地域に住む人達にご挨拶《あいさつ》をすることでもある。

八ヶ岳南麓の、丈の高い唐松と赤松の森の中のティー・ギャラリー、「森《しん》呼吸」に着いて一息入れていると、あらかじめ連絡をもらっていた友達が車で迎えに来てくれた。十年以上ぶりで会う懐かしいSさんである。

彼女は、同じ八ヶ岳南麓ながら車で十分ほどの長野県の富士見町に住んでいる。朗読会が始まるまでまだ三、四時間あるので、彼女の家でお茶を飲むことにしたわけだ。

彼女は、以前会った時には東京の西荻窪で書店をしていたが、その地に移り住んで今はもう十年くらいになる。山梨や長野、房総半島や伊豆半島には、東京時代の友人知己で今はそれぞれの地に移り住んで暮らしている人達が二、三十人はいる。

それはともかくとして彼女は、初めて訪れる家に連れて行く前に、うれしいことに八ヶ岳の麓の横穴から直接湧き出している泉水のひとつへと案内してくれた。八ヶ岳の山麓一帯には、小海線の甲斐大泉、小泉駅をはじめ、泉と名のつく地名がずいぶんと多いが、それは八ヶ岳の麓地帯には、横穴から直接湧き出している泉水がとても多いからである。

屋久島のような急傾斜で表土のうすい山岳島においては、山に降りそそいだ雨は伏流することなくそのまま川に流れ込んで激流となるが、八ヶ岳のような広い裾野と高原地帯を持つ地形にあっては、雨の一部は地下深く伏流し、何十年もの時間をかけて再び泉水あるいは湧水として地表に現われてくるのだそうである。

一九八八年の夏に訪ねた八ヶ岳の別の麓の泉で、数字の記憶はもうあいまいだが、その水は八十年だったか百年だったか伏流してきた水だと説明されて、どういう方法でその年月を測定するのか不思議に思ったことがある。

彼女が連れて行ってくれたその泉も、多分何十年も伏流して鉱物質をたっぷり含んだ泉のひとつだっただろう。目前の横穴から文字どおりごんごんと音をたてて湧き出すその水は、そのまま小川となって流れ去ってゆき、釜無川の本当の源のひとつを形成しているのであった。

その水を両手ですくい、ぼくは三度飲んだ。やわらかな甘い水だった。彼女は用意してきた水筒を取り出して、その水でお茶を入れるのだと満たした。

その場所からは、雄大な八ヶ岳南面の全貌が見渡せた。もう紅葉の時期は終わっていたが、夕陽を浴びて銅《あかがね》色の広々とした山肌を浮き立たせたその風景は、石器時代以来少なくとも三万年にわたって、無数の人々によってカミの山として崇拝されてきたその風景にほかならなかった。

オリオンの三つ星

一

今日はもう正月の三日で、空は美しく晴れわたり、風もなく、よいお天気である。

この、何もかもを喰《く》いつぶしてゆく大消費文明の時代にあっては、正月自体もただ喰いつぶされてゆく商品の一種にすぎない風潮であるが、新しい年を迎えるということは、新しい未知の太陽系の領域に踏み入ることなのだから、古今東西を問わず、それは最もスピリチュアルかつ普遍的な祝祭であったし、あるべきであるとぼくは考えている。

ぼくが暮らしている、屋久島・一湊《いっそう》・白川山《しらこやま》と呼ばれる小集落には、現在二十世帯ばかりの新島民が住んでいるが、毎年の暮れになると、有志の者達が集まって皆でモチ搗《つ》きをすることになっている。十年前には二、三家族しか参加しなかったのが年々に増えてきて、今年は十二、三世帯が集まっての大モチ搗きになってしまった。

集落の掲示板に、二十九日、朝八時半からと貼紙が出され、それぞれの家では前夜からモチ米を水につけたりの準備に入る。

わが家では、白米のモチ米十キロ、玄米のモチ米三キロをつけ込んだほかに、前日から子供達の手を借りてヨモギモチ用のヨモギの新芽を採り集めたり、小豆を煮てアンをこしらえたりの準備に入った。

当日、少し遅れて集会場の広場に車で駆けつけると、すでにたくさんの人達が集まっていて、ブロックで作られた四基の臨時のカマ場にはもう勢いよく火が焚かれていた。

広場の中央には高いテントが一張り張られ、そこにはモチをのすテーブルもすでにしつらえてあった。テーブルの上には、各家庭が持ち寄った海苔《のり》や大根やダイダイ、納豆やアンコやタラコ、お茶やつけ物や焼酎が並び、その日がただ自家用のモチを搗くだけの日ではなく、搗いたモチを皆で盛大に食べる暮れの祝祭の日でもあることを示していた。

四基のカマ場の内の一基は湯沸かし用、三基を蒸し用に配分し、やはりそれぞれに持ち寄った三組の蒸し器で早速に蒸しにかかる。臼は、石臼と木の臼のふたつ、杵《きね》は三本が用意してある。

子供達も含めて、いつのまにか三、四十人もの人達が集まり、火を焚く者、薪を割る者、カマドの調整をする者、手水を準備する者、飲み物や食べ物を準備する者等々におのずから手分けができて、やがて最初の米が蒸し上がってくる。

セイロと呼ばれる蒸し器は、二段組み三段組みになっているから、最初の米が蒸し上がれば、あとは次から次へと連続的に蒸し上がってくる。息つくひまもないほどの、モチ搗き本番の始まりである。

威勢のいい杵の音がふたつの臼から響きわたり、雨もよいだった空もその頃から少しずつ明るさを増してきた。そうなってくると、皆いっそう元気が出る。

最初のひと臼と次の臼は、各家庭から少しずつ供出した米で搗き、それは皆で食べる。アンコモチ、キナコモチ、海苔モチ、大根オロシモチ、ダイダイ酢モチ、納豆モチ、タラコモチ等々、テーブルの上に並んだ素材から好きなものを選んで、好きなだけ食べるのである。

けれどものんびりそれを味わっているひまはない。セイロからはどんどん次の分が蒸し上がってくるので、次の臼を搗かねばならない。米の蒸し上がりを確認するのと、臼の返し手の両方を受け持ったぼくは、その一番モチ二番モチを食べるひまもなかった。

「次、行くぞお」

蒸し上がったセイロの米を臼に移し、搗き手を促す。若く、元気のいい搗き手達が、二本、時には三本の杵で交互に搗くので、ひと臼のモチなどはあっというまに搗き上がってしまう。

中には人間モチ搗き機とアダ名されているアフリカ帰りの男などもいて、杵も折れんばかりに搗きまくるので、返し手としては、楽しいが危なっかしくて困った。

好きな連中は、午前中だがもう焼酎も飲みはじめる。子供達が走りまわり、空からはうっすらと陽も差してきた。

四つのカマ場の火勢が衰えないかぎり、セイロが蒸し上がってくる速度が落ちることはない。四つのカマ場には、火を焚く役がそれぞれかかりっきりなので、火勢は増しこそすれ衰えることはない。前日から準備されたふんだんな薪のおかげで、セイロは順調に次々と蒸し上がり、ふたつの臼と三本の杵で次々とモチとなり、待ちかまえている女性達の手でそれはまた次々と鏡モチやのしモチに整えられる。眼が廻るほどに忙しかったが、各家庭のモチはとどこおることなく流れるように搗き上がっていった。
十二、三世帯の全部を搗き上げるには、夕方までかかるだろうと考えていたのだが、正午を過ぎた頃にはあっけなくすべてを搗き終わり、カマ場にはセイロの代わりにふたつの大鍋がかけられて、野菜と魚のアラの汁が仕込まれた。
汁が煮えてくる間に、臼や杵やセイロその他の諸道具の洗いや後始末を終えて、その日の午後は意外に早く済んだ分だけのんびりと、皆でアラ汁を食べながら談笑もできた。

島人の暮らしの中でも、年々にモチを搗く家は少なくなり、搗く家でも電動のモチ搗き機を使う家がほとんどである。希望者だけとはいえ、十二、三世帯もの人達が集まって、臼と杵を

使って共同でモチ搗きをしている所は、屋久島の中でも多分ぼく達の集落しかないだろう。大したことではないにしても、それは未来の文化のために自慢していいことだと思っている。

二

三十日は、朝からどしゃ降りの雨だった。

ぼくの予定では、その日は山へ行って正月用の花を採り集め、門松用の松と竹も採ってくるつもりだった。悪い天気になったとあきらめて、次の日にする予定だった家中の障子の張り替え作業にかかっていると、午後に入って雨は小止みになってきた。

わが家では、毎年の暮れが押しつまった半日を、家族皆で山へ花を採りに行くことにしている。花といっても、それはセンリョウやマンリョウの赤い実のついた枝を集めることで、これはチビちゃん達の大好きな遊びだから、一家揃って皆で行く。

いつまたざっとくるか分からない、不安定な空ではあったが、予定どおりその日の午後は家族六人を軽自動車に詰め込んで、林道を登って行った。十分も走らない林の中に、毎年ぼく達がマンリョウを採り集める場所がある。そこに車を停めて、皆でヤブに分け入り、それぞれにマンリョウを探す。

不思議なもので、林道からはずれて一歩でも森の中に踏み入ると、そこはもう原生の匂いが漂う別世界である。ぼくはその匂いが大好きだ。子供達にもその匂いを伝えて行きたい。

三十分くらい探しまわったが、今年はそのあたりは実のなっている木が少なく、妻が一本だけセンリョウを見つけたほかは、マンリョウが三本見つかっただけだった。ここらの森では、マンリョウはたくさん自生しているがセンリョウは少ない。センリョウが一本でも見つかったことを収穫として、ぼく達は車に戻り、林道の両脇に目を配りながらさらに十分ばかり登って行った。

高二の息子が、道脇にマンリョウを見つけたので車を停め、ちょっとした崖になっている下をのぞき込むと、そこに四、五本のやはりマンリョウが真っ赤な実をつけているのが見られた。そこなら、やがて四歳になる一番末の子でも、手を貸せば降りて行ける。今年の花場はそこと決めて、ぼく達は注意してゆっくりとその崖を降りて行った。

降りてみると、有り難いことにそのあたりにはいくらでもマンリョウがあった。歓声をあげて、子供達はそれを折り採る。小指ほどの太さのマンリョウの枝は、子供でも折り曲げればポキンと折れるのである。たちまちのうちに十四、五本を折り採って、まだいくらでもあったが、必要以上に採ることはむろんない。家の分と、隣りの弟一家に分けてあげる分があれば、それで充分。

橙色の実のセンリョウが一本しかないのが物足りないと言えば足りないが、雨もまたポッポツと降ってきたので、今年の花採りはそれで終わりとし、大漁の漁師のような気持ちでぼく達は家に戻った。

次には門松用の松だが、三、四年前までは、近くの山に自生していたものが、松喰い虫のためか酸性雨のためかすべて枯れてしまったので、海岸地帯に行かないと手に入らない。小降りの雨の中を、今度はぼくひとりでやはり車でそれを採りに行った。十キロほど離れた永田海岸の一角に、松の自生している場所がある。白川山一帯のみならず、島全体の松枯れはすさまじく、やがて人類もそのように滅びてゆくのではないかと思われるほど不吉に、海辺でも山でも松が枯れてゆく。

けれどもその一方ではありがたいことに、バイパスができて廃道になった永田海岸沿いのその一角には、数十本の松が再び自生してきていて、気をつけながら四、五本の小枝を採る分には心配ないほどに成長している。今や貴重な植物のひとつになってしまった松の小枝を四本ほど、心して刈り採って家に戻った。

次は竹だが、家の附近にあったふたつの孟宗竹の山は、猿と鹿が竹の子の段階で食べるようになってから、全滅してしまった。以前には、山から立派な孟宗竹を伐《き》り出してきて、それで門松を作るのが正月準備の楽しみのひとつだったのだが、この数年来はぼくはもう孟宗竹を使うのをやめてしまった。その代わりに、ここらでチンチクと呼ばれている細い竹を使う。その竹の竹の子は人間も食べられないが、鹿も猿も食べない。家の庭にもその竹が自生しているが、近くの廃屋になった家の裏に立派な竹林があるので、そこへ行って伐ってくる。

雨が止んだのを幸いに、小さい子供達三人を連れて、そのチンチクの竹林へ行った。直径が四センチほどの、それでも太いのを三本選んで鋸《のこ》で切り、腰鉈《なた》で枝払いをして、ひとりに一本ずつ持たせて家に戻り、家の前で細工をする。

梅は、なぜか今年はまだつぼみもきていない。例年なら早咲きの花がすでに四、五輪は咲いているし、花はなくともつぼみはしっかり白くふくらんでいるのだが、今年はまだその気配さえもない。それでも縁起ものだから、裏庭の小梅園から五、六本の小枝を切り採ってきて、松竹梅にまとめる。マンリョウが充分にあるから、おまけにそれも加えて、家の入口の両側に松竹梅プラスマンリョウのささやかな門松が出来上がった。

三

大晦日の日は、前日と変わって上天気だったが、一日中障子と襖《ふすま》の張り替えで家の中にいた。これも子供達に手伝ってもらってやる。妻は御節《おせち》料理作りにもっぱらひとりで精を出す。

大晦日の夜には、十二時を廻ると妻とふたりで家の前の谷川に降りて、新しい年の若水《わかみず》を汲むのがわが家の習いである。

今年は、妻が風邪気味で早くに寝てしまったので、自分で年越しソバもこしらえて食べ、それからひとりでヤカンを持って谷川へ降りて行った。

旧暦なら十二月二日に当たるその夜は、むろん月はない。星明かりだけの闇の中を懐中電燈を照らして、新しい年の新しい水を汲みに行く。この島で〈若水汲み〉と呼ばれるその行事を、この二十年間ぼくは一度も欠かしたことはない。欠かすどころか、ぼくにとってはそれこそが大晦日の夜の最上の楽しみで、谷川の中央の適当な岩にたどりつくと、そこで懐中電燈を消して、しばらくは闇そのものの中にじっと包まれる。

インドには、千年の闇もローソクの火ひとつで消える、ということわざがあるが、逆に懐中電燈の光が消えただけで、そこには突如として千年の闇が訪れてくる。例年なら妻とふたりでその闇に包まれるのだが、今年はひとりだったのでその闇はいっそう深く、永遠そのもののようにぼくの身体を貫いて溶かした。

在るものは谷川の轟《とどろき》だけである。

これも例年のことだが、その谷川の轟を伴侶としてぼくは般若心経をゆっくりと黙唱する。

それはむろん、古い年として去って行くぼくへの捧げものであり、新しい年としてやってくるぼくへの捧げものであるが、そのぼくというものが、真実の実体はなく、つまる所は谷川の水であり音であり、谷川を包む闇であることへの讃歌でもある。

五蘊皆空《ごうんかいくう》、と般若心経は言うが、それはぼく達人間を構成している五つの要素、体という色《かたち》、感受性、想像性、行動性、意識性（色・受・想・行・識）は、すべて固定した実体のあるものではなく、原因とそれに伴って生じる縁によって創り出されるもので、その実体は空《くう》である、ということを意味している。

そしてその空《くう》の味わいこそは、人間の味わい得る究極の喜びであり知慧であると、般若心経すなわち叡知の教えは説いているのだ。できることならぼくらも、古代からの叡知にならって人間としての究極のその喜びと知慧を味わいたいではないか。

黙唱し終えて眼を開くと、いつのまにか闇に眼が馴れて、星明かりとも呼ぶべきほのかな気配の中で、黒々と谷川が流れているのも見えてくる。空を見上げれば、いつのまにかそこは星空だ。谷の両岸から黒くおおい繁っている樹々の樹冠の形の上に、今やくっきりとぼくの星であるオリオンの三つ星が並んでいた。

家を出た時に見上げた空には、そのあたりは雲がかかっていて見えなかったのだが、わずかの時間の内に雲は跡形もなく去り、今訪れた新しい年そのもののように、静かに濡れた光を放っていた。

オリオンの三つ星が、ぼくの霊性の故郷の星であると感じはじめてからもう数年になるが、年ごとにその想いは強くなり、ぼくの死後にはその霊魂はその三つ星へと帰ることになっている。

霊性だの霊魂だのと言えば、そんなものがあるものかと嘲《わら》う人も多いだろうが、ぼくは、人間にしろ動物にしろ植物にしろ、あるいは生命がないとされている岩石や川や宇宙そのものにしろ、すべての存在の最奥には、霊性、あるいは霊魂と呼ぶほかはないなにものかが宿っていることを知っている。

試みに、戸外でも屋内でもひとり静かな気持ちになった時に、自分自身の胸の奥に向けて、〈自分の霊性〉、という言葉を呼びかけてみるとよい。必ずやな
にものかが、その呼びかけに応じるだろう。

自分でなくとも傍らに大きな岩石でもあれば、そこに向けて、〈岩石の霊性よ〉、と呼びかけてみるとよい。必ずやその岩石はある微妙な反応において、その人に応えるだろう。

自分の奥のもうひとりの自分、あるいは自分の外のもうひとりの自分との、眼には見えない霊的なつながりのことを、十九世紀のドイツの作家ゲーテは、〈親和力〉という言葉で呼んだ。ぼく達はその親和力において、自分自身の霊性に深くつながっていると同時に、自分の外のたくさんの自分ともつながっている。

異性の間でもそこに親和力が発動すれば幸せな結びつきとなる。百人もの女性、あるいは男性の中から、ただひとりの女性、あるいは男性と結ばれるのは、そこに両者の親和力が発動するからにほかならない。

山についても川についても同じことが言える。ある人は剣山《つるぎさん》を好み、ある人はアラスカのマッキンリーを好む。ある人は四万十川を好み、ある人はタイのメコン河を好む。そこに親和力が発動した時に、人はなぜか知らぬがその山なり川なりと結ばれるのだ。

星についても同じことが言える。全天の、無数とも言える星々を幾晩も眺めていると、そこにおのずから魅かれる星と、それほどでもない星の区別が出てくる。自分の霊魂がそこから来た星はどれか、自分の霊魂がそこへと帰って行く星はどれかと、真剣に幾晩もかけて自分の星を探すならば、やがて親和力が発動し、その星が見つかるだろう。

オリオンの三つ星がぼくの星となったのは、そのような経緯を経てのことで、ひとたびそれが自分の星と決まると、宇宙の只中にぼく達はもうひとりの自分を持つことができる。そこから自分が生まれてき、そこへと帰還する自分の星を持つことができるのである。

「明けましておめでとうございます」

あまりにも平凡だが、ぼくはそのオリオンの三つ星に向けて、合掌をして新年の挨拶《あいさつ》を送った。

「ぼくがより深くぼく自身でありますように。家族も島人達も健やかに仕事にはげめますように。世界に平和と実りが見られますように」

それから、谷の水でヤカンをよく洗い、とぷとぷとヤカンを沈めて、あふれるほどの若水を汲む。

ぼく達は、その谷川の水が、きのうに変わらぬただの谷水であることをむろん承知している。それにもかかわらずその水は、事実として新しい年を迎えたその最初の新しい水なのであり、古来島人達が、そして日本人が〈若水〉と呼んできたカミなる水なのであった。

その水をどう使うかと言えば、わが家の場合であれば、元日の朝に最初に神仏に捧げてから飲むお茶にその水を使い、雑煮の汁用に使う。

東北の大工

一

森の中で暮らしていると、自分の体の中にひそんでいる思わぬ能力を発見したり、取り戻したりすることが多くある。

その典型的なひとつが、自分（達）の棲みかをこしらえるという行為である。

都市での暮らしでは思いもよらぬことだが、森で暮らしていると、自然のうちに、自分の棲む場所ぐらいはなんとか自分で作れるだろうし、作ってみたい、という気持ちが高まってくる。一種の営巣本能のようなものが、甦《よみがえ》ってくるのである。

ぼくはどっちかというと不器用な方で、小学校中学校の工作の時間は大の苦手だったのだが、この島に住むようになってからは、いつのまにか不器用なりに自分（達）の棲みかを自分の手でこしらえる習性が、身についてきた。

家の本体は別にして、これまでに前庭に子供用の小さな独立した部屋をひとつ建てたし、三坪ほどの細長い台所を家の東南側に建て増ししたり、さらには西側に寝室用の六畳間を建て増ししたりしてきた。

本職の大工から見たら、不細工なものを作りおってと笑うかもしれないが、ぼくからすれば、あれこれ考えながら自分なりに自分の巣を作ってゆくことは、なにものにも替え難い楽しみ、喜びのひとつなのであった。

家というものは、むろん立派であってもかまわないが、基本的に雨風を防ぎ、暑さ寒さを防いでくれるものならそれでよい、という美学と哲学がぼくにはある。不器用な者が考え出す不器用な美学であり哲学だが、それもひとつの偽らざるぼくの人生である。

縄文人の家だって家だったのだから、柱や板や鋸《のこ》や釘《くぎ》の使える現代の家は、それと比較すればどんなに不細工でも豪邸とならざるを得ない。

昔、といってもつい三十年ほど前のことだが、ぼく達が「部族」という呼び名で対抗文化《カウンターカルチャー》運動を展開していた頃、長野県の入笠山の麓で、「雷赤鴉族《かみなりあかがらすぞく》」という場を作ったことは前章にもちょっと書いた。

その当時のことで、今でもぼくに深い印象として残っているのが、〈かたつむりハウス〉と呼ばれた小屋作りである。協働で、メインハウスと呼ばれた大きな木造の家を建てる一方で、その地に入り込んだ若者達は、各自で〈かたつむりハウス〉と呼ばれたねぐらを、一日か二日で作り上げた。

森からビールびんほどの太さの、比較的真っ直ぐな木を何本か伐《き》ってきて、それを円錐状に上部をロープで結び、その上に刈ってきたススキやカヤを束ねてかぶせるだけの代物《しろもの》で、ちょっと強い雨が降れば内部もずぶ濡れになるが、小雨程度ならそれでも充分に防ぐことができた。

若かったからそんな無茶を楽しむことができたのだが、その〈かたつむりハウス〉の経験を通して、ぼくの体の中には、家というものは器用不器用を問わずに自分で作り、基本的には雨風と暑さ寒さを防げるものであればよい、という考え方が叩き込まれたのである。

二

西側に張り出した六畳分ほどの寝室の部屋が、この一、二年次第に雨洩りがひどくなってきていた。

猿が屋根で暴れて瓦の列を崩すせいもあるが、部屋を支える角の柱の一本が完全に腐って、土台から無くなり、部屋の全体が前のめりに傾いてきたのが大きな原因である。そのせいで、

サッシのガラス窓もゆがみ、窓を閉めても上部に三センチぐらいのすき間ができる。

南の島とはいえ、北西の風がごおごお吹き荒れる冬は、ぼくらの住む谷間はずいぶんと寒い。腐って無くなった柱の部分や窓のすき間から、夜通しびゅうびゅう風が吹き込んでくるし、雨が降ればぼたんぼたんと頭の上に雨水が落ちてくるので、これはもうすでに家というものの原則に反したものだといういうほかはない。


この一年来、腐った柱一本を入れ替えて部屋の前のめりをなんとか持ち直す方法はないかと考え、それとも部屋全体を建て直すかと考え、まあこのままでもいいかと一日延ばしにしてきたのだが、ようやく今年に入って全部を新しく建て直すことに心を決めた。


ちょうど大寒節に入った一月二十日の日に、

「今日から部屋の取り壊しにかかるよ」

と、ぼくは家族に告げた。

部屋を取り壊すには、まず瓦をはがさねばならない。

暖冬だった今年の冬も、大寒に入ったその日から急に冷えてきて、例年のように北西の海風がびゅうびゅう吹き荒れ始めたが、久しぶりに脚立《きゃたつ》を立てて屋根に登ると、自然に屋根の上にしかない緊張感と解放感が湧き起こってきて、風さえもむしろ心地よいものに変わってゆく。

瓦を張る時には、軒から順番に上部へと重ね上げてゆくのだから、それをはぐ時には、逆に上部から一枚ずつはがしてゆけば、力はほとんど要らず楽な作業である。母家の屋根に接続してそのまま下方に延ばした瓦を切り離してはがしながら、ぼくはあらためて瓦というものの仕組みに感心する。ただ重ねてあるだけで、どんな台風が来てもめったにそれが吹き飛ばされないのは、前面を除いた左右と上部が互いの瓦によって組み重ねられ、おのずから強力な一枚岩のようなネットワークを造形しているからだ。

その代わり、一枚がはげると次のもはげ、全体がばらばらと持って行かれることも、台風の時には起こる。瓦職人という専門職が居るのは、一枚一枚の瓦を一ミリの狂いもなくきっちりと組み合わせてゆくには、当然それなりの経験と技術が必要だからだが、ぼくのような素人でも、瓦という素材のいいなりに組んでゆけば、なんとか雨が洩らない程度には組み上げることはできる。

その瓦をぼくが葺《ふ》いたのは、ちょうど十七年前のことになる。なぜ年数を正確に覚えているかというと、この一月二十三日に満十七歳になった息子が、出来上がったばかりのその新しい寝室で、自宅分娩で生まれたからで、その時部屋はできていたが、出入口のドアがまだ完成していなくて、そこに急遽《きゅうきょ》シーツのカーテンを張ってお産をさせたことをよく覚えている。

だから、素人葺きの瓦といえども、少なくとも毎年二、三回は来る台風に吹き飛ばされず、十七年間はもったことになる。

一枚一枚と瓦をはがして、庭に放り投げながら、その間に亡くした妻のことなどもおのずから思い起こされてきたが、屋根の上という場所は追憶に耽《ふ》けるにはあまり適した所ではない。

面白いと思ったのは、瓦と瓦のわずかなすき間の中で、ゴキブリやムカデや、クモやヤモリ達が越冬をしていたことである。そこで、ぬくぬくとかどうかは分からないが、冬ごもりをしていた虫達は、瓦がはがされるたびにあわてて逃げ出してゆく。残っている瓦のすき間へ逃げ込んでゆくのだが、それもはがされるから、次第に下へ下へと追いつめられてゆくわけで、最後にはむろんもう逃げ場所がない。

わずか三坪、十平方メートルばかりの屋根の部分に、数十匹のアブラムシとムカデとクモとヤモリがいて、これでは時折のことだが、寝ている時に布団の中にムカデが這い込んでくるのも、無理からぬことと分かった。

三

ぼくの野外での仕事は、昼食を終えたあとの午後二時頃からと決めているので、日が短い今頃は午後の時間はあっというまに過ぎてしまう。

瓦はがしだけで一日目が終わり、二日目にはその下に張ってある平木《ひらぎ》はがしに取りかかった。平木というのは、よその地方ではあまり使わぬと思うが、たて二十センチ、幅十センチほど、厚さが二、三ミリほどのうすい板状のものを深く重ね合わせて打ちつける工法である。

一枚一枚の平木はぺらぺらのうすいものだが、それを小釘で打ちつけ、さらに半分以上も重ねて次の平木を打ちつけることを連続してゆくと、意外なほどしっかりした組み上げになって、平木を張っただけでも少々の雨なら洩らない。屋久島の伝統的な木造の家は、すべて平木張りの屋根下地を使っており、棟上《むねあ》げの手伝いに行く時などには、その平木打ちの作業が手伝いの主な内容になる。

柱が立ち、梁《はり》と桁《けた》が上がり、頂上の棟木《むなぎ》が上がり、そこから屋根の形に垂木《たるき》が打ちおろされ、垂木の上にノゴメと呼ばれる横木が打ちわたされるのが、村の共同作業による棟上げの午前中の作業で、午後からは大体その平木打ちの作業にかかる。大きな家なら、二十人も三十人もの人達が加勢に来ているから、その人達がいっせいに屋根に登って平木打ちに取りかかる様は、なかなかの壮観であると同時に、村人の共同意識が深められるまたとない機会でもある。瓦と同じく、軒から棟へと順次打ち上げてゆくのだが、普通この作業はふたり一組でやる。ひとりが平木を定位置に置くや、ひとりがそれを素早く小釘で打ち止める。十組、二十組が平木打ちをするとなると、おのずから速さの競争になり、他の組に敗けないように必死になって打ちつける。他人の家を手伝うのだから、良心と善意が支配して、平木を置く定位置、打ちつける小釘に手を抜くことなどは決して許されない。

ぼくもこれまで、何軒もの家の棟上げに呼ばれて加勢に行ったが、平木打ちの作業ほど息が抜けず、また楽しい作業は少ないと思う。

そういうわけで、自分の家の寝室を建て増した時にも、母家の屋根下地と同じ平木葺きをしたのだが、その時にはすでにぼくも見よう見まねでその基本的な工程だけは分かっていた。

十七年経った今は、瓦と同じく逆にそれをはがしてゆく。打ちつけるよりはがす方がさらに簡単で、一枚ずつめくれば、ベリッと紙でもはがすようにはぎ取れてゆく。けれども瓦と違って、わずか三坪といえどもそこには無数の枚数の平木が打ちつけてあるので、それが結構手間のかかる作業になった。

ちょうどよい具合に、小学二年の息子が学校から戻って顔を出したので屋根に呼び上げ、はがす要領を教えるとすぐに呑み込んで、一緒に作業をすすめる。平木をはいでしまえば、あとは四十センチ間隔ほどの垂木と横木のノゴメがあるだけだから、下の室内が丸見えになってくる。

わずか一時間ほどの、息子との共同作業だったが、彼の胸にはぼくと一緒に平木をはがしたことが、そこから見下ろした壊されてゆく室内の様子と共に記憶されるにちがいない。生活をするということが、多分そのようにして、世代から世代へと伝えられてゆくのだ。

四

二日間の作業で瓦と平木をはがし終わり、三日目からは部屋の本体の取り壊しにかかった。不思議なもので、屋根に登って横木のノゴメの一本一本をバールではずし、さらに一本一本の垂木をはずすかなり厄介な作業をすすめていると、すっかり忘れ果てていた十七年前の、それを逆に打ちつけていた時のことがおのずから思い出されてくる。

その頃は、Sさんが麓の一湊の村からちょくちょく上がってきて、わが家の地続きの自分の土地に梅の苗木を植えていた。むろん花を見るためではなく、実を採る目的の梅園を作ろうとしていたのだが、家作りをしているぼくの所にもよく顔を出して、一緒に茶を飲んだりタバコを吹かしたりしながら、大工仕事のあれこれについてさりげない助言を与えてくれた。

「おう、東北の大工な、今日も気張っちょいか」

というのがSさんの口癖で、愛用のしんせいのタバコの箱をぼくの胸に突きつけて、一本取れとうながす。こちらもむろん自分のタバコは持っているが、遠慮せず一本をもらって、一緒に一服する。

「東北の大工」という呼び名はSさんの造語で、それはどうやらこの地のやり方も何も知らない、遠くからやってきた素人という意味らしいのだが、その呼び方の底には暖かいものがあって、呼び掛けられるぼくとしては悪い気はしなかった。

Sさんは大工ではないが、島人の常識として、ちょっとした小屋くらいは自分でこしらえる大工技術は当然持っている。船に乗ればたちまち漁師になれるし、山へ入ればそのまま優秀な樵《きこり》にもなれる。梅の苗木を植えていたその時は農夫だったわけだが、本職は屋久島電工という島で最大の会社のボイラー工だった。

ぼくは、島の生活の実際というものを基本的にそのSさんから学んだ。漁にだけは出なかったが、山の木の伐り方やそのさばき方、畑の作り方、開墾の仕方など、Sさんの仕事を手伝いながら教えてもらったことはかぎりなく多い。

島には、海で十日、山で十日、畑で十日という言い方があり、季節や天気に準じていつでもどこでも働けることが、人間の立ってゆく条件とされる。むろんそれぞれの分野のプロはいるが、プロだけにまかせず見よう見まねで、どんな技術も身につけてゆくのが島の生活というものであることを、Sさんは体で教えてくれたのだ。

そういう生活を、ぼくは全人格的な生活と呼び、敢えて正しい生活とも呼びたい。人間の中には、単にコンピューターを操るだけではない、人類史の四百五十万年にわたって獲得してきた無限の能力が、今も秘められたままで眠っている。その能力を目覚めさせ、新たにこの地球というフィールドにおいて活用してゆくことこそが、アウトドアの本当の魅力であり、意義でもあると思う。

偉そうなことを書くと、東北の大工が何をほざくかと、Sさんから叱られそうだが、一週間ほどかけて、ようやく部屋の解体を終わり、さら地になった裏庭に立って見ると、さあこれからどんな家を建てようかと、少年のようなあれもこれもの夢が湧いてくる。

アオモジの満開の花

一

今年の春は早い。

ひどく冷えたのは二月初めの三、四日だけで、立春を過ぎると最低気温が十度をきることがなくなり、中旬には最高気温が二五度を超えて、夏日になってしまったこともあった。いくら南島の屋久島でも、こんな年はめったにあるものではない。早くもツツジが咲き出し、桃も咲き出して、風景としては完全に春なのだが、まだ二月、という気があるからそれらを安心して眺めることもできない。

白木蓮《はくもくれん》も、例年よりは二週間ばかり早く、立春過ぎには咲きはじめた。早いことは早いが、これは二月の花という気持ちがあるので、ツツジや桃の花を見るような違和感はなく、早春を告げるありがたいカミの花として、今年も心から楽しむことができた。

同じ木蓮でも、赤紫色の花をつける種類があるが、ぼくはその色のものはあまり好きになれない。ぼくにとっては木蓮は白木蓮でなくてはならない。宮沢賢治の童話に「マグノリアの木」という名編があるが、そのマグノリアというのは木蓮科の樹木の総称ラテン名で、コブシ、ホオノキ、オオヤマレンゲ、ダイサンボクなどは、木蓮も含めてすべてマグノリアと呼ばれる。花の大きさに大小の違いはあっても、コブシをはじめとするマグノリア達はすべて心が締めつけられるほどの純白の花を咲かせることが特徴である。

賢治の「マグノリアの木」は多分コブシのことで、いちめんに野生のコブシが咲きそろっている山谷と高原を舞台にした物語だが、その中で賢治は、その花を〈覚者の善〉と呼び、また〈如来の寂静印《じゃくじょういん》〉とも呼んでいる。

コブシの花の純白を〈覚者の善〉と受け、〈如来の寂静印〉とも感受したことは、一生を法華経の道に捧げた宮沢賢治ならではのことだが、その作品を読んで以来ぼくのマグノリア憧憬はいっそう高まり、屋久島には野生のマグノリア族は自生していないゆえに、十年ほど前にとうとう庭木として一本の白木蓮を植え付けた。

その後コブシとオオヤマレンゲも植え付けたが、それらは育たず、白木蓮だけが順調に育って、四年ほど前からは花をつけてくれるようになった。まだ高さ四メートルほどの若木だが、今年は三、四十個もの花をつけてくれて、その〈覚者の善〉、あるいは〈如来の寂静印〉を自分の庭で楽しむことができた。

二月の空に三、四十個もの大きな白い花が咲くと、ただそれだけのことで人は幸福になる。自分の人生を、これで肯《よ》しと瞬間的とはいえ肯定することができる。

屋久島には、昭和四十五年、日本山岳会のエヴェレスト登山隊の一員として、植村直己さんと共に日本人としてはエヴェレスト初登頂を果たした松浦輝夫さんという人が移住してきているが、その人がこの島で今何をしているかというと、熱帯魚を飼育し、蘭《らん》を栽培し、陶器の製作に熱中されているとのことである。

松浦さんの例を引くまでもなく、人生には様々な局面があり、人には様々な生き方、行き方があるのは当然のことだが、ぼくの考えによれば、エヴェレスト峰に初登頂するというようなビッグな喜びも、一本のコブシの花に〈覚者の善〉を感受することも、それがその一瞬に極まった喜びであることにおいては同じである。

日常生活の一瞬において、人生はこれで肯しと心の底から肯定することができれば、なにも厖大《ぼうだい》な費用と労力をかけてエヴェレストまで出かけて行くこともない。

むろんそれは、植村直己やかつての松浦輝夫の生き方を否定するのではなく、日常生活の中にも、よく見、感じさえすれば、彼らが試みたのと同様の登山、あるいは冒険が深く秘められてあることを伝えたいのである。

今年の白木蓮の花からぼくが学んだことは、その花が咲いた時に、同時にぼくも咲いたのだ、と知覚させられたことだった。

白木蓮の花が咲いて、ただそれだけのことでむしょうにうれしくなり、幸福になるのはなぜだろうと考えてみると、花が咲くというそのひとつの現象がぼくに映るからにほかならない。ぼくというのは生きているカメラの中の一本のフィルムのようなもので、外界の対象を映してはそれによって喜んだり悲しんだりするのだが、そのような感情が起こってくるのは、フィルムが生きているせいで、花が咲けばぼくもまた咲き、花が散ればぼくもまた散ってしまうからではないだろうか。

人間の生命というフィルムは、外界のあらゆる対象に感応して喜怒哀楽の感情を持つが、その感情は、生命の最も深い領域で作用している〈共振性〉という本質に基づいて引き起こされるものではないだろうか。ぼく達の遺伝子には、ぼく達がまだ植物であった時代の記憶が明らかに残されていて、一個の花が開けば隣りの枝の花も同時に開く生理のように、ぼく達自身もおのずから花開いてしまうのではないだろうか。

ぼく達は長い文明史の時間をかけて、ぼく達という人類を自然から引きはがす方向で、都市空間に象徴されるような人類独自の文明構造というものを作り上げてきたが、それは同時に生命の共振性という根源の生理を切り棄《す》てて、自己同一的な人間専門の構造を作り上げること

だったような気が、ぼくにはする。それはそれでむろん大きな成果をもたらしはしたが、それでぼく達が幸福になり、人間社会が幸福になったかといえば、そのようなことは決してなかった。現代における最も病んだ社会がアメリカ社会であり、最も病んだ個人がアメリカ人であることひとつを取り上げてみても、それは明らかなことであると思う。ぼく達の淋しい文明は、必ずこれまでとは異なる方向へと展開されてゆくのでなくてはならない。

その方向性が、これまでのように個人と個人が分離し、文明と自然が相反するような展開ではなくて、個人と個人がその根底において不可避にネットワークし、文明と自然が渾然一体であり得るような、全生命的な新たな展開であることは言うまでもあるまい。

今年の白木蓮の花が教えてくれたことは、このようなぼくの文明論に当然かかわってくることであるが、白木蓮が咲けばぼくも咲き、白木蓮が散ればぼくも散るという、生命の根源的な共振性についてであった。

二

大工というと、棟《むね》を上げたり桁《けた》を組んだりの躍動する姿を思いがちだが、実際の作業の大半は、材木の寸法を取って、そこに枘《ほぞ》を作ったり枘穴を彫ったりの、地味で緻密な仕事で占められている。

柄作り、柄穴彫りにも最近はそれ専用の電動具があって、本職の大工は当然それを使うが、ぼくのような素人は昔ながらのノミとハンマー、鋸《のこ》を使って刻んでゆくほかはない。

白木蓮が咲いている道路に面した庭に積んだ角材を、一本また一本とかついで、四、五十メートル離れた建築現場に運び、そこで自分なりに引いた設計図に従って、柱に仕立て、桁に仕立ててゆくのが、この一ヶ月来のぼくの仕事だった。

設計図というほどのものではないが、ぼくの下案《したあん》によれば、母屋に引き継いで左右に柱を四本ずつ合計八本立て、その上に四本の桁を載せる。柱材は三寸五分（約十センチ五ミリ）角を使い、桁材は厚さ三寸五分幅五寸角の少し重いものを使う。床の骨組みも同じく三寸五分角の角材を使う。

その設計に従って、必要な柄の数は、わずか三坪の小部屋ながら四十個ほどになり、柄穴の方も同じ数だけ彫らなくてはならない。

寸法に従って、ひとつひとつの柄と柄穴を正確に刻み上げてゆくのは、根気のいる緻密で静かな仕事である。ぼくのように大ざっぱな性格の者には、その作業はいくぶん修行めいた感触さえあるが、実際に取り組んでみればそれがかえって無上の楽しみにもなる。ノミの一打ち一打ちによって、確実に結果が出てくるその工程は、種をまいてから芽が出てくるまででさえ一週間もかかる畑仕事とは大違いだ。

大雨の日は別にして、雨の日でもぼくは上下の雨合羽《あまがっぱ》をつけて、毎日材の刻みにいそしんだ。部屋作りを急いでいるわけではなくて、午後になるともうそれをせずにはおれないほどに、金《かね》尺《じゃく》とノミとハンマーと材の世界がぼくをとりこにしてしまったのである。

ノミ仕事の中では、知っている人なら誰でも知っているが、知らない人はまったく知らない不思議ともいうべき事柄がある。

それは、ノミをハンマーで打つ時に、眼をノミの刃先から離さずに打てば、ハンマーは百発百中問違いなく自然にノミの頭を打っているという事実である。

釘《くぎ》を打つ時、人間の眼は釘の頭と針先を同時に見つつ、釘の頭をハンマーで打つわけだが、ノミの場合には、ノミ自体の長さが二十センチ近くあることと、刻むノミの刃先に全神経を集中させなくてはならないことがあいまって、ハンマーを打ちつける頭の部分に眼をやることができない。ところが面白いことに、ノミの刃先にさえ神経を集中してハンマーを打てば、その頭の部分を見ていなくてもハンマーは百発百中自然にそこに当たって、はずれることは決してないのである。

言葉にするとばからしいようなことだが、実際にノミの作業をしている時には、全神経をノミ先に集中しつつ、右手が勝手に動いてハンマーを打っているような快感があって、それがその作業の喜びの中核にあることは、ノミを使ったことのある人なら誰でも知っていることである。

白木蓮が咲き、やがて散ってゆくのを眺めながら、一本の材を仕上げたらまた一本を運んで刻むことをくり返してきたのだが、そのことに関して、ノミ使いと同様に誰でも知っている不思議な事柄をもうひとつお伝えしよう。

一本の角材は、桁材なら六、七十キロ、柱材でも五、六十キロはあるだろう。それをかつぎ上げて作業場まで運ぶのだが、ちょうどその材の真ん中の位置に肩をあてがえば、それだけの重量のものをウソのように軽々と運ぶことができるのは、多分子供でも知っている事実である。材の真ん中とおぼしき部分に肩を入れ、全身を腰力《こしぢから》にしてかつぎ上げつつその位置を微調整すると、材がすっと軽くなるある一点にぴたりと決まる。たあいのないことだが、決まったその一点に支えられて白木蓮の花を眺めながら材を運んで行くのは、ぼくにとっては、人生はこれで肯しと心から肯定できる、またとはない時のひとつであった。

三

本職の大工であれば、すべての材をまんべんなく刻み了《お》えた段階で棟上《むねあ》げにかかり、たくさんの人の加勢を得て、棟上げそのものは半日ほどで終わってしまう。

ぼくの場合は、ある程度材の刻みを了えた時点で、新しい部屋の形を現実化してみたい衝動のようなものが働いて、高二の息子の学校が休みになる第二土曜の午後に、彼の手を借りてふたりで棟上げならぬ桁上げをやってしまった。

垂直に八本の柱を立て、それが倒れないようにそこらの古垂木《たるき》を四方から斜めに打ちつけて支えておき、ふたりで桁材をかつぎつつ左右ふたつの脚立《きゃたつ》を登り、それを柱にはめ込むだけのことだが、これはなかなかに大変な作業である。綿密に仕上げたつもりでいても、いざ桁材を柱材にはめ込む段になると枘穴が合わなくて、脚立の上で肩で桁材を支えたまま、柱材に刻んだ枘をノミで削らねばならぬことが一度ならず起こった。

それでも四本の重い桁を次々となんとかはめ込み、垂木をその上から仮打ちすると、それで桁上げは終わり、部屋の形の枠組だけはその日の内に出来上がった。

次の日からはまたノミの作業に戻り、床材の刻みに入った。妻の手があいている時には、彼女にもノミ作業の楽しさを味わってもらうべく手伝ってもらって、ふたりでコンコントントンと単調な枘作り、枘穴彫りの作業を続けた。

もう外枠はできているから、一本の床材が仕上がればそれをはめ込み、また一本仕上がればそれをはめ込んで行くだけで、遅々とはしているが少しずつ部屋の形が出来上がってゆく。

ある雨の日に、上下の合羽をつけてひとりで仕事をしていた。通し物《とおしもの》と大工は呼ぶのだが、一本の材をそのまま通して床を仕切る部分の作業が終わったので、そのまま濡れそぼった石に腰をおろしてタバコに火をつけた。

雨の中で一服するタバコというものは、特別にうまいものである。その日の作業に満足しながら、ゆっくり一服していると、突然、二十メートルほど先の川土手にアオモジの花が満開に咲いているのが眼に入ってきた。

アオモジこそはこの島の春を告げる、根っからの野生樹だが、家の附近には自生していないはずだった。それが目と鼻の先に、しかも満開に咲いていることが信じられず、ぼくは腰をあげてわざわざそばまで確かめに行った。そんなことをするまでもなく、それは正真正銘のアオモジである。ぼくは大声で家の中の妻を呼び、そのことを知っていたかをただしたが、妻もやはりまったく気づかなかったと言い、ふたりで呆然とその花を眺めた。

ぼくは二十年以上この地に住み、妻ももう十年近くここに住んでいる。そしてふたりとも、白木蓮と同じほどに、というより野生ゆえにそれ以上に、春を告げるアオモジの花を愛していたのだ。それを、隣りのSさんの土地とはいえ、目と鼻の先にある樹にふたりともまったく気づかなかったとはなんたることか。

雨に濡れている分だけその淡黄色の花は重量感を増して、ぼく達の長い年月のうかつを笑っているかのようであった。ぼく達の見る力、感じる力などは、自然生命が保持している無限力の中にあっては、無いも同然のものであることを、その花は告げているかのようであった。

とはいえ、まことに遅まきながらも、ぼく達は、その日そのアオモジの樹に出遇った。信じられない出来事が、厳然として起きるという不思議感覚において、その樹に出遇うことが恵まれたのである。

二月ももう終わろうとしているが、来年からは、白木蓮に加えてそのアオモジの樹が、Ｓさんの土地に自生しているものではあっても、人生はこれで肯しとする根源からの肯定の一瞬を、ぼく達に与えてくれることはもう間違いない。

四十億年の生命の展開の流れの内にあるぼく達に、白木蓮に限らずアオモジに限らず、〈共振〉の感動を引き起こす核心物は無限にあるはずである。

その核心物を、ぼくはカミと呼び、それを探し求めてゆく日常の旅行為を、新しいアニミズムと呼ぶのである。

森羅万象の中へ

一

コスモ石油という会社が発行している、『季刊ダジアン』という雑誌はなかなか面白い。毎号特集を組むのは雑誌の常だが、『ダジアン』の場合は、樹なら樹、星なら星、蟻なら蟻という特集を組むと、それ以外の記事は一切載せず雑誌まるごとがそのテーマにしぼり込まれる。

この春号の特集は「鰯」で、鰯にかかわりの深い専門家やカメラマンが三十数名も登場し、徹底的にそれを洗いあげている。三十ページそこそこの小冊子だからむろん限界はあるが、目次を見ると、〈イワシの祖先〉、〈貝塚が語る縄文人と鰯〉、〈平安の女房たちと鰯〉、〈九十九里浦いわし漁〉、〈イワシと環境ホルモン〉等々、ちょっとした鰯百科事典のおもむきである。二、三時間もかけてそれを読めば、読者はいつのまにか、この世界には鰯世界とも呼ぶべき特別の世界があることを知り、またそこに専門にかかわって人生を送っている多くの人達がいることを知るようになる。

その人達にとっては、世界とは鰯を通して見られた鰯世界なのであり、いわばイワシ一匹の内に世界が宿っているのだということを知る。それを大いなる世界と呼ぶか、ケチな世界と呼ぶかは人次第だが、同誌の中に、

「以和志《いわし》」のこころ

安くて美味《おい》しくて、成人病の予防にも役立つ心強い魚であるのに、サカナ偏に弱しで「鰯」と書いて、いわしと読まれている気の毒な魚である。この弱い魚を何とか強いと認め、利用してもらおうと、「日本いわし食用化協会」副会長としての仕事に、齢九十を迎えたいま、余命を捧げて走り廻っている……。——以下略

というエム・シーシー食品会長の水垣宏三郎さんの文章などを読むと、必ずやこの人は大いなる〈以和志〉の世界に住み、〈以和志〉にその最後の瞬間までの人生を捧げつくして行かれるだろうと思わずにはおれない。

わざわざ雑誌の記事まで引いてこんなことを書くのは、この春ぼくとしても、鰯とは関係が

ないが、少し似たところのあるたあいないと言えばたあいないが、そのじつは大いなる世界というものを味わったからである。

三月半ばの暖かく晴れた午前に、書斎の仕事を一区切り終えて、畑の中に据えつけてある木の切株の処へぼくは一服しに行った。あまりに上天気なので、同じ一服するなら春の光を全身に浴びながら吸おうと、鹿除《よ》け用に張った網をくぐって畑に入って行ったのである。

午前中は書斎、午後からは戸外の仕事と日課を決めているが、ここのところその戸外の仕事はずっと大工仕事をしている。畑の方は妻にまかせっ放しだったから、ぼくとしてはそこに入るのはずいぶん久しぶりのことで、ただ一服する目的だけのためとはいえ、何かわくわくするような新鮮な気持ちがあった。

暖かい陽射しの中で、気に入っている切株に腰をおろして眺めわたすと、驚いたことにあたりいちめんにもう青草がびっしりと繁り立っていた。畑だからむろんそれなりに野菜達も育っていて、菜の花が咲き大根の花が咲き、絹さやえんどうの可愛い花も咲いているが、そういうものをすべて包みこんで畑の全体がびっしりと青草におおわれていたのである。

その勢いに、ぼくの体は感動した。

わが家の畑は自然農法だから、もとより雑草を敵とはしていない。知らない人が見れば、冬の間でも畑なのか草地なのか見分けもつかないほどである。

その草達が春の光と温度を浴びて、今こそ時とばかりにいっせいに繁り出したのだから、それは物言わぬ生命の爆発そのものでさえあった。青々と繁ったその豊穣の密度こそが、草達の生命の物言わぬ大歓声だったのである。

その無言の歓声を聞きながらぼくが思ったのは、ぼくという生命もまたその青草達と同一のものであり、より深くはぼくの命はその青草達に属しているのだ、ということであった。

人間は本来、水と光に属している生きものである。土と空気に属している生きものである。人間がいかに人間の文明文化を誇り、独立した個人であることを誇り、意識を持つ存在であることを誇ったとしても、その生命の本質が水と光に属し、土と空気に属しているという、より深い事実から脱出することはできない。

そうであるからにはぼく達は、一グラムの土の内に数億もひしめいているという、大地なるバクテリア達の生命にも属しているのであり、その上にびっしりと繁茂した草達にもまさしく属しているのだ。

青草達は、ぼく達の命の祖先であり、故郷であり、今ここで共に生きて喜びを放っているという事実においては、兄弟姉妹でもある。

一本のタバコをゆっくり吸いながら、ぼくはそんなことを感じ、あらためて兄弟なる、姉妹なる青草達の物言わぬ歓声を、そのびっしりと繁り立った青の色の内に眺めたのだった。

二

この季節の屋久島は、サクラ流しとも菜種梅雨とも呼ばれて、雨が多い。家建ての方はその中で少しずつ進んで、いよいよ屋根を葺《ふ》く段階まできたのだが、雨降りでは屋根は葺けない。

少々専門的になるが、ぼくの今度の屋根構想は、下地を平木葺《ひらぎぶ》きはやめにしてのぢ板を張りわたすことにした。その上に雨音を防ぐための厚さ五ミリほどのスチロールを敷き、その上にさらにアスファルトルーフィングと呼ばれる水洩れ防止用の屋根材を敷きつめる。さらにその上に、カラーコロニアルと呼ばれる瓦代わりのスレートのような新建材を固定する。

四段重ねの内、三段目のルーフィングまでは張り終えたのだが、最後のコロニアルの段階になって雨の日が続き、三日間ほどは手をこまねいて待つほかはなかった。

毎晩ラジオの天気予報に耳をすますが、停滞した春雨前線は動かず、四日目にしてようやくその雨が止んだ。

午前中は書斎の仕事、戸外の仕事は午後からのペースは決してくずさずにきたのだが、朝起きてうす陽が差しているのを確かめたその日ばかりは、丸一日をコロニアル葺きに使うことに即座に決めた。幸いその日から高二の息子も休みに入ったので、妻と合わせれば三人の手がある。天気予報は次の日からはまた雨と告げているので、一息に屋根を葺き上げるにはまたとない日であった。

　朝飯を終えると、すぐに息子とふたりでコロニアル板を屋根に上げる作業にかかった。縦四十センチ、横六十センチ厚さ五ミリほどもある一枚のコロニアル板は、重さも四、五キロほどはあるだろう。それを二枚ずつ脚立《きゃたつ》を使って息子に運び上げさせ、屋根の上からぼくが受け取る。全部で百枚ほどを屋根に上げておいて、次にはそれを一枚ずつ寸法を合わせながら専用の釘《くぎ》で打ちつけてゆくのである。

　硬質のスレートのような板だから、それは釘を強く打ちすぎたり、打ち損じれば割れてしまう。細心の注意を払いながら、息子とふたりで一枚一枚と打ち重ねている内に、台所の後始末を終えた妻も屋根に登ってきて、理想的な三人の体制が整った。

　コロニアル葺きには、どうしてもそれをサンダーで切断する作業や、ドリルで穴あけをする面倒な作業が伴うのだが、それをもっぱらぼくが引き受け、ふたつの電動工具を交互に使って、ただ組み合わせて釘打ちをすればよいように仕上げてふたりに渡す。

　屋根の上で盛大に電動工具の音を響かせながら作業を進めるのは、専門職になったようでちょっと気分のいいものである。ぼくは日常的には電動工具は使わないので、今回もふたつとも友達から借りてきたのだが、その偉力はじつにすごい。

通常の人間の能力からすれば、一枚のコロニアルを切断するだけで一時間かかるかもしれないものを、サンダーを使えばひと唸《うな》りキーンと轟くだけで切断できる。釘穴をあけるにしても、手動であればそれなりの時間がかかるが、電気ドリルを使えばスイッチを入れてぐいと押し込めばそのまま穴があいてしまう。

各種の電動工具を通して、人類が獲得した能力というものはすさまじいもので、ただの手の能力に比べればそれは数十倍、数百倍、数千倍にものぼるだろう。

素手の人間が、電動工具を使うだけでただちにその数十倍、数百倍、数千倍の能力を獲得できることは、まさしく神力を獲得したようなものである。ぼくとしては、その神力、その文明の進歩を敢えて否定する気持ちはない。ぼくだって屋根の上でその能力のはしくれを獲得してみれば、ちょっといい気分になり、サンダーやドリルという道具をほめ讃《たた》えてあげたくもなる。けれども、その電動工具や電動装置の総体がこの地球の山河を削り、都市を無制限に拡大させ、放射能や炭酸ガス、フロンや環境ホルモン等の際限のない増加という結果をもたらしたことを考えると、その神力は、半面において人間の悪しき欲望であることだけは自覚しておかなくてはならないだろう。

ぼく達は、ぼく達の数十倍、数百倍、数千倍の能力を持つ電動工具及び電動装置もろともに、この地球という自然に属し、青草達に属しているのだ。それはこれ以上はない深い事実であると同時に、これからぼく達が現実につくり出してゆかねばならない新しい惑星上のモラルでもある。

三

屋根葺きの作業はスムーズに進み、午後の半ばごろにはほぼ終わった。残されたのは、新しく葺いた屋根と元からの母家の瓦屋根をどうつなぐかという課題である。

これについてはあらかじめ、幅二十五センチ、長さ三・六メートルの銅板を逆Z字型に加工して、一方を瓦屋根の下に差し込み、一方をコロニアル屋根に固定する方法を考えていた。ところがいざ施工してみると、ここに一々は記せない欠陥が生じて、台風に敗けず猿達が走りまわっても大丈夫なように銅板を固定する方法があやふやになり、すっかり行きづまってしまった。

どうするか考えあぐねて屋根に座り込んでしまったぼくに、妻がふと、石を載せれば？　とアイデアを出した。

まったくそのとおりだった。

島では昔から、台風によって瓦がはがされるのを防ぐために、瓦の上に相当の重さの石を載せ並べるのが習慣である。近頃は瓦葺きの施工法が進んだのでそういう風景は見られなくなったが、二十年前にぼく達がこの島に移り住んだばかりの頃は、瓦屋根の家々にはほとんど石が載せ並べられてあった。

石を載せて、銅板と同時に軒瓦を固定する方法は原始的だが、その場合に考えられる最良の施工法だった。ただちにぼくは息子に川から石を集めてくるように頼み、息子が石を集めている間に、二間（三・六メートル）ものの垂木《たるき》で石がずり動かないような細工を屋根に施した。

大小のばらつきはあるが、一個十キロほどのまだ濡れている川石を二十個ほど屋根に載せ、銅板と同時に軒瓦を固定すると、それで屋根葺きは完了だった。

まったく原始的な施工法だが、そうであることがかえってぼくには満足だった。素材からすればカラーコロニアルというのは新建材で、仕方なかったとはいえそれを使うことにぼくはかなりの抵抗感があった。その負の感覚を最後の仕上げで、川石を置くことによって埋め合わせて終えられたことに、深い満足感があった。

一月の着工以来ほぼ二ヶ月を経て、とうとう葺き終えた屋根の上に三人で腰をおろして、一服しながらぼくはゆったりとあたりの風景を眺めわたした。

照葉樹の山はすでに新緑の季節にさしかかりつつあり、樹冠部から噴き出した新芽が、山全体をむくむくとした盛り上がりで飾っている。古い暗緑色の森の上に、今年の新しい若緑色が盛り上がってきている。その風景を妻はブロッコリーのようだと形容したのだが、彼女もぼくもそのブロッコリー現象になった春山をこそ愛していた。

もう何年も、共にこうして春を迎えているのだから、敢えてそれを言葉に出して確認することはしないが、この森があるからこそぼく達はここで満足して暮らすことができる。

人間が家をこしらえたり、畑を作ったりすることは、最上のことではないが、それは人間としては許してもらうほかはない、仕方のないことである。けれどもぼく達の魂の根源は、本当は森の樹々と共に、猿や鹿達と共に森の中にある。猿や鹿やイタチや野ネズミが森に属しているように、ぼく達も事実として森に属しているのだ。

人間は自らを勝手に霊長類と呼んで、この二千年をかけて類として思いあがってきたのだが、今にして明らかに分かってきたことは、石もまた霊長類であり、草達も蝶も、猿も鹿も、霊長類という言葉を許すならすべて霊長類であるということである。

森羅万象の生物、非生物の相互連鎖《ネットワーク》の内にこそぼく達の生命が存在し、従ってそこにぼく達が属しているのだという自覚は、一見すると、ぼく達がこれまで必死に求めてきた自由という価値観とは相反するもののように思われるかもしれないが、じつはそれは新しい自由の自覚でもあるのだ。百年も昔にフリードリッヒ・エンゲルスという思想家が言ったことだが、自由とはまさしく「必然の洞察」であるからである。ぼく達が、好き勝手なことをすることを自由と考えているかぎりは、ぼく達の社会にもぼく達自身にも永遠に自由はやってこない。

　自由とは、この天地そのものである非生物と生物として現われている摂理を洞察することからしか訪れてはこないからである。

　見わたしていた眼を庭先に落とすと、そこに白いコデマリの花が咲き出しているのが見えた。その花もまたぼくの大好きな花で、咲き出すのが待たれていたものである。この島では、コデマリと山桜の花から早春ではない本物の春がやってくる。

　屋根を葺き終えたぼく達を祝福するかのように、ちょうどその日にコデマリは咲き出してくれた。むろんその花にも、ぼくは属している。森羅万象は森羅万象として存在するのではなくて、必ず特定のあるもの、たとえばコデマリの花として、青草の群生として、鰯として、またブロッコリー現象の春山として、ぼく達の暮らしに喜びをもたらし、豊穣をもたらしてくれるのである。

四

三月の末から四月の初めにかけて、季刊の『グローバルマインド』という雑誌を発行しているガイヤトラストという団体が主催する、三泊四日の屋久島セミナーが行なわれた。

その内の午後の半日をインストラクターとしてまかされたのだが、ぼくとしてはあれこれ考えた末、この島で西部林道と呼ばれている県道の一部をただ歩いてみることに決めた。

西部林道は島一周道路の一部であるが、そのあたりは地形が急峻なため集落が形成できず、約二十キロにわたって無人帯が続き、道路の左右から生い繁った樹木がトンネルを作っている、原生に近い森の中の道である。

二十人ほどの参加者と共にただその道を歩くのだが、ぼくとしてはそれにつけて三つの条件を伝えた。

一、ゆっくりと決して急がずに歩くこと。
一、誰とも話さず、沈黙を守って歩くこと。
一、できれば、カミに出遇うつもりでそれを探しながら歩くこと。

カミという人間の深い喜びについては、これまでにも折に触れて記してきたが、ぼく達がそれに出遇って心からよかったと思えるものがあれば、それが草であれ、樹木であれ、岩石であれ、海であれ、人であれ、昆虫であれ、ぼくはそれをカミという言葉で呼ぶ。

なぜなら、カミというのは、太古から人間をして心からよかったと思わせてくれてきたものの総称だからである。それをカミなどとは呼ばず、ただ美しいもの、真実なもの、善なるもの、楽しいものと呼ぶことはもとより自由だが、その美しいもの、真実なもの、善なるもの、楽しいものをカミと呼ぶと、なぜかその瞬間にその楽しさ、善、真実、美しさはいっそう深まる。

　カミとは、すべての宗教団体を否定はせぬままに超越することができる、個人の究極の自由と喜びにかかわる事柄なのである。

　歩き始める前に、およそそのような短いコメントをしておいて、ぼく達は一時間ほどその西部林道をゆっくりと無言で歩いた。

　歩き終えて一休みしたのち、マイクロバスで宿舎に戻ると、そのまま参加者達に一室に集まってもらい、二十人ほどの人達ひとりひとりにその散歩の感想を話してもらった。

　それぞれの人のそれぞれの感想が語られたのだが、その中でひとりの女性の話がぼくには特に興味深く印象に残った。

　道路ぎわに苔《こけ》むして、露出している花崗岩の窪《くぼ》みに、しがみつくように自生している一株のツワブキを彼女は見つけた。ほかにも自生する場所はいくらでもあるだろうに、こんな場所に生えてしまった可哀《かわ》いそうな植物だと感じて、その根の張り具合を確かめようと眼を寄せると、その根方で一匹の蟻が、エサだか卵だか分からないが小さな丸いものをくわえて運んでいくところだった。どこへ行くのだろうと見つめていたら、その時ふいと風が来て、蟻がくわえていたものが吹き飛ばされてしまったのだそうである。

それがどこへ飛ばされたか彼女には分からなかったが、蟻はちょっとあわてた様子であちこち見まわしたのち、すぐにそばの小石の下からそれを見つけ出してくわえ、再び何事もなかったかのように窪みの土の中へと消えて行った。

それがカミの時だったかどうかは分からないが、その時自分の胸におのずから微笑みが洩れてきたことが、その約一時間の短い散歩の中で一番印象の深い出来事だったと、彼女は語った。

さて、これまで二十三回にわたってつづけてきたぼくの旅も、ひとまず終わる。

この間、ぼくなりに全身全霊をこめて読者に伝えたかったことは、それが地球上のどのような場所であれ、人がひとつの場所を自分の場として選びとり、そこに生死《しょうじ》する覚悟を深めるならば、その場において無限の旅が始まるという事実であった。それはむろん、実際のあれこれの旅行や冒険を否定するものではない。一生を漂泊者や冒険者として送ることも、ひとつの大いなる生死の仕方であろう。

けれども、ぼくにとって唯一無二の真実の旅は、ここに暮らす、ことの内にある。ここに暮らすということは、森羅万象の内にあって森羅万象に支えられながらそこに融和して生きることである。

森、川、海、草、虫、花々、都市、そして人間は、今やその存亡を問われるほどの危機に面しているが、ぼく達が霊長類などと思いあがることをやめ、森羅万象の中の一員としてここに生きることを始めるならば、小惑星でも衝突してこないかぎりは、少なくとももう千年や二千年の文明をこの地球はぼく達に許してくれるだろう。

それが最終の、希望というものである。

あとがき

この本は、一九九六年七月号から九八年六月号まで、丸二年間にわたって月刊『Outdoor』誌に連載したものを一冊にまとめたものである。

アウトドアというと、一般的には野外で様々に遊ぶことや旅行をすること、多少の冒険をすることなどのように思われているが、ぼくはその中に敢えて〈暮らす〉という視野を持ち込んだ。なぜなら、究極のアウトドアとは暮らすことにほかならないからである。

この二年間の暮らすという旅の中で、次第にぼくにはっきりとしてきたことは、ぼく達はこの地球に属し、ぼく達が暮らしているその地域に属しているのだ、ということであった。

そういう体感、あるいは考え方は、二年前に連載を始めた時点においてはまだぼくに明確に訪れてはいなくて、月を重ね、年を重ねるごとに少しずつ明らかになってきたことである。これは、ぼくとしては思いもかけなかった展開である。

何かに属することを何よりも嫌悪してきた自分が、連載を重ねるにつれていつのまにか、たとえば水に属すことにこそ本当の自由と喜びがあることを知るようになり、樹に属すことにこそ自分の人生があることを実感するようになってきた。

ぼくとしては、今は訪れてきた新しい自由と喜びの出発点に立った気持ちである。

ぼく達の時代は今、何もかもが大きな転換点にある。政治も経済も思想も大きく転換せねば成り立たなくなっているが、その中で最も根源的に転換せねばならないのは、ぼく達ひとりひとりの自然観である。産業にしろ文化にしろ暮らし方にしろ、自然を略奪してはそこに廃棄物を帰すようなやり方は、すでに過去のものになった。二十世紀の百年間をかけて、ぼく達はそのことを充分に学んだはずである。

人類は、無数億に張りめぐらされた生物と無生物のネットワークの内のひとつの結び目にすぎず、その全体に属してこそ存在し得るひとつの種にすぎない。この本は、そのような考えを与えられるに到ったひとつの軌跡である。

『Outdoor』誌連載中は、前編集長の藤田順三氏、現編集長の森田洋氏に甚大なご配慮をいただいた。また単行本とするに際しては、出版部の三島悟氏に大変にお世話をいただいた。あらためてここで心からお礼を申し上げたい。また、連載中及び単行本化にあたって直接担当してくれた中村貴弘さんには、ここに一々は記せない過大な心労をおかけした。彼のおかげで、なんとかここまでたどりつくことができた。併せて心からお礼を申し上げたい。
最後に写真家の高野建三さんに、静かで美しい写真の数々を深く感謝したい。高野さんとは、いつしか兄弟のようになってしまった。

山尾三省

一九九八年十月二十五日

本書は一九九九年、山と溪谷社より刊行された。

山尾三省◎やまお・さんせい
一九三八年、東京・神田に生まれる。早稲田大学文学部西洋哲学科中退。六七年、「部族」と称する対抗文化コミューン運動を起こす。七三〜七四年、インド・ネパールの聖地を一年間巡礼。七五年、東京・西荻窪のほびっと村の創立に参加し、無農薬野菜の販売を手がける。七七年、家族とともに屋久島の一湊白川山に移住し、耕し、詩作し、祈る暮らしを続ける。二〇〇一年八月二十八日、逝去。
著書『聖老人』『アニミズムという希望』『リグ・ヴェーダの智慧』『南の光のなかで』『原郷への道』『水が流れている』『インド巡礼日記』『ネパール巡礼日記』『ここで暮らす楽しみ』『森羅万象の中へ』（以上、野草社）、『法華経の森を歩く』『日月燈明如来の贈りもの』（以上、水書坊）、『ジョーがくれた石』『カミを詠んだ一茶の俳句』（以上、地湧社）ほか
詩集『びろう葉帽子の下で』『祈り』（以上、野草社）、『新月』『三光鳥』『親和力』（以上、くだかけ社）ほか

写真——高野建三
ブックデザイン——堀渕伸治◎tee graphics
本文組版——tee graphics

©山尾三省ライブラリー

ここで暮らす楽しみ

二〇一二年四月十五日　第一版第一刷発行

著者　山尾三省
発行者　石垣雅設
発行所　野草社
東京都文京区本郷二－五－一二　〒一一三－〇〇三三
電話　〇三－三八一五－一七〇一
ファックス　〇三－三八一五－一四二二
静岡県袋井市可睡の杜四－一　〒四三七－〇一二七
電話　〇五三八－四八－七三五一
ファックス　〇五三八－四八－七三五三

発売元　新泉社
東京都文京区本郷二－五－一二
電話　〇三－三八一五－一六六二
ファックス　〇三－三八一五－一四二二

印刷・製本　創栄図書印刷

ISBN978-4-7877-1187-8　C0095

野草社の本

…

YAMAO SANSEI LIBRARY

インド・ネパール巡礼日記❶
インド巡礼日記
四六判上製／五〇四頁／三〇〇〇円＋税

インド・ネパール巡礼日記❷
ネパール巡礼日記
四六判上製／五〇〇頁／三〇〇〇円＋税

ここで暮らす楽しみ
四六判上製／三五二頁／二三〇〇円＋税

森羅万象の中へ
その断片の自覚として
四六判上製／二五六頁／一八〇〇円＋税